回归爱

米可⊙著

中国言实出版社

图书在版编目（CIP）数据

回归爱 / 米可著 . -- 北京：中国言实出版社，
2018.6

ISBN 978-7-5171-2841-0

Ⅰ . ①回… Ⅱ . ①米… Ⅲ . ①长篇小说－中国－当代
Ⅳ . ① I247.5

中国版本图书馆 CIP 数据核字（2018）第 138400 号

责任编辑：宫媛媛
出版统筹：朱艳华
封面设计：徐　晴

出版发行　中国言实出版社
　　　　　　地　址：北京市朝阳区北苑路 180 号加利大厦 5 号楼 105 室
　　　　　　邮　编：100101
　　　　　　编辑部：北京市海淀区北太平庄路甲 1 号
　　　　　　邮　编：100088
　　　　　　电　话：64924853（总编室）　64924716（发行部）
　　　　　　网　址：www.zgyscbs.cn
　　　　　　E-mail：zgyscbs@263.net
经　　销　新华书店
印　　刷　北京温林源印刷有限公司
版　　次　2018 年 6 月第 1 版　　2018 年 6 月第 1 次印刷
规　　格　880 毫米 ×1230 毫米　　1/32　　8 印张
字　　数　200 千字
定　　价　38.00 元　　ISBN 978-7-5171-2841-0

目 录

第一章　离开

1

幸福的人都是相同的，但不幸的人有各自的不幸。

迟隽逸不记得这是谁的名言，事实上，他已经忘记那本发黄卷边笔记簿上手抄的许多名人名言。那些语录已经连同他的许多未实现的梦想一同弃置在阁楼某个收纳盒中。

但在愈发压迫的晕眩中，迟隽逸又觉得这句话说得不太对。不幸的人也大多类同，会心痛，也会头痛，比如婚姻，那聒噪的婚姻已让他头痛欲裂。就在此刻，面对杨雁翎两片薄唇中喷射出来的语词，迟隽逸又一次陷入两个惯常的选择中：沉默或在沉默中爆发。

和大多数步入中年的夫妻相似，迟隽逸和杨雁翎的婚姻危机也在儿子迟早考上大学后浮出水面。迟隽逸是一位在业内有些名气的油画家，杨雁翎则是一家专做出口鞋的鞋厂老板。一个感性思维、一个理性思维；一个勾勒理想，一个计算世界。

迟隽逸的性格如所有满怀憧憬的艺术家一样，往往飘在云端，却也习惯了逃避的性格。杨雁翎却凡事认真，从零开始，打拼多年，打磨了自己，也打磨了事业，没有变得圆钝，反倒是愈发锐利，愈发咄咄逼人。

一个在跑，一个在追。很多事情就这样埋藏着，如同休眠的火山，闷烧着。但慢慢地，迟隽逸觉得自己被那些生活中的琐碎与争吵逼进了某个死角，他越发厌恶杨雁翎将那种盛气凌人带回家里。特别是儿子到外省上大学后，杨雁翎几乎将事业中的所有隐忍都发泄在他身上，将生活中的一切平淡美好撕成一地鸡毛。这些鸡毛在迟隽逸的脑海里盘旋弥散，让他看

不清生活最初的面目。

今晚，如同这些年许多相似的夜晚。杨雁翎又因为某项家务活对保姆刘姨满腹牢骚。乌云密布，可见雨星。事情是从迟隽逸帮刘姨说了句话开始变坏的。雷暴瞬间而至，对着他，这个和他共同生活了20多年的男人（算上两人一起度过的大学岁月还会更久些）劈扣过来。

愤怒、无奈、悲伤，这些情绪混杂在一起，让迟隽逸越来越失去力气，是继续沉默，还是再一次在沉默中爆发？是做，还是不做？这是个问题，真是个问题……

迟隽逸的世界天旋地转，他想握住什么，但他却失去了对空间的判断。他踉跄着，声音也扭曲了。那仿佛是杨雁翎的呼喊，又或是她的责难。他伸出手掌，伸向杨雁翎，艰难吐出一句话："我曾……那么……爱……你。"

下一秒，迟隽逸便什么也看不见了，他失去了意识。

2

迟隽逸的眼睛虽闭着，但他能感受到黑暗和光明，感受到救护车顶灯的红与蓝，感受路灯一盏盏飞逝，在他的眼睑内投射下温暖的光；他能感受到自己被抬到担架上，穿越医院长长的走廊，一盏盏白炽灯飞速退去，就像时光退去；他还感受到自己的躯壳被放进一个圆筒，幽幽的蓝光在他的脑袋上方闪着，过滤脑部所有的电讯号。

迟隽逸终于睁开了眼，他躺在观察病房内，望向窗外的杨雁翎。这个女人依然那么精致、从容、无可辩驳，而她手中的爱马仕包，脚上说不上来牌子的精致皮靴，竟让迟隽逸有些自惭形秽。杨雁翎此刻正挥舞着胳膊，和对面的老友，也是这个医院的院长姜军说着什么。姜军频频点头，像一个挨了批评的学生。

迟隽逸将目光收回。保姆刘姨说："你醒了。"迟隽逸伸出手，握了握刘姨有些粗糙的手，微笑，表示感激。

刘阿姨也笑，说："检查说没什么事。"

迟隽逸闭上了眼。折腾了半夜，他想睡一觉。

3

再次醒来。阳光溢满整个房间，暖意十足。迟隽逸支起身子，环顾四周。这间单人病房内除了自己已无他人。杨雁翎应该赶回公司去了吧。他这么想："企业就要上市，她每天上午都得在证券公司泡着。"

病房门开了，姜军，这位三甲医院的大院长进来了。姜院长的身后跟着一个年轻姑娘，二十五六岁，圆圆的脸，齐耳的发，上下身比例非常标准。油画创作的本能闪了一念，但也就是一念，便将目光收回到姜军神色凝重的脸上。迟隽逸心里一咯噔，抢在姜军说话前开口："姜军啊姜军，你是不是来将我的军，来宣布我死刑的？"

"如果有这个权力，我就不让你打娘胎里出来。"姜军说得有气无力。

"那是当然，你不是一直这么想的么？我们一起上大学那会儿，你看我和杨雁翎走一起，巴不得扔一块西瓜皮让我摔死呢。"迟隽逸还在用玩笑拖延真相到来的那一刻，身后那个女孩眨巴眨巴眼睛，偷看了一下自己的领导。

姜军咧嘴，摆出一个难看的笑，顿一顿说："大毛病没有，但还需观察，这是你的主治医生，姜雯。"

迟隽逸看了一眼姜雯，又研究了一下她的表情，一无所获。他说："姜院长，你没在糊弄我？你们医生不是惯常用那些心理疗法，告诉那些患了肺癌的人只是肺炎，用一瓶瓶急支糖浆送他们上路？"

姜军眉头皱了起来，他回过头，暗示姜雯先离开病房。待门从外面关上，迟隽逸知道他终于要迎来真相了。

姜军叹口气道："你一时半会儿可死不了，不过你可把杨雁翎给急坏了。"

"别扯其他人，赶紧告诉我什么叫一时半会儿？"迟隽逸克制自己的声音不要发抖。

"这是两码事，你会寿终正寝，但很有可能发生的是，你会忘记自己是谁。"姜军平静地说。

迟隽逸沉默了，他在思考姜军的话，而他的脑袋又痛了起来。

"昨晚给你做了脑部 CT，没有发现肿瘤或血栓。我们又给你做了核磁共振，看到了一些其他病灶，看到了一些区别于脑部灰质和白质的部分，不多，只在一些边缘区域发生了萎缩。"姜军停了停，接着说，"虽然这种片子我也见了很多，但还是连夜传给了国内的专家，一个小时前得到了确诊。"姜军停了下来。

一些逝去的记忆突然冒了出来，迟隽逸突然想起去世十多年的父亲，想起他生命残喘的那几年的失魂落魄。迟隽逸抬头凝视姜军，喃喃道："老年痴呆。"

姜军点头道："阿尔茨海默症。"

迟隽逸失神地望向窗外，天空异常晴朗，一缕白云闲适地悬在天际。迟隽逸说："我爸到了 60 岁以后才得了这个病，我才 45 岁。"

"一般来说，70 岁前发病都被称为早发性的阿尔茨海默症，你的父亲 60 岁发病，但不代表致病基因之前就不存在，只是时间早晚的事。"

"那我还有多少时间，在我忘记我自己是谁之前？"

"不好说，每个人的发病速度是不一样的。"

"到底还有多少时间？"迟隽逸吼道，拳头捶着床单。

"长则十来年，短则三五年。"姜军的手放在迟隽逸的肩上道，"兄弟，真相是令人痛苦的。"

迟隽逸抑制着胸中翻滚的情绪，无论愤怒，抑或忧伤。良久，他无力地问道："杨雁翎知不知道？"

姜军摇头道："她不知道，她得知你没有患中风或是肿瘤后，一大早就走了，说是中午再回来。"

迟隽逸想了想说:"先别把这个结果告诉她。"

姜军"嗯"了一声。

迟隽逸说:"让我待会儿吧。"

姜军又"嗯"了声,转身离开病房。关门前,他补充了一句:"有什么事你和姜雯说,她是我的侄女,我大哥的孩子,医学博士。"

姜军又在门口逗留了几秒,看到迟隽逸对他的话没有反应,便把门带上离开了。

迟隽逸瞅着挂在门后那几张脑部 CT 片子,中间灰白的一抹多像是此刻飘浮在天边的那缕淡淡的云啊,它将会飘散到哪里去呢?

4

时间过得很快,在无所事事的失神中,日头攀到中央。门开了,刘姨成了今天第二拨访客,迟隽逸有些失望。

刘姨带了一个保温桶,她似乎有些惭愧,说:"杨总在单位抽不开身,她让我给你准备了些吃的送过来。我熬了一夜,早上起来迟了,只能匆忙给你做了点鲫鱼汤,你趁热喝了啊。"

迟隽逸没太听进去刘姨的话,他在心中默读那首《面朝大海,春暖花开》:"做一个幸福的人,喂马、劈柴、周游世界,从明天起,关心粮食和蔬菜……"鲫鱼汤的香气让他湿了眼眶,他说:"刘姨,我能握一下你的手么?"

刘姨愣在那儿。

迟隽逸伸出手,握住了刘姨的手,温暖而粗糙。

刘姨愣了片刻,感受到了迟隽逸情绪的异常。她在床边的小凳子上坐下,将另一只手覆在了迟隽逸的手面上。

迟隽逸问:"刘姨,我还不知道您的年龄?"

"啊,我今年 57 了。"

"才 57 岁,比我才大一旬,我应该喊您一声大姐。"

"农村人累命，显老。"刘姨笑笑。

"刘姐，我想谢谢你。"迟隽逸的鼻子又一阵酸。

"什么谢不谢的，你是老板，我是打工的，你给钱，我干活呗。"

"刘姐，我羡慕你。"

"多大的人了，还哭鼻子。"刘姨笑出了声。

迟隽逸也觉得不好意思，松开自己的手，擦了擦眼睛。

"你别瞎想，杨总说你没啥毛病，休息几天就好了。你赶紧把鱼汤喝了吧，晚上我再给你送吃的过来。"

刘姨离开了，把空空的病房留给了迟隽逸。鱼汤还在喷着香气，钻入鼻尖，让他想起了父亲。

父亲也是一位农民，母亲去世得早，只靠父亲用锄头在土地上耕耘，供他上学。迟隽逸的话不多，他没有说过感谢，他也没有拥抱过父亲，他只是暗暗发誓以后要让父亲能够享他的福。结婚后，有了迟早，他不顾杨雁翎反对，把父亲从农村接到城里，说是赡养老人，却使父亲也承担起了带孙子的任务。

现在想来，在父亲去世前的那两三年，他是活在多么大的孤独中啊，忘记了自己是谁，也忘记了儿子是谁，只记得一遍遍唠叨隽儿，他的小名。他会珍惜任何一粒没吃完的米粒，收进碗里，说家里的粮食不够，不能让隽儿饿着；他也会半夜偷偷溜进迟隽逸和杨雁翎的房间，为他把被子盖好，杨雁翎先是尖叫，然后便是埋怨、叫嚣。

迟隽逸曾想过如何才能让父亲过得更好，但这些念头大多停留在脑海中。事实上，为了他的油画创作，许多感情与念头都是一闪而过。而父亲生活能力却在急剧退化，经过了许多年的护理，他也的确感受到了久病床前无孝子的无奈，以至于父亲的追悼会结束，他都没有落一滴泪，他甚至觉得这对他和他的父亲都是一种解脱。

也许这便是天注定吧。一种基因的延续，一种命运的轮回。

迟隽逸看着那还在飘着热气的鱼汤，眼泪又落了下来。

这是迟到的眼泪么？

5

杨雁翎是在下午3点55分来到病房的。从股市出来已是下午3点，考虑公司到病房的路程，她已经够赶的了。迟隽逸在心里默默算计。

杨雁翎把手包、大衣飞快放好，又回拨了一个漏接的电话，把电话那头的人训斥一顿后，来到床头柜前，看了眼没有动的鱼汤，斜了一眼迟隽逸道："干吗不吃午饭？"

迟隽逸没有吭声。

"我刚和姜军谈了，不是血栓，也不是中风，没什么大事，你多休息几天就好。"

迟隽逸还是没吭声。

"哎，差不多就行了，昨晚我发火，是我的不对，你也别端架子了。"杨雁翎从保温桶里面盛了碗鱼汤，放进微波炉加热。

迟隽逸张了张嘴，却还是没有说出话。

"你说我昨晚骂刘姨对不对？衣服用洗衣机洗不说，洗完后还不加柔顺剂，这不都毁了那些好料子了？你什么都不管，却还帮她说话，你说你到底和谁是一伙的？我本来从公司回来就好累，你还……"

"不是刘姨，是刘姐。"迟隽逸突然嘟囔一句。

"你说什么？"杨雁翎从微波炉前转身，从面容和身材来看，杨雁翎和保姆差了至少有三十岁。

迟隽逸又不知该说些什么了。

"能不能让迟早回来一下。"

"你说什么？"这是一句质问，"怎么可能，你儿子正在准备托福考试，现在到了最关键的阶段，怎么能打断他？"

"可是我病了。"迟隽逸又嘟囔一句。

"又不是多大的病，有我侍候你不就行了？"

"但是我病了。"迟隽逸还在嘟囔着，心中的憋屈却越来越大。他的嘟囔被杨雁翎另一通手机铃声淹没。在杨雁翎接电话的时候，迟隽逸明白过来，他既不能委婉地告诉妻子他得了重病，毕竟两人的默契已经越来越淡，更不能如宣示主权一样，告诉她后面十年要过一种很漫长很煎熬的生活。这事儿似乎事关尊严，但也有可能只是一场任性。

杨雁翎的电话挂了，她把在微波炉里煨好的鱼汤端出来，放在床头柜上，看了看迟隽逸的脸，叹口气，说道："我先走了，你在医院好好休息几天。单位那边一笔资金出了点问题，有什么事情你给保姆打电话。"

她也握了握迟隽逸的手，细腻却冰凉。

杨雁翎转动了门把手，迟隽逸终于吐出一句："我得了很重的病。"

语意再明确不过，杨雁翎转过了身子，她的脸有了变化，说："什么病？"

"很重的病。"迟隽逸还在重复着。

杨雁翎快步走回到迟隽逸床前，音调提高许多，像是在逼问："迟隽逸，你告诉我，到底什么病？"

"脑癌！"

迟隽逸不知道这两个字是怎么溜出嘴巴的，说完便将脑袋转开去看窗外了，以此平息他的愤怒，以此掩饰他的心虚。

杨雁翎愣了两秒，突然转到床的另一侧，横在迟隽逸和窗户前，问："昨晚检查不是说没大的问题吗？"

"大了，问题大了。"

"姜军不是说没什么问题吗？"杨雁翎的音调软了下来。

"那是我让他对你这么说的。"迟隽逸开始往下编。

"诊断证明呢，到底是什么样的肿瘤？"杨雁翎继续问。

她还真就没完了，迟隽逸这么想道。他说："你看那些 CT 片，上面的阴影，就是肿瘤。良性恶性的，我哪知道，要做切片。"迟隽逸甚至觉得说得爽了，特别是看到杨雁翎的面色越来越如死灰。

话音刚落，门又开了。两个人的目光都汇聚在门前的姜军身上，姜军被看得有些懵。迟隽逸赶紧把话头接过来，说道："你可以问问老姜，我是不是得了肿瘤？"迟隽逸边说边给姜军使眼色。

姜军哑巴在那里，脑袋却点了点。杨雁翎随即呆坐在沙发上。三个人各怀心事，病房内陷入了沉默。但这种沉默只持续了半分钟，杨雁翎突然跳起来，她可不是那么容易屈服的人，她声色俱厉地问姜军道："是良性的，还是恶性的？"

姜军摇摇头。

"你摇头干什么？连个肿瘤都查不清性质？"

"还……还需要再观察。"姜军甚至不敢看杨雁翎喷火的双眼。

"不行就转院，全国哪个医院脑外科最好？我们现在就办转院手续。"杨雁翎继续连珠炮，姜军没有了招架之力。

"够了！"迟隽逸吼道。

杨雁翎的话戛然而止。

"够了……"迟隽逸声音迅速回落道，"杨雁翎，你出去，让我冷静一会儿。"

杨雁翎愣在那儿，她不相信自己的耳朵。

"看在我是一个病人的份上，让我安静一小会儿，求你了。"迟隽逸的睫毛里能挤出泪水来。

杨雁翎张张嘴，却又用手把嘴捂上，然后快步出了房间。迟隽逸听着她的高跟鞋沿着走廊小跑，应该是到尽头的窗户边透气去了。姜军还在病房里。两个人面面相觑。

姜军先说话了，道："你给你自己挖坑就行了，为什么还要让我陪你一道殉葬？"

迟隽逸苦笑一下，指了指脑袋，说："这儿不好了，一顺嘴就把老年痴呆说成了脑瘤。"

"我看你是赌气说的。"

迟隽逸点点头道："就算赌气一下又怎么了，我总是得病了吧。"

"行行，你得病，你光荣！"

说完这句话，两人又陷入了沉默，姜军试探着说："你和杨雁翎，你们两个有点不对劲。"

"我心里好乱。"迟隽逸没有理会姜军的话，"我想静一静。"

"怎么个静法？"

"你给我换个房间，我来好好思考一下我的人生观、价值观、世界观。"迟隽逸又苦笑一下。

"对房间有什么要求？我们这里有几间是给市领导预留的。"

"我不需要那个，我没要求，别让杨雁翎发现就行。"

"那我得把你藏好些，杨雁翎要是知道你不见了，能把整个医院掀个底朝天。"

"反正不管怎么样，我们俩现在是一根绳上的蚂蚱，你不仅要把我藏得妥妥的，还得把我这个谎继续圆下去。"

姜军的脸拉得老长。"我勉力支撑吧。要不这样，你先到医院后面的小花园里面住，反正也不是急的病。住不住院都行，既然你没地方去了，我先收留你。小花园那里环境不错，曾经收治过'非典'病人，现在空下来了，只要你能耐得住寂寞就行。"

迟隽逸点点头，笑容有些释然了，他端起碗，把那碗鱼汤喝进了肚子。

姜军离开了病房，迟隽逸跟在后面把脑袋伸出了门，偷偷看走廊的尽头，姜军在和杨雁翎说着什么。迟隽逸心中又起了些悲凉。

6

入院的第二天傍晚，迟隽逸搬进了医院后花园的一溜平房中。连排的屋子里只有两间住人，一间属于姜军，一间属于一个姓焦的老头儿。

这个焦老头给医院烧锅炉，全身覆着一层煤灰，不仅左肩塌着，下巴还少了一块，迟隽逸暗暗称他为阿西莫多。

白日里，小花园很平静，病人和家属鲜有人到这里，毕竟这里比病房更透着股阴森。入夜后，小花园反倒热闹起来。阿西莫多不知道从哪儿拉了根天线，竟能收到临近县城的电台。忙完一天工作，他便躺在床上边听地方戏边抽旱烟。戏曲里的哭闹吵得迟隽逸头痛欲裂，劣质烟的烟气也把迟隽逸熏得七荤八素。尽管迟隽逸心里已经把老头儿的脑袋砍掉了无数次，但却还是得在每个清晨和这个烧锅炉的邻居客客气气打招呼。他总觉得这个老头儿身上浸染着一股莫名的恐惧，让他不自觉远离。他甚至怀疑这排平房是不是曾经被用作过太平间。

他也研究过自己的房间，像一个无所事事的囚徒，试图在墙壁上发现任何蛛丝马迹。但墙壁都是被粉刷过的，除了看出一个心形的凹痕，以及凹痕两边两个模糊名字的印记，王涛和刘娜。迟隽逸摸着浅浅的印痕，想这里面是否隐藏一个"非典"隔离期间生离死别的爱情故事。

姜雯每天都会来小花园两趟，带一些图片卡，像教小学生一样，先让迟隽逸观察图片内容，然后收起来，问他一些细节方面的问题。迟隽逸耐心配合姜雯做这些测试，当他答对的时候，他会张大嘴，姜雯问他这样做干吗。迟隽逸说大猩猩回答对问题后都有香蕉吃。迟隽逸在想办法娱乐自己。

迟隽逸还偷跑回了趟家，把画油画的那些家伙什儿全都取了过来，摆在花园一角，即便对很多事情他都提不起兴趣，但作画这事他还是不想放弃。他坐在小马扎上，看着阿西莫多在花园里劳作，迟隽逸觉得这是一幅很好的构图，老人、枯藤、红叶，还有小花，很有种凡·高油画《收谷子的人》的感觉。迟隽逸研磨好颜料，抬起画笔，停滞了一会儿，然后又放下，如《收谷子的人》那明艳色彩背后透出的神秘凄凉，迟隽逸不知道阿西莫多那皲裂的手掌究竟代表着生存还是死亡。

当然，迟隽逸也回避任何与杨雁翎的联系，关闭了手机，断掉了网

络，他尽可能把自己藏得不露痕迹，只让姜军在台前应付这个女人。他需要利用这段独处的时间，反思一下他和杨雁翎间的婚姻现状。他不想因为这场病而遮掩了本来就存在的一些问题，他更想冷静思考这场病会把两个人的关系带向何方。

他知道杨雁翎在找他，疯狂地寻找他。不用姜军给他反馈，迟隽逸在医院溜达时，便能看见杨雁翎挨个病房、挨个病床去检查躺在那里的人是不是自己，有好几次差点碰了个正着。杨雁翎甚至贴了寻人启事，不对，应该说是悬赏通告更合适些。她把迟隽逸的头像印在白纸上，像是一个被通缉的要犯。阿西莫多还带回来一张，问迟隽逸这照片里的人是不是他。迟隽逸不得不买两包好烟才封住了阿西莫多的嘴。

不知不觉，七天过去了，他第一次不能完全回忆起姜雯给他呈现的五个水果的名称。姜雯告诉迟隽逸，他漏掉的那个水果正是放在他手边的苹果。迟隽逸瞅了眼苹果，向扔手榴弹一样，把苹果扔进了花园中心的菜地。在地里劳作的阿西莫多皱皱眉头，把苹果揣进了自己兜里。

7

迟隽逸读姜雯给他的资料，他想了解阿尔茨海默症到底是一个什么病。他还到书店买了些相关的书。他是乘公交车去的，跃过拥挤的脑袋，他看到车厢电视正在播放的公益广告，告诉大家要善待阿尔茨海默症患者，不要称他们为老年痴呆。一股无名火蹿了上来，迟隽逸暗暗握了握拳头。

研究的结果很不乐观，从目前来看，阿尔茨海默症似乎是单向无解的答案，他的生命只能在时间推移中加速萎缩，就像一张白纸从边缘点燃，最后整张都会化为灰烬。他问姜雯世界最前沿的科学研究有没有希望在很近的未来突破这个病症。姜雯则劝迟隽逸道："这种和科学赛跑的心态是不明智的。"姜雯希望迟隽逸能做一些记忆练习，以此提高他进入中度阿尔茨海默症后的生活质量。迟隽逸笑笑说这只是绞刑和斩首的区别，速度不同罢了。他说完后，丢下姜雯和画架，一个人躲进平房里，他的脸部肌肉忍不住地抽动。

他躺在床上，用牙齿撕咬枕巾一会儿，咬得腮帮都累了，然后才开始侧躺着，平复自己的情绪。他又看到那个心形凹痕，两个名字的印记也依然在那里。他很想知道这一对儿后来有没有在一块儿，又或是"非典"让他们阴阳两隔。

入夜，隔壁阿西莫多的房间又传出咿咿呀呀的唱戏声，迟隽逸没有再隐忍，他从床上跳起来，冲进他的房间吼道："你就不能把电视声音调低点？"

阿西莫多一愣，问道："为什么？"

"吵我睡觉！"

回答还是三个字："凭什么？"

迟隽逸被呛得眼珠子都快爆出来了，他吼道："因为我是病人，我要死了！"

阿西莫多眨巴眨巴眼，把电视关上了。

迟隽逸回到自己的房间，谛听着隔壁的动静。他为自己不礼貌的行为有些后悔，但是他又觉得实在是委屈，即便这种委屈不是来自于这个邻居。

不一会儿，迟隽逸听见老头吧嗒吧嗒抽旱烟的声音，烟气飘了过来，迟隽逸反倒觉得心安一些。他和着衣服，慢慢进入了梦乡。

8

次日清晨，迟隽逸醒来，他又坐到画架前。花园里没有人，只有露珠悬垂在叶尖。迟隽逸叹口气，从画架前起身，想去医院食堂弄点吃的，却见阿西莫多一手怀抱一个白布包从住院部出来，匆匆穿过花园小径，来到一辆老式的金杯面包车前。

迟隽逸走上前去，看到阿西莫多把那两个白布包放进车子后座。迟隽逸问道："这里面包裹着什么东西？"

阿西莫多转过头，咕噜道："你可不要知道里面是什么东西！"说完，便坐到驾驶位，准备发动面包车。

迟隽逸心情似乎有些好转，他打开副驾驶的门，说："你要出去啊，那我也跟着出去兜一圈。"

"我去火葬场。"阿西莫多语气平淡。

迟隽逸愣在那里。

"后面白布里裹着两个死婴，下半夜产科病房里面分娩的，一对双胞胎。家里人接受不了这个结果，委托医院给处理了。"

迟隽逸嘴巴张成了一个"哦"。

阿西莫多问道："还愿意跟着我一起去？"

"去。"迟隽逸答得也出乎自己的意料，"两个孩子，也许你需要搭把手。"

开往火葬场的路上，两个人没有说话，车厢里面凝聚着肃杀的气氛。而为了不让后座上的两个孩子从座位上滚落，迟隽逸也坐到了后排两个死婴中间，用手扶着那两具小小的躯体。白布松了，迟隽逸能看到其中一个孩子的脸。闭着的眼睛，噘着的嘴，头发还在脑门上旋成一个卷儿，一切看起来都很安详。迟隽逸轻轻用手指贴近两个孩子的心脏，的确没有了心跳。迟隽逸用白布把两个孩子包裹好，好像怕他们裸露的身体受到一丝风寒。

火葬场到了，阿西莫多怀抱一个孩子，迟隽逸怀抱另一个孩子。他们绕过开追悼会的大厅，到了后面的一间办公室，把两个孩子交给殡仪馆的工作人员，像是交接两个包裹，然后坐到房间外的台阶上，等待工作人员开具文书回执。

两个人坐的位置正好靠近焚烧花圈和草纸的火炉，熊熊火焰烤得两个人暖烘烘的。迟隽逸从小卖部买来一包中华烟，递给阿西莫多，说："来，抽点细粮。"

阿西莫多点燃一根，迟隽逸也点燃一根，两个人边抽烟边发呆。迟隽逸心情出奇地平静。

阿西莫多问道："你得的啥病？"

"阿尔茨海默症。"

"啥？"

"老年痴呆。"

阿西莫多转过头，疑惑地看看迟隽逸，只是"哦"了一声。

迟隽逸说："没想到你还有这个副业。"

"我啥都干，反正也没啥事，送一个死婴过来，医院补助100块。"

迟隽逸又问道："就你一个人？你家里人呢？"

阿西莫多斜眼看迟隽逸，抖了抖烟灰，沉默了一会儿说："都死啦，就我一个人。"

迟隽逸没有说话，他等待阿西莫多继续说。

阿西莫多又抽了一口烟，说："我长得丑，也穷，在村里没女的看上我，所以一直打光棍。后来终于讨了个寡妇，快四十了。我非要她给我生个娃，结果大出血，孩子没保住，孩子娘在床上坚持了半个月，也死了。埋了两个人后，我又成了光棍。后来姜军回家探亲，看我可怜，就把我带到医院烧锅炉了。当然也干些其他没人干的活。"

迟隽逸不说话了，他看着阿西莫多脸上的沟壑，突然很想给他画一张肖像画。

"如果有可能，我倒是想得老年痴呆，把原来的都忘掉。"说完，阿西莫多"嘿嘿"一笑道："这烟真是不错，平和。"

迟隽逸点头。殡仪馆的工作人员把文件回执交给了阿西莫多。两个人拍拍屁股上的土灰，又拍拍落在身上的草灰，开着小面包车回到了医院里。

整个下午无话。晚上，迟隽逸又偷跑回家，把自己那辆SUV开到了医院，又在医院大门外的烟酒店给阿西莫多买了两条中华烟，还挑了一个很精致的烟嘴。

做完这些，迟隽逸溜到产科病房，透过门上嵌着的玻璃，去寻找那一对死婴的母亲。产科病房有 50 多张床，迟隽逸只凭着直觉去找那位伤心的母亲。他在一间又一间病房前驻足，看到一张张因为待产而紧张的脸，以及一张张因孩子出生而幸福的脸。迟隽逸有些恍惚，想起了曾经也在医院里焦急等待迟早的出生。那都是快二十年前的事了。

迟隽逸还在游弋，直到其中的一扇门被打开，一个面色哀伤的男人提着暖瓶到水房去打水。迟隽逸相信房间里的女人便是他找寻的目标。

迟隽逸透过玻璃，看到背对着他躺着的女人，他的心猛地一抽。迟隽逸不敢停留，她的丈夫很快便会回来，他深深凝视了一眼那哀伤的背影，便迅速离开产科病房，下行的电梯门映衬着他一脸的疲惫。

9

一次火葬场之行，在迟隽逸心中撕开了一个口子。阿西莫多和死婴母亲的遭遇交织在一起，反倒让他在世事无常的感慨中，多了些内心的温暖。这温暖驱散了自怨自怜的阴霾，让几缕阳光照了进来。

迟隽逸收起了画架，开始频繁往住院部跑，去观察那些处在病痛折磨中的人们。迟隽逸还与阿西莫多一起做护工工作，抬担架、清扫垃圾、给病人翻身、擦洗身体一类的。有时他也会在肃穆中为死者盖上最后的棉单，把他们送到阴冷的太平间里。

活干累了，他便找阿西莫多到天台上去抽烟，听他说那些发生在医院的故事。迟隽逸问阿西莫多他所住的房间里面刻着的心形图像的来源，并提到了刻在墙上的那两个名字。阿西莫多说："在'非典'隔离期间，有个叫刘娜的护士在工作时感染了 SARS，被隔离到这里。她的丈夫王涛也是这个医院的医生。两个人距离很近，却不能见面。"

迟隽逸问："后来呢？"他的心在抽着。

"后来刘娜康复了，两个人现在还在医院上班。"

迟隽逸心中暗暗放下一块石头。他悄悄到了呼吸科，在公告栏前看到了两人的照片，还透过落地玻璃看到正在忙碌的两个人，虽然只是背影，却透着股亲切。迟隽逸想把这两个人的故事用画笔给画下来。事实上，他越发觉得在医院的这段日子竟像是一次采风，让他了解了生活的另一面。

迟隽逸的采风还没开始，便被姜军给打断了。姜军把迟隽逸堵在了天台上，彼时他正和阿西莫多抽着烟。

姜军质问道："你都得病了，还抽烟。"

迟隽逸耸耸肩道："我又不是得了肺癌。"

"杨雁翎又找到医院来了，她这次决心很大，她还带了条警犬来。"

"她怎么确定我一定在医院呢？"

"你不是把你那辆 SUV 开到医院了么。再说了，她也是担心你啊，你骗她你长了脑瘤，你还不给她面见，她不是干着急么？"

"她不是还有公司那摊要操心么，我就不用她操心了。"

"你混蛋，你自私！"姜军突然急了。

"要担心她，你担心去，你不是从大学一直暗恋她到现在？反正我以后什么也记不得了，你们成为一对，我还要祝贺你们！"

姜军一拳打在迟隽逸的右胸上，把迟隽逸打得一个趔趄。

两个人陷入了沉默。姜军掏出一包烟，点燃一支，自己抽了起来。

迟隽逸看满脸愁云的姜军，心里骂着自己王八蛋，也点燃了一支烟。

姜军说："你这样躲着她也不是事。你不也买来许多书，直面你的病症？你为什么不能直面你的婚姻呢？"

"我怎么直面？我没病的时候，她天天泡在公司里，面都不给我见一个。回家后也是一个好脸色都不给我，你让我怎么直面？"

"你不也把心思都扑在油画上，你和她好好沟通过么？"

迟隽逸没有接话。

"不管怎样，"姜军说，"她既然是你的妻子，你又得了这个病，她就是当事人。你们平时要么热战，要么冷战，根本都没有理性沟通过。现在你闲下来了，你可以通过这个病，和她试着一同直面困境，如果一切顺利最好，如果还是过不到一块儿去，你再想办法。"

迟隽逸叼着烟，眉头皱着说："你让我再想想。"

"那你再想想。"姜军正想走，又转身说道，"我和杨雁翎只是说你脑子里面有肿泡，一直没确诊脑瘤，给你圆谎留点空间。"

"肿泡。"迟隽逸苦涩地想，"别哪天'砰'的一声原地爆炸。"迟隽逸无精打采地回到平房，看到了已经在那里等候多时的杨雁翎，手上还牵着一条"吉娃娃"。

迟隽逸几乎要笑出来，他想到姜军说的警犬。这也太扯了，就凭它，怎么可能嗅到他的踪迹？一定还是姜军告了密。

十天没见，杨雁翎没有先前的闪耀。她的那双时装鞋也换成了平底鞋，但依然是国际名牌。杨雁翎的鼻子抽动，却没有落下泪。这是迟隽逸所赞赏的，她从来不会用哭来宣泄情绪。

迟隽逸抢在杨雁翎前说话道："我也不跑了，我积极配合治疗，行不行？"

杨雁翎点点头。

"但是有两个条件。"

"什么条件？"

"一是我就在这个医院治疗，不转院，我要待在这里，治病这事得全听我的。"

"好的。"

"二是我不要护工，我自己能照顾自己，送饭什么的就让保姆刘姐来就行。你也不要来照顾我，有空来看看我就成。"

"为什么？"

"因为我不想因此影响了你的工作。"

"你是不想我影响了你的心情吧？"

"你非要说得这么直白么？"

"你非要这么委婉么？"杨雁翎的腮帮紧着，那张脸随时可以捏出泪来。迟隽逸有了一种痛苦的快感。

"那么，你见到了我，知道我在医院常住了下来，而且过得挺好，你可以回去了。"迟隽逸摊开手。

"好，一切都依着你，你说什么就是什么。"杨雁翎甩下一句话，便牵着狗往回走。迟隽逸在她身后追了一句道："你不要总是把我当成那个任性的人，你才是。"

杨雁翎没有理睬他。

10

迟隽逸住进了肿瘤病房，六人间的普通病房。姜军一直把他送到病房外才说："你的病实在是不需要住院的。"

迟隽逸答："就算是让我清净清净。"

"就这儿，你确定？"

迟隽逸笑说："艺术家总是要扎根基层的。"

"都说你们艺术家想的和我们不同，想得太多，想到脑子都会萎缩。"

迟隽逸耸耸肩道："住不惯我再找你帮我调换房间呗，反正不差你的住院费。"

"得，我是被你赖上了。"

两人沉默几秒。

迟隽逸又说："杨雁翎那你帮我多留神，反正你也是光棍一根，有空替我多关心关心。"

"你在说什么？"

"像你所说，我也在思考我和她的关系，事实上，我想思考一下我和所有人、所有事的关系，如果我真要退化到一片记忆的空白，我更想在这个结果到来前理清我生活里的那些头绪。我不想死得稀里糊涂。"

姜军点头道："你到癌症病房，置身于这些陌生人中，看人间冷暖，这更能够帮你思考人生。是吧，大艺术家？"

迟隽逸笑道："谁让我是艺术家呢？好吧，你别送了，大院长送我这个病人，还真不低调，我进去了。"

姜军瞅着迟隽逸打开门，手里拎着一个蓝色旅行袋，还戴了一个小帽，像去旅行一般。姜军心里有点酸。

迟隽逸进到病房，这是肿瘤病区第 29 号病房，位于走廊最西头。45 到 47 号病床靠着东墙，48 到 50 号病床靠着西墙。最里面靠窗的那张第 50 号床便是留给迟隽逸的。

迟隽逸拎着旅行包，穿过中间走道，他想和新室友们打招呼，但床上的病人并没有多看他一眼，只有 47 号床上的一个光头小男孩睁大着眼睛。迟隽逸对小男孩笑笑，招了招手，小男孩看了看身边的妈妈。她的母亲抬起头，也对迟隽逸回以微笑。

姜雯推门进来了，她走到迟隽逸床前，两手插在腰里，一脸的困惑与不满。

迟隽逸躬着身，给她敬了个礼。

姜雯压低声音道："因为你，我也被暂时借调到了肿瘤病区。"

迟隽逸连说："不好意思！不好意思！那个死姜军，真会找麻烦。"

"还不是您找的麻烦，我的迟叔叔！我得对病人负责啊。"姜雯虽然嘟囔，但语气中有了些诙谐。姜雯接着说："反正我也是刚进医院，在各个科室轮岗也是必须的。对了，你的情况姜院长只和肿瘤科朱立威主任说过，再没其他人知道真相。"

"什么真相？"迟隽逸故作一脸迷糊地问。

"你是一只大鼹鼠！"姜雯的声音像是蚊子叫，然后咯咯笑起来。

笑完了，姜雯接着说："朱主任已经指派我作你的主治医生，别人都插不了手。你逃不过我的手掌心！"说完，姜雯故意把小拳头攥紧。

迟隽逸故作乞求："好吧，那你对我好点儿。"

姜雯说了声："好。"声音恢复了常态，"过会儿护士会把脸盆、洗漱用品送过来。你还需要做进一步的检测，到时候会提前告诉你。有什么问题你就按床前的铃。你明白了没？"

迟隽逸点点头道："明白了。"

姜雯走后，迟隽逸斜靠在床上，一时间不知道该做些什么。他听到旁边有人在喊他道："哎，50 号床。"

迟隽逸转过头，隔壁 49 号床的老头在喊他。

"你得的啥病？"老头儿一嘴东北腔。

迟隽逸指了指脑袋："里面有病。"

"哦，脑瘤啊。"

迟隽逸"嗯"了声。

"前段时间你这张床才出院了一个患了脑瘤的年轻人。"

"这么巧，怎么，他的病治好了？"

"没治了，医院劝他回家了。"老头说。

迟隽逸"哦"了声，有些哑然。他只觉得老头儿说了一个冷笑话。不，他自己才是一个冷笑话。

老头自我介绍道："我姓霍，叫霍铁，今年 67 岁，48 床的老头叫石煤，也 67 岁。我们俩前后脚进的医院。"

迟隽逸觉得这两个名字挺有意思。

霍老头继续介绍道："我爹是炼铁的，所以给我起了霍铁这个名，那个老头的爹是挖煤的，所以给他起了石煤那个名。"

迟隽逸目光越过霍铁，看到那个叫作石煤的老头儿紧缩着眉眼，好像很痛苦。

"你叫啥名？"霍铁继续问。

"我叫迟隽逸。"

"啥？"

"迟隽逸。迟到的迟。你喊我小迟就行了。"

"嗯，小迟， 你喊我老铁就行，单位同事都这么喊我，那个石煤，你就喊他老黑。"

迟隽逸"哦"了一声，想这老头性情倒是很爽快。

"你做啥工作？"铁疙瘩又问。

"我画画。"

霍老头"哦"了声，说："我的小孙子画画很好的，幼儿园老师都夸他。"

迟隽逸笑笑。

护士抱着床褥，拎着网兜，推门进来。迟隽逸忙下床，从护士手里接过这些生活用品。路过石煤和霍铁的床前，他瞥了眼床脚的病人标签：石煤是肝癌，霍铁是肺癌。

迟隽逸垂下脑袋，回到自己床前，看到床脚边贴着标签：脑瘤（待诊）。迟隽逸心里苦笑，把被褥铺好。

霍铁又说话了，道："对面那个小男孩儿，我们喊他笑笑，7岁，可怜得很，得的白血病，旁边是他的妈妈。"

霍铁他压低了声音，但他那风箱般的声音还是传到对面。年轻的母亲抬头，一脸疲惫。笑笑正专注于他手中的一个魔方。

"中间46号床空着，那是个得了淋巴癌的中年人，姓罗，叫罗庆贺，做早点生意的，苦得很，估计现在还陪他的老婆在医院楼下卖早点，过会儿就会回来。最边上的那个小伙子叫项阳，大学生，得的食道癌，天天就知道塞个耳塞看书，也不和大家交流，一点儿也不阳光。"

迟隽逸没想到这么个老头还能说出"阳光"这个词。迟隽逸环顾每张床，试图记住刚才霍铁说的那些名字。但他的脑袋又有些晕了。迟隽逸问："为什么没有家属呢？"

"哪有这么多闲人呢？家里的人都忙着赚钱给我们治病了，除了动手术或是化疗，平时也就来给送个饭，我们也都习惯了，有什么事按个铃，护士就会来。这段时间大家都还平稳，除了老石有些不太快活，但我能照顾他。只有笑笑太小，他的母亲不能离开。"

"查过房没有？"

"刚查过。你得到医生那报到了。"

"我的主治医生刚来过，就那个女孩。"

"嘴上无毛，办事不牢。治病这事，还是得找有经验的老医生。"霍铁说得煞有介事。

迟隽逸笑笑，他的脑袋有些晕了。迟隽逸揉了揉太阳穴说："我得睡一会儿。"

霍铁关心道："哪不舒服？要不要喊医生？"

迟隽逸摆摆手，他和着衣服钻进被窝。从窗口照进来的阳光暖烘烘的，弥漫着淡淡的消毒水味，让人发懒。迟隽逸想着刚才霍铁说的"一点儿也不阳光"，慢慢沉入了睡梦。

11

迟隽逸醒来时，已过下午 3 点。睁开眼，看见阿西莫多正在给他搭画架。迟隽逸问："老阿，你怎么来了？"

老焦回过头，说："老阿是谁？"

迟隽逸意识到自己的失语，赶紧说："你怎么找到我的？"

"我问的姜医生，你终于愿意配合治疗了。"

迟隽逸点点头。

阿西莫多又疑惑道："你怎么跑肿瘤病房来了？"

迟隽逸做了个嘘的手势，示意他不要往下讲。

老焦便转移话题，道："我把你的画架带过来了，给你解解闷。"

迟隽逸说了声"谢谢"。

阿西莫多从口袋里掏出一包烟，道："要不要出去解解闷儿？"

迟隽逸一笑，掀开被子要下床。身后的霍铁说："看着眼馋啊。"

迟隽逸明白他是在说那包烟，他想起霍铁病床标签上的"肺癌"两个字，便反问道："你还能抽这个？"

霍铁说："年轻下放那会儿就抽，抽了一辈子了。"

身边的一个中年女人抢过话头，说："爹，你真是贼心未死啊。"

霍铁哼唧一句道："老而不死是为贼。"

女人不满，回了一声："爹！"

迟隽逸和阿西莫多利用这个空当，溜到住院部的天台，彼此给对方点上烟。

迟隽逸问阿西莫多，说："要是我给你的烟你都抽完了怎么办？"

阿西莫多耸耸肩道："那我再问你要呗。"

"那要是我不给你呢？比如我出院了，或是死了？"

"那我就再抽我的旱烟。"

"抽得回去么？"

"什么回去回不去的！"

"我是说由俭入奢易，由奢入俭难，你还能抽得惯旱烟么？"

"那我就半夜跑到你床边，掐住你的脖子，非把你的钱抢过来买烟。"阿西莫多脸板着，看着真挺吓人。

迟隽逸"扑哧"一下笑了，阿西莫多也笑了。

"没有什么回不去的，适应适应，也就好了。"

"你觉得现在怎么样，你现在的生活状态？"迟隽逸抽口烟后问道。

"我觉得现在挺好，我对大家都有用，大家对我也很客气。"

"你怎么适应媳妇和孩子都去世的事情？"迟隽逸继续试探。

阿西莫多弹掉烟灰，说："我当时真觉得倒霉透了，好不容易娶来的媳妇，种下的种，一下子就全没了。就像是发了一场洪水，不仅把庄稼淹了，把耕地的牛给卷跑了。但是后来我又觉得孩子娘和孩子更倒霉。唉，反正伤心一阵子，也就过来了，总是得过来不是？"

迟隽逸还想再问。

阿西莫多插话过来，道："我知道你觉得你那个病很烦，但是你摊上了，能怎么办呢？我劝你也别想多了，慢慢来，总会适应的。"

迟隽逸点点头。两个人又抽了一根烟，才回到病房。杨雁翎已经在病床前守着了，她精致的脸上清楚地写着三个字："别惹我。"阿西莫多看这场景，便悄悄离开，把迟隽逸留给这个全身散发负能量的女人。

迟隽逸坐到床边，打量着自己妻子身上的深蓝色名牌套装，名牌手包，还有衣服上缀着的金光熠熠的胸针。她的这一套包装和以素白色为主色调的病房显得格格不入。迟隽逸抬头看看表，下午3点40分，股市刚刚结束就赶了过来。

杨雁翎看迟隽逸不说话，便主动发问道："你怎么住到这儿了？"

"这不是病房么？我当然住在这儿。"

"我是说你怎么住进普通病房了，这里多脏，多吵！你看那卫生间的马桶都没刷干净，也没有专人专用的垃圾桶，还有那塑料脸盆，软得像面条一样。还有这被褥，一股恶心的味道，真比贫民窟还贫民窟。"

杨雁翎边说边环顾四下。迟隽逸知道这个女人可以在一个小时内挑出病房内一百处的不足，还不带重复的。

在她愈发高昂的声音吸引所有人关注前，迟隽逸烦躁地摆摆手，制止了她，道："我不是说过我治疗我做主，我决定的第一件事情就是住进这里。"

杨雁翎不说话了，她的眉毛挑着。迟隽逸知道她心里还憋着至少一万个字的抱怨。

迟隽逸声音缓和下来，道："我住的又不是传染病房，没关系的。我就是想和大家待在一起。"

"你就是不想和我待在一起是吧？"

"你不是忙生意么？"迟隽逸克制着自己的语音语速，"一个人住一间病房太闷了。而且医生对所有的病人都是一视同仁的。我的主治医生对我一直都很负责。"

"就那个小丫头？"杨雁翎的眉毛又吊了起来。

"她可是留学回来的医学博士，姜院长的侄女。"

"我知道，但她没经验。我手下还有法国名牌大学毕业的设计师呢，但也没顶上大用，嘴上无毛，办事不牢。"

这话霍铁上午刚说过，迟隽逸一乐，说："你办事挺牢靠的。"

杨雁翎没理会迟隽逸的打诨，继续说："我刚和科室主任朱医生谈过了，他说你的病需要再做检查，但目前情况还比较稳定。"杨雁翎的声音柔软下来，"你要乐观。"

保姆刘姐拎着保温桶进了病房，里面是迟隽逸的餐饭。

杨雁翎接着说："我很想陪你，但是公司那边我撒不了手，只能让刘姐来照顾你了，你要理解我。"

迟隽逸垂下脑袋说："没事，你忙你的吧，我一定积极治疗。"

"那你不要再玩失踪了？一定要积极治疗，不就是个瘤么，找个好医生切了不就得了。"杨雁翎咬着牙说，皱纹里有了泪水的先兆。

杨雁翎这副模样让迟隽逸既感到别扭，又觉得烦躁，他摆摆手道："好的，知道了，你回去吧。"

杨雁翎转过身对刘姐说："好好伺候他，有什么急事给我打电话，我要回公司了。"

刘姐点点头。

杨雁翎看着迟隽逸沉默几秒，说："我记得你那天晚上晕倒前对我说的话，我永远记得。"

迟隽逸在心中默念道："我曾是那么爱你。"然后幽幽地叹口气，说道："你快些回去吧。"

杨雁翎向病房门外走去。迟隽逸突然想起什么，又把她喊住。杨雁翎的脸上似乎有所期待。迟隽逸却说："刘姐又要顾家里，又要顾病房，两头跑很辛苦，给她多加一千块钱工资吧。"

杨雁翎看看刘姐。刘姐低下了头，面色有点红。杨雁翎点点头，说了声："好。"

看到迟隽逸没有再多的话，杨雁翎也没再停留，离开了病房。而刘姐收拾好迟隽逸的换洗衣服，给他准备好晚餐后，也在迟隽逸的坚持下回家去了。

12

晚霞收尽最后一丝余晖，留下寒冷在医院的走廊里游弋。迟隽逸在床上躺烦了，他开始在医院漫步。他来到医院的门诊收费窗口，依然有许多人在那里排队缴费办手续，排队的人中有的似乎很虚弱，等待与病痛的折磨让他们颤颤巍巍。迟隽逸又来到影像科，依然一派熙熙攘攘，有些病人等着做彩超或 CT，有的人则在焦急等待着结果。他又来到急诊，两个手术室门关着，顶灯"手术中"正亮着，不知道医生正在处理怎样的紧急病情。

在一楼转了一大圈后，迟隽逸乘电梯到了 7 楼，他想看看那个刚失去两个孩子的母亲。从病房外往里望去，病床前本来准备好的婴儿床已经消失。女人斜靠在病床上，闭着眼，没有做任何事。而她的丈夫则是握着她的手，好像在轻声说着什么。边上的一位老妇人，大概是男人的母亲或是岳母，在柜子前一言不发地收拾着。

迟隽逸突然有种冲动，他想把这幅场景画进自己的画中，油画、工笔画，他都无所谓，他想定格眼前的这幅场景，那种死亡离开后的悲哀。

迟隽逸迅速返回到自己的 29 号病房。房间里面的病人正各行其是，霍铁已经睡着，鼾声打得很大；石煤躺在床上，被体内的疼痛折磨得哼哼唧唧；对面的笑笑捧着一个 iPad，用最低的音量在看动画片；那个做

早点生意的罗庆贺还是不见踪影，大概他正帮老婆做晚饭的生意；而那个不太阳光，却叫项阳的学生，则塞着耳塞，嘴巴里低声说着些英语单词，应该在准备考试。

这沉默景象，让迟隽逸刚在妇产病房激发的冲动得以延续，他甚至想把这些天在医院的所见所闻都画下来。他迫不及待找出画笔，还有颜料，一张油画布已经在画板安放好，但迟隽逸犹豫了，不仅是因为油画很耗时，更因为他突然意识到应该画一些不同的东西，不是悲哀，不是生者为死者的哀悼，而是温暖，是那些可以寄托人的情感与理想的东西。他想起了白布包里那两个似乎在沉睡的婴儿。

他快速取下油画布，换上一张白纸，又从画具箱里翻出蜡笔。自从入院后，他第一次觉得画笔又成了他身体的一部分，是他手指的衍生。即便只是蜡笔，却也可以涂抹出最浪漫最童话的色彩。是的，他开始画一幅童话：两个小男孩的背上幻化出白色翅膀，而夕阳映照下的云朵幻化出母亲的样子，张开柔软的双臂，将两个小宝宝轻轻兜在怀里，唱起一首甜美的摇篮曲。两个小天使的脸上洋溢起幸福与安详。

迟隽逸放下画笔，眼泪流了出来。他抹了一把，自嘲泪窝如此之浅。迟隽逸把画纸取下，匆匆出门，回到产科病房。在女人病房前，他犹豫了一下，推开了门。

病房里面的人有些惊讶，男人问："你有没有走错门。"

迟隽逸来到病床前，摇摇头，把手中的那张蜡笔画张开，两个安详的小天使正躺在云妈妈的怀抱中。男人和女人愣了一下，女人哭了，男人和那个中年妇女也在偷偷抹眼泪。迟隽逸努力克制自己的眼泪不要落下来。

女人擦干眼泪，也如画中那般，张开了双臂。迟隽逸看了看女人的丈夫，丈夫点了点头。迟隽逸上前一步。女人轻轻地抱住迟隽逸说："谢谢你，陌生人。"

女人松开怀抱，男人上前紧紧握住迟隽逸的手，一切感谢的语言也在这紧握的手中。迟隽逸又抱了抱那个老妇人，有些歉意地两手合十，作了个揖，赶忙离开了病房。

就在他推门出来的那一瞬间，不争气的眼泪终于流了出来。他暗骂自己说："狗屁艺术家。"心中却还是充满了欢喜与暖意。

那天晚上，病房的灯一直亮着，护士也在不断进出，为房间里的病人打针换药；霍铁的呼噜声和石煤的哼唧声也一直没断；那个大学生学习到很晚才放下书本，而那个姓罗的淋巴癌病人则拿着一个小本本算了会儿账，大概是他和老婆一天小食摊的收入；对面的笑笑已经入睡，他的床头前放了一本童话书，他的妈妈看孩子睡觉了，便偷偷溜出去了三个小时，然后又回来，亲了口笑笑的脸蛋，和着衣服，在一旁由椅子展开成的 60 厘米宽的陪护床上入睡。

迟隽逸也感觉到累了，这一天似乎特别漫长，但又很充实。迟隽逸看了下手机，里面有杨雁翎的两个未接电话。迟隽逸用微信回复："我很好，你早点休息吧，我也睡了。"然后便关上手机，没过会儿，他也睡着了。

13

阳光照在迟隽逸的脸上，迟隽逸醒了，却没有睁开双眼。任由自己沐浴在朝霞中。但新的忙碌又开始在医院里骚动，比如药房，亮了一夜的日光灯被关闭，但更多的电脑却被打开，夜间的两个窗口扩充为八个窗口。每个窗口又都拥挤了成队的病人或是家属。

人的噪音、机器的噪音混杂在一块，钻进迟隽逸的耳朵，让他实在无法贪睡。他从赌气起身，穿上衣服，准备下楼给自己弄点早饭，却被霍铁一把拦住。他指了指门，一群白大褂鱼贯而入。原来是来查房了。

打头的男人 40 岁出头，身高马大，气宇轩昂，所有的发丝都被梳得一丝不苟，显出一种精干。这无疑便是肿瘤科的朱立威主任。他的身后跟着 8 位医生护士，有男有女，姜雯也在其中。朱立威主任带领医生

们来到石煤床前。身后一位年轻的男医生便开始将石煤的化疗和打针用量情况，以及各项检查的数据报了出来。

迟隽逸小声问霍铁道："哎，老铁，那是主任？"

霍铁面色庄重地点头，小声回道："是的，大主任朱立威。"

听完年轻医生的汇报，朱立威主任看了看石煤的检测报告，又用指尖在石煤的肝部轻轻按压，然后转身布置当天的治疗措施。不只是年轻医生，其他人都在用笔记着。

朱立威主任来到霍铁床前。霍铁早已经坐起身，脸色更加庄重，仿佛在迎接高级领导。还是那个年轻医生在汇报霍铁的情况，虽然只是一些指数，但仿佛不太妙，因为年轻医生也提到了放疗。朱立威主任拿起霍铁的 CT 片分析，眉头只是一皱，却让霍铁脸上所有的器官都皱在了一起。朱立威放下片子，对年轻医生说："维持药物当前的用量，三天后再做 CT 观察。"

霍铁的脸色好看了些。朱立威主任又突然拿起霍铁的枕巾放在鼻前嗅了嗅，那个年轻的医生也屏住了呼吸。朱立威放下枕巾，问："小陶，你确定他已经不再抽烟了吧。"

年轻医生还没答话，护士长便站了出来，说："放心，我让护士每天搜两遍，不会有了，否则唯我是问。"

朱立威没再发问，转过身面向了迟隽逸，没有说话，却把眼镜端了端，像是在细细打量。迟隽逸将其解读为："原来这个家伙是来捣乱的。"

迟隽逸规规矩矩地喊了声："朱主任好。"

朱立威没有理睬，他喊了声姜医生。姜雯赶忙从队尾挤过来。朱立威说："这个病人刚住院，要细心观察，别出什么乱子了。"

姜雯"哎"了一声。朱立威便大步流星地到了笑笑的床边。还是那个年轻的陶医生在做汇报。汇报完，朱立威要陶医生将笑笑的档案移交给姜雯。陶医生摸了摸笑笑的脑袋，"嗯"了一声。

然后便是那个姓罗的男人。陶医生还要汇报，但被朱主任制止了，他的语气透着很深的关切，问："那个针你还没打么？"

罗师傅一脸苦恼道："没办法啊，医保不给报销啊。"

"不给报也得打啊，马上就得打，不能拖了。"朱立威的声音斩钉截铁。

"关键是没钱啊。"罗师傅从口袋里抓出一把零钱，接着说，"现在就靠我老婆在医院门口摊鸡蛋饼了，都欠了一屁股债了。"说完，罗师傅用抓着零钱的手背擦眼泪。

没有人说话。

朱立威叹口气，说："我来给你想想办法吧。"说完，便移步到了项阳的床边。项阳迫不及待地把一个写字板亮出来："什么时候可以动手术？"

朱立威问了陶医生关于项阳的情况，说："要等你几项指标稳定。"

项阳迅速写："再过两个月就研究生考试了。"

朱立威摸了摸项阳的食道，说："尽量少说话，还有就是也别太用功，你现在要养好身体。"说完，便带着一帮医生离开了病房。看到医生离开了，罗师傅披上衣服，拎着一个布包，从病房里离开。

迟隽逸问霍铁道："他要打什么针啊？"

"那种抑制癌细胞增长的，八千多一针，一个星期打一针，要连打几个月。唉，淋巴癌，最麻烦了。"

"医保不给报销？"

"当然不给报销，那是国外的专利药。"

迟隽逸沉默了。

霍铁突然关心道："你的脑袋不严重吧？我听说是待查，还没有确诊吧？"

"差不多吧。"迟隽逸含糊道，说完便穿好衣服，洗漱完毕，到姜雯的办公室报道去了。

姜雯正在整理笑笑的病历。看见迟隽逸进屋，她起身把门关上。迟隽逸说："这位朱立威主任，够威风凛凛的啊。"

姜雯点头道："大主任，不都是这样？"

"他看我的眼神可不太友善啊！"

"大概是因为你占了床位吧。医院的床位本来就挺紧张，更别说事关生死的肿瘤病房了。"

迟隽逸"哦"了声，心中顿感愧疚，便换了个话题问："那个姓罗的，没有医保，医院真就不给他打那个保命的针了？"

姜雯叹口气道："没办法，我刚刚查了下罗师傅的账，都欠医院十来万元了，医院也很无奈。"

"没办法，没办法。"迟隽逸嘟囔道，"医生经常说的就是没办法，尽力了。"

"你以为医生是什么，救世主么？就算是在美国，医保也只是兜底，许多特效药还要病人自掏腰包。"姜雯辩解道。

"为什么这些特效药要这么贵呢，不都是化学物质吗？"

"专利保护啊。据我所知，这个药在中国的专利期也就不到两年了。两年后国内的药厂便可以大规模生产，价格也就下来了。"

"但那个姓罗的能等两年么，那么多病人能等两年么？"迟隽逸有点激动。

"迟叔叔，现实就是这么残酷。"姜雯也被问急了，"其实印度也有类似的仿制药，价格低很多，但还没得到国家的认可，但朱主任已经把购药的渠道抄给我了，我马上就给罗师傅送去。"

迟隽逸有点怔。

姜雯接着说："千万不要对外面说，这样做很不符合规定。"

迟隽逸点点头，他在凳子上坐下，说："对不起，刚才我有点武断了。"

姜雯说："我们都是想为了病人好。"说完，她从抽屉里取出一个

DV，交给迟隽逸，说，"我建议你从现在开始做记忆辅助练习，每天对DV口述一遍一天的生活，同时选一项生活技能，比如吃饭、上厕所，录进DV里面，方便以后自我学习。"

"我以后都不会上厕所了？"迟隽逸嘴巴咧着，不可置信。

"我不是说你不会上厕所，我是说你不一定知道上厕所前要解裤子。"

迟隽逸低声骂了一句。

"别说脏话啊。"姜雯警告道。

"好，我的亲侄女。"迟隽逸抓起DV就要往外走，到了门口，他举起DV，开玩笑地问，"这玩意儿医保给不给报销啊？"

回到病房，大家都在各忙各的事。石煤靠着床边，喘着大气，霍铁则在为石煤热饭。笑笑在看动画片，眼睛都不舍得眨一下。他的妈妈靠着床边打瞌睡，她曾经在昨天半夜溜出去了三个小时。罗师傅还是不见踪影。项阳则埋头在书本里，因为他处在病房一角，光线不是很好，他必须要把脑袋埋得很深。迟隽逸看到此，回自己床前，把被褥一卷，搬到了项阳的床上。项阳抬起头，眼里很多疑惑。

迟隽逸说："小伙子，你到我那床睡吧，我那边采光好，方便你看书。"

项阳的眼睛透出了复杂的光，他犹豫了一下，在写字板上写道："不用，我这里挺好。"

"我没关系，你赶紧去吧，别啰嗦了。"迟隽逸说着，便帮项阳卷铺盖卷。项阳杵在那里，有些难为情。霍铁插话进来，说："孩子，学业要紧，你就搬到那个床。累坏了眼，也耽误你开刀。"

项阳这才把那些学习资料拿到50号床，又把自己的床前带有病症的标签也换了过来。做完这一切，项阳在写字板上写道："谢谢叔叔！"

迟隽逸笑笑，说："没关系，我儿子和你年龄差不多大，现在准备考托福呢。"

项阳在写字板上写道："那要花很多钱吧。"

这句话让迟隽逸有点窘，他耸耸肩，说："还好，他也和你一样争气。"

霍铁的女儿来了，她把父亲扶到床上，给他盛了碗小米稀饭，又剥了个鸡蛋递给他爸。顾完这头，她又盛了碗稀饭，一口一口喂给石煤，有些汤水还从嘴角流了出来，女人用手绢擦干。

迟隽逸说："你对你爸的老伙计真好。"

女人回头笑："这也是我爸。"

迟隽逸说："认的干亲啊。"

霍铁插话："不是，她就是他女儿。"

迟隽逸被搞糊涂了，问道："她不是你的女儿吗？"

霍铁和女人都笑了，连那个正在经历病痛折磨的老头儿石煤也咧了咧嘴。

女人说："我叫霍梅，梅花的梅。他俩都是我的父亲，我是他俩领养的孩子。"

迟隽逸的嘴巴惊成了一个圆圈。

霍铁接着说："我和老石下放支边的时候，在新疆遇到雪灾，结果我冻掉了三个手指，老石冻掉了半个脚掌，都成了残废。回来后，姑娘们看不上我们这样的，也就索性打了光棍，当然霍梅也是我们领养的。这闺女好，养的时候没花多大劲，现在还得边上班边来伺候我们。"说完，霍铁伸出左手，除了大拇指和食指，另外三个手指已经不见了踪影。

霍梅有些不好意思，她接着说："其实我是弃婴，被丢到工厂里的公共厕所，不知道是厂里人还是厂外面的人发现了我，厂里人怕麻烦，都不愿意收留我，那时候也没什么孤儿院，要不是两位爸爸，我也不一定有今天。"霍梅拍了拍霍铁的被褥，笑着说，"这些都是他们告诉我的。"

迟隽逸打量着霍梅，一个普通女人，穿着超市打折的羽绒服，扎着很粗的辫子，额间散了些没有捋顺的头发，当然还有失去线条的腰和腿，没有任何美感，看来不像是有很优厚的生活条件。但就是这样一个女人，以一种非常感恩的心态，记述了自己的过去和现在。迟隽逸心里有些赧然，也有些温暖，眼前的三个人呈现着另一种美感。

迟隽逸想把这种美给画下来，他又找出了蜡笔和画板，开始进行人物速写。

迟隽逸专心创作时，时间就过得飞快，他甚至没有听到杨雁翎的高跟鞋和地砖发出的撞击声。

杨雁翎"哎"了一声。

迟隽逸抬起头，嘟囔了一句道："我不姓'哎'。"

杨雁翎把保温桶放在床边柜上，说："我给你做了饭。"

迟隽逸淡淡地说："过一会儿。"

杨雁翎换了个话题，问："你怎么换到这个床了，靠窗户的那张多好啊。"

迟隽逸只是低头画画，瓮声瓮气地说："那个小伙子要看书，我和他换的。"

"那你还要画画呢。"杨雁翎的音调有些高。

迟隽逸抬起头，说："求求你，声音小点，吵得我脑袋都疼。"

杨雁翎一愣，降低音调，说："行，你得病，你老大，什么都你说了算。"

迟隽逸"嘿嘿"一笑，说："赶紧回去吧，公司那边离不开你。"

杨雁翎又站了两分钟，看到实在没有什么可以做的，也就离开了。迟隽逸专心完成了对霍梅的速写：一个侧影，霍梅捧着盛着小米粥的碗，一将刘海遮盖了半边的脸庞，张着的嘴巴仿佛吹着冒着热气的稀饭，而画面一侧的石煤则寥寥数笔被虚化，成了苦难和幸福的一抹。迟隽逸将目光收回到霍梅的脸庞，宽大的额头，深陷的眼窝，迟隽逸想起了霍梅说起的她的身世。迟隽逸皱了皱眉。

吃过午饭，刘姐来到医院，带了些水果来，也收走了保温桶。没过

多会儿，阿西莫多也来了，一个眼神，迟隽逸便心领神会。他刚要走，霍铁喊住了他，说："我也要去。"

迟隽逸脑袋摇得像拨浪鼓，说："不行！不行！"

石煤也插话道："你不会还想抽烟吧。"

霍铁说："我不去抽，我就闻个味儿。"

石煤嚷嚷着，要向霍梅报告。

霍铁对石煤咋呼道："你掺和什么，快给我闭嘴，回来我给你搞半斤酒。"

石煤果然不说话了。朱立威主任却突然像一尊门神一样挡在门前，双手插兜，道："老焦，把东西交出来吧。"

"什么东西？"阿西莫多在装蒜。

"烟！"朱立威没有废话。

"凭什么给你？"阿西莫多一脸不服。

"你诱使我的病人抽烟，这就是违规。"朱主任字正腔圆，很有气势，一下子把看着强悍的阿西莫多镇住了。阿西莫多老实地掏出烟，灰溜溜地走开。而迟隽逸不敢逗留，赶紧回病房。他能感受到那种如芒在背的凝视。

晚上，迟隽逸从餐厅打好饭，回病房的路上，看到了正在打电话的罗庆贺，似乎很激动，不停说着义务、责任一类的事情。迟隽逸远远站着，想等罗庆贺的电话打完，再告诉他朱主任为他找廉价特效药的消息。

但罗庆贺的电话打得很漫长，迟隽逸只听出个大概，他可能和保险公司在交涉一笔未支付的保险金。这应该是一笔救命钱，迟隽逸这么想。

饭缸慢慢变凉，迟隽逸打了个喷嚏，决定不再等待，先回病房把晚饭吃了。转身离开前，迟隽逸看到罗庆贺佝偻着腰，像是被生活打败了的士兵，且没有任何反败为胜的机会。

罗庆贺直到晚上 8 点多才回到病房，没有搭理任何人，直接钻进了被窝，身子背过去，不知道是醒着还是睡着。要不让他先歇会？迟隽逸这么想着。床上的那个背影又突然跳起来，急匆匆奔向门外。迟隽逸撑起身体，嘴巴张着，还是没把特效药的事情说出口。

迟隽逸看着罗庆贺灰色的背影，心里有着说不上的堵。迟隽逸无奈躺下，试图让自己睡眠。意识开始抽离，时间也没了知觉。

不知多久，一声警笛传入了耳膜，一瞬间将他从浅层睡眠中唤醒。他马上坐起身，觉得这警笛是冲着医院来的。他悄悄下床，来到窗前，看到担架上的一个身体，被两人抬着，绕过大楼，缓缓向一侧的小楼去了。医院的太平间就位于小楼的一层。

迟隽逸有些愣神，不祥的预感开始滋生。他很费力地转过身，看朱立威主任推开门，领着两名警官进到病房内。他们检查了罗庆贺的病床标签，搜了他的床头柜，随后便从病房里退了出去。迟隽逸也跟着警官出了病房。

姜雯靠在办公室的门边，眼角有着泪痕。迟隽逸来到她的身边，问："出了什么事？"

"罗师傅自杀了，就在医院隔壁的小树林，上吊死的。"

"什么？"迟隽逸一下子怔住了。

"我应该早点把特效药的事情告诉他。"姜雯靠着墙边蹲下，脑袋埋在臂弯里。

迟隽逸依然愣在那里，他想到了自己在药房外的迟疑，想到了眼睁睁看着罗师傅急匆匆离去，却毫无作为。

如果他不那么迟疑，不那么无所作为，结果会不会不同？

迟隽逸的腿也有些软，他也靠着墙蹲了下来。

14

又是一天清晨，本就冷清的病房愈发沉寂。一个中年妇女来到罗庆贺的床前，将柜子里的衣物收拾好。不多，一个大纸箱便可以盛下。妇

女走了，护士又把发给罗师傅的被褥收走，大概清洗后留给日后新来的病人。

随后，朱立威主任带着医生团队来到病房查房。迟隽逸看姜雯的眼睛肿着，似乎流了许多泪。迟隽逸虽然没流泪，却也是辗转未眠。理智告诉自己，罗师傅的死和他没关系。但不理智的感情总还是让他不断假设：如果早一些和罗师傅说特效药的事会不会好一些呢？

朱立威主任带着医生们来到空出来的床位上，声色俱厉地说："我不希望会有第二例这样的事情发生。"

医生们离开了，迟隽逸拿出画板，为罗师傅作画，那是为了生活而辛劳奔波的模样，那也是为了一角一分而穷煞英雄汉的模样。他想把这些模样记录下来。

迟隽逸任由自己的笔抒发着悲伤，但悲伤难以控制，它一会儿变成了怜悯，一会儿变成了自责，一会儿又变成了愤怒。不断翻转的情绪让他一遍遍撕下画稿。

他越全情投入自己的画，就越感觉到焦躁。笑笑来到迟隽逸的床边，嘴里叼着一根棒棒糖，问："叔叔，你这是画谁啊？"

迟隽逸终于放下画笔，说："叔叔在画隔壁床的罗叔叔呢。"

笑笑说："罗叔叔不在这儿，他不是出院了么？"

迟隽逸叹口气，一把把笑笑搂在怀里，笑笑胖胖的脸蛋蹭在迟隽逸的下巴上，笑笑躲避着迟隽逸的胡须。

笑笑噘着嘴道："你把罗叔叔画成了丑八怪了，他没这么吓人。"

迟隽逸眨了眨巴眼睛，重新审视自己的画。笑笑说得没错，画里的罗师傅透着对死亡的恐惧。

笑笑说："我画得都比你好。"

迟隽逸笑了，说："那你也画一幅给叔叔看看。"

笑笑回头看自己的妈妈，年轻的母亲点了点头。

笑笑从画具箱里找了几只蜡笔，回到了自己的角落，开始涂画自己心中罗叔叔的样子。而迟隽逸则静静看着笑笑那副认真的样儿。

过了二十分钟，笑笑把画纸拿给迟隽逸看。那是一头在蓝天白云下啃食青草的黄牛。

迟隽逸问："为什么是一头黄牛呢？"

笑笑说："妈妈说过，罗叔叔就像一头黄牛，很辛苦，现在他出院了，可以在草地上休息休息了。"

迟隽逸越过画纸，看不远处的笑笑妈妈。女人的脸上显出羞赧。迟隽逸把笑笑搂在怀里，说："笑笑画得真好，比叔叔画的好多了。"

笑笑还在护着自己的脸蛋，不被迟隽逸的胡子蹭到。

迟隽逸松开笑笑，把为笑笑画的素描送给他。

笑笑看着图画中的小男孩儿，略一迟疑，突然蹦跳起来，道："这是我么，这是我么？"

迟隽逸点点头。

笑笑开心极了，他抱着画跑到妈妈身边，嚷嚷道："你看，妈妈，叔叔给我画的画，画得真像！"

笑笑妈妈看了画像，笑说："还不谢谢叔叔？"

笑笑又蹦蹦跳跳地回到迟隽逸身边，连声说："谢谢叔叔。"笑笑还转着圈儿把这张画像给病房里的其他人看，笼罩在 29 病室大半天的沉闷气氛终于有了缓解。

第二章　遇见

15

迟隽逸睡了一个大觉，也做了一个大梦。在梦中，他被丢到一个洞穴中，一边是岩壁，一边是悬崖，没有出口，只有一根绳子从黑暗的高空垂落，通向更为漆黑的深渊。迟隽逸没有选择，只能顺着这根绳子向上爬，但绳子似乎抹了油，他使不上力，向上不得，迟隽逸索性顺着绳子往下放。不多久，他到了另一个洞穴，同样是一边岩壁，一边悬崖。迟隽逸还是无路可逃，只能顺着绳子继续往下出溜。他经过了一个又一个相似的洞穴，不断向黑暗的最深处探去，他不知道什么在最底层等着他。经过了 18 个洞穴后，迟隽逸竟发现自己坠落进了一个飞机场。

身边的人都拉着行李箱来回穿梭，而玻璃墙外，一架又一架飞机翱翔天空。迟隽逸想，自己终于可以离开这鬼地方了。他去找寻登机口，却没有找到一扇门，甚至连一扇窗都没有。他又跟着那些赶飞机的人去找寻出口，但那些行色匆匆的人拉着拉杆箱，走到机场的一端，撞上墙壁，又转身回来，向另一侧的墙壁进发，如此反复，来去匆匆。

迟隽逸突然明白过来，这个貌似充满着日光的机场，是没有出口的。他用梦里出现的任何物品去砸那玻璃幕墙，没有反应，他在梦里高声喊叫，想去唤醒那些行色匆匆的人，但他们置若罔闻。而他的高喊，也招来了机场的安保人员，他们穿着黑色的长袍，抡起镰刀，劈落的瞬间，迟隽逸醒了过来。

病房内一片寂静，除了项阳还在埋头学习，其他人已经入睡，笑笑的妈妈又不见了踪影。迟隽逸披上衣服，从枕头下摸出一包烟，又来到医院的天台上，想抽根烟解解闷。

迟隽逸是顺着楼梯往上爬的，从十层到十八层，他爬得气喘吁吁。而当他推通往天台的门时，觉得门被某个东西挡住了。他用力推了下，铁门发出刺耳的声响，坐在天台边缘的女孩也猛然回过脑袋。

隽逸眯缝起眼，突来的寒风让他有些视线模糊。但女孩的一声尖叫，让他瞬间明白了情况。他一下子僵在那里，心中苦叫："又来？"

女孩喊道："别过来。"

迟隽逸连摆手，说："我不动，你别做傻事。"

女孩盯着迟隽逸，长发在空中飞舞。她哭道："别过来，求你了，别过来。"

迟隽逸定住神，他在判断女孩的犹豫与恐惧，同时他又不能忽略女孩脸上痛苦的表情。迟隽逸问："你叫什么名字？"

女孩说："我叫什么名字和你没关系。"

迟隽逸一急，大声说："当然有关系，回头警察没准要找我录笔录的。"

女孩一愣，然后"嘤嘤"哭了起来。

迟隽逸心中暗骂自己说错话了。

两人间片刻的沉默，留下寒风在天台呼啸。迟隽逸裹紧了衣服，突然不自觉地来一句："明天没准会下雪，你不想看看今年的第一场雪么？"

女孩咬着嘴唇，看了看天，然后狠狠地摇摇头。

迟隽逸又不知该说什么了，巨大的紧张感在逼迫着他，他的心在猛烈抽动。

"如果明天警察来问的话，你就说我叫晴朗。"

"晴朗？多么好的名字啊。"迟隽逸说，"你这么晴朗，为什么会想不开呢？"

晴朗没有接话。

迟隽逸接着说："没准明天是个晴天，不下雪了，你为什么不等等看明天到底是晴天，还是雪天呢？"

女孩歪了歪脑袋，她似乎也被迟隽逸无厘头的话搞晕了。

迟隽逸发现自己的闲扯能分散女孩的注意力，便强迫自己不停地讲话，说："你要是真想跳楼，你也好歹等我把我楼下的宝马车挪挪位置，因为这车现在你脚的正下方。"

女孩把脑袋歪过去，想看楼下。

迟隽逸慌忙喊："哎哎哎，你别往下看！天这么黑，你什么都看不见的。"

女孩说："你在糊弄我。"

迟隽逸赶忙说："没有，没有。我只是脑子不好使了，我，我长了脑瘤，影响记忆力，或许我把车停在楼下，或许没有。"

女孩沉默了一会儿，说："你也得了肿瘤啊。"

迟隽逸像是抓到了救命稻草，说："你也在肿瘤病区？"

女孩"嗯"了一声。

迟隽逸接着说："我都得了脑瘤了，我都没打算跳楼，你怎么想不开，至少你也得排我后面跳啊。"

女孩抿了抿嘴，迟隽逸向前两步，接着说："你知道我们病区，昨晚上刚走了一个，是自杀。警察半夜来的，把医生们盘问了好久，你也就别在今晚折腾他们了，让他们歇歇好不好？"

女孩这下真的犹豫了，她默许了迟隽逸走到她的身前，距离她只有三步的距离。迟隽逸可以嗅到女孩发丝的香气。

迟隽逸说："下来吧，我们比一比谁更惨，比完之后，你就会把天台这块地儿让给我了。"说着，迟隽逸伸出了手，微笑着。

女孩似乎也被迟隽逸的幽默打动了，女孩犹豫着，伸出了手，被迟隽逸紧紧攥住，把她从天台边缘带了回来，留下呼啸的风在嘲笑天台另一边死神的失败。

女孩问："你叫什么名字？"

"我叫迟隽逸，你喊我迟大叔。你真叫晴朗？"女孩点点头。

迟隽逸说了句："好名字。"然后便护送着晴朗穿过铁门，回到住院部大楼顶层的电梯。

狭长的电梯里，迟隽逸和晴朗的脸倒映在银色电梯门上。晴朗的脸依然惨白，似乎并没有从死亡的寒冷中走出。迟隽逸的脸则写着疲态，深深的眼窝，拉碴的胡子。迟隽逸不愿意看倒映中的自己，便将目光斜向上看电梯标签。

回到肿瘤病区，晴朗走在前面，迟隽逸跟在后面，空空的走廊，两人拖沓着脚步。把晴朗送到一号病房，同样是安放了六张床的普通病房门口。迟隽逸停住了脚步。晴朗转过身，说："谢谢你，迟……"

"迟叔叔。"迟隽逸接过话，"没关系，我应该谢谢你。没把我心脏病吓出来。"

晴朗的脸红了。

迟隽逸说："下次别做傻事了。有什么事可以和迟叔叔说，我在最南头的 29 号病房。"

晴朗点点头，说："别把这事告诉别人行不行？"

迟隽逸也点点头。

晴朗推门进入了病房里，迟隽逸在门外等了一会儿，来到了护士台。值班护士小冰正在打盹儿。迟隽逸敲了敲护士台的隔板，说："朱主任，您来啦。"

小冰立马醒了过来，左右看看，走廊空荡荡的。

小冰揉揉眼，说："妈呀，怎么睡着啦！"

迟隽逸神秘莫测地说："我今天帮了你大忙。"

小冰不满地说："什么大忙啊？"

迟隽逸说："你别管了，只要留意 1 号病房里面的动静就行，看着里面的女病人不要乱跑。"

小冰的脸上略疑惑，随后又显出调侃的神色，说："咦，迟大叔，你看上了哪位阿姨啊？"

迟隽逸撇撇嘴："小朋友别瞎说。"

说完这些，迟隽逸就跑到办公楼。姜军的办公室此时正亮着灯。迟隽逸没敲门，直接推门，却被刺鼻的烟熏了出来。迟隽逸听到里面有人喊了声："谁？"

"我，迟隽逸！"

姜军从浓烟深处走出，问："你怎么来了。"

迟隽逸则问了句："你晚上抽了多少支烟？"

"两包吧。"

"你疯了，抽这么多干吗？"迟隽逸问。

"写论文呢，得提提神。"姜军答。

"这么拼命做什么，你都是大院长了，随便两个红包，也比你十篇论文强。"迟隽逸说。

"你这个艺术家怎么一身铜臭味。我可不收礼，别诬赖我。"姜军说，"我要是有你那画画卖钱的本事，我也不会在这死磕什么论文。"

"有理想、有追求的院长。"迟隽逸"嘿嘿"一笑，"来，我们出去温点酒，喝两杯。"

姜军还想反抗，却被迟隽逸生拉硬拽带到了医院附近的一家大排档。要了一壶黄酒，叫了几个下酒菜。

迟隽逸边嗑花生皮，边说："这顿得你请。"

姜军不服道："不是你拉我来的么？"

"我可替你省了一大笔钱。"迟隽逸笑道。

姜军有些迷惑。迟隽逸没有再卖关子，说："今晚上我们病区又有个小姑娘爬到住院部天台上想往下跳，被我劝下来了。"

姜军一口酒差点呛出来。

迟隽逸用纸巾擦擦喷在桌面上的酒，打趣说："你请的酒，别洒了。"

姜军问："谁？哪个病房的？"

"我不会告诉你的，反正是没事了，那个女孩估计是一时想不开，但被我几句话劝回来了，已经送回病房了，要护士盯着呢。"

"昨晚上刚自杀一个。"姜军自言自语。

"是的，老罗。"迟隽逸感叹道，"但是他也解脱了。"迟隽逸举起酒杯，"为了老罗安息的灵魂。"

姜军翻翻眼，举起酒杯，和迟隽逸的碰了一下。

迟隽逸突然问："老罗的那些医药费怎么办，他不是欠了医院 10 万元医疗费么？"

"当然一笔勾销了。此外，我们还给了病人家属 5 万元的抚慰金。"姜军边说边喝完了杯中的酒。

迟隽逸给姜军添酒道："你们够仗义的啊。"

"仗义也好，恐惧也罢。总归也是对病人家属的一个交代。说实话，虽然罗师傅不是在医院内自杀的，但他毕竟是我们医院的病人，多少都和我们医院有些关系。如果我们不主动做些什么，万一有心怀不轨的病人家属把灵堂设在医院，把棺材抬到门诊，那就好看了。"

"原来你们的人道也是有经济考虑的。"迟隽逸说，"所以为了防止类似的事故，你们把医院的窗户都焊了铁笼子。"

姜军点点头。

"好啊，姜军，你把我们病人都当动物园里的猩猩了，都关起来了。"迟隽逸止不住打了个酒嗝。

"不能这么说，铁笼子，还有提前的赔付，都只是一种制度上的保证。有人说，制度不会让人变得更好，却可以防止人变得更坏。我们这样做也只是为了防止一个更坏的结果而已。"姜军说。

迟隽逸想了想，点点头说："不过今晚你可以放心，那个女孩应该不会有什么问题，她也就是一时想不开。"

姜军喝口酒，说："的确，女性会因为想不开而自杀，但自杀成功率也就二成不到；男性的自杀成功率要高很多，几乎能达到九成。"

迟隽逸说："我也看过这个数据统计。放心，我肯定属于男性里面那一成的。因为等我真想自杀了，我都已经傻到不知道该怎么实施自杀的过程了。"

姜军扶住酒瓶，说："那我就来帮你，我当你的死亡医生。"

迟隽逸举起酒杯，说："一言为定！"

姜军也举起酒杯，说："一言为定！"

16

迟隽逸和姜军一直喝酒到很晚，姜军钻回了他的办公室，他把单位当成了半个家。迟隽逸则回到后花园囫囵睡了一晚。待到第二天回到肿瘤病区，查房已经结束。

迟隽逸溜到晴朗所在的 1 号病房，从门上玻璃往里看，晴朗背对着他，正在床上发呆，身边并没有一个人陪伴。

迟隽逸想进去探望，又觉得太唐突，便转到姜雯的办公室，把她拦住，问 1 号病房那个叫晴朗的姑娘得了什么病？

姜雯的脸色狐疑，说道："病人的资料都是保密的。"

迟隽逸哼了一声，说："扯淡！不都在标签上写着的么。只是我不方便进女病房。你可知道？那个叫晴朗的昨晚上想自杀，被我劝下来了。"

姜雯脸色突变，她赶忙登录电脑的一个系统，输入了晴朗的名字，一系列资料便刷了出来：性别女，年龄 22 岁，单位住址清扬福利院，病症乳腺癌。

迟隽逸和姜雯愣在那里。半晌，迟隽逸感慨一句道："真年轻啊。"

姜雯点点头，说："她没有父母么？"

迟隽逸说："她不是住在清扬福利院么？"

姜雯说："有可能她是福利院的员工啊。"

迟隽逸叹口气，说："她很可能是一位孤儿。"

说到此，两个人又都不说话了。

"怎么都这么倒霉呢？"迟隽逸半晌冒出来这么一句话。

"你说什么？"

"我是说，我们这里最好改个名字，不要叫肿瘤病区，而叫倒霉蛋收容所。"

姜雯叹了口气，道："都是摊上的。医院里很多人都不说肿瘤病房，而是直接用十楼来代替。比如十楼的朱立威，十楼的护士长。好像这里是个被诅咒的地方。"

迟隽逸骂了一句，就离开了姜雯的办公室。他听到姜雯在后面喊道："你有没有用 DV 录像啊。"

迟隽逸头也不回地回道："录什么？录我有多惨吗？"

迟隽逸回到了自己的病房，看到原先罗师傅的床上坐着一个头发稀疏的中年男人，瘦得像一张纸，眼皮耷拉着，鼻子也垂丧着。男人的嘴角还叼着一根烟，但没有点燃，只有鼻子下一只很大的黑痦子上在微微颤抖。迟隽逸伸手把男人嘴角的烟拔出，放到床头柜上。男人眼皮掀开，看了看迟隽逸，一言不发，又从口袋的烟盒里抽出一支，放进自己的嘴角，继续发呆。

迟隽逸又把纸烟拔了出来，直接扔进了垃圾桶。男人只是又抽出一根，塞进嘴角里衔着。迟隽逸则第三次把烟拔了出来，他的心也随之加速跳动。男人把烟盒掏出来，又翻过来，再没有烟了。男人摇摇头，说："没了，完了。"说完，便衣服也没脱，直接钻进被窝，背对着他，大概睡了。对面床的霍铁溜过来，狡黠地看了眼迟隽逸，然后从床头柜上和垃圾桶里捡走迟隽逸扔掉的三支烟，揣进口袋，偷偷溜出门。精神明显好转的石煤在床上敲打着被褥，道："老铁，老铁，我要告诉朱主任！"

整个上午，迟隽逸都过得心神不宁。他时而瞅着睡在隔壁床的男人，想搞清楚他到底是醒着还是睡着。那个男人一动不动，连个呼噜也不打，甚至没有呼吸起伏。实在弄不清楚状况，他时而瞅着对面的项阳，那个青年还在埋头苦读。为了解放双手，他的吊针都打在脚脖子上。项阳看到他在看自己，便在本子上写了三个字：上午好。迟隽逸撇撇嘴，觉得这个青年实在无趣。霍铁已经从外面享受回来，他给石煤带回来一瓶半斤装的二锅头，石煤的脸都乐红了，再也不提向朱主任告状的事情。霍铁把酒瓶放到石煤的被褥下藏好，便钻进卫生间刷牙去了。迟隽逸莫名地想起自己上初中第一次抽烟后回家也是这个样子。

发了半天呆，迟隽逸从床上跳下来，决定去 1 号病房去看那个叫作晴朗的女孩。迟隽逸没有看到她，她的床是空的。迟隽逸的心立刻焦虑起来，他到护士台问晴朗去了哪里。护士的头埋在一堆材料里，摇着脑袋说不知道。迟隽逸心里愈发焦躁，他赶到电梯口，电梯门开了。姜雯陪着晴朗出了电梯门。迟隽逸愣住了，他的眼神和晴朗的眼神有了交集。他有些结巴地问："姜医生，你，你去哪儿了？"

"我去陪她做 CT 去了，有事么？"

"没事。"说着，迟隽逸便一头钻进电梯，转过身，看到姜雯陪着晴朗往病房走去。电梯门关了，他也吁了一口气。提了整个上午的心仿佛有些落下。迟隽逸下到一楼，却不知道要做什么。他想了想，在医院外的街边，买了半斤卤猪耳朵，带回给了石煤。石煤高兴得褶子都被撑开了。

邻床的男人还没有起床。迟隽逸悄悄将他的洗漱用品在卫生间放好，又在饭堂为他打好饭，放在床头柜上。随后便打开凡·高的作品集，翻到那幅《星空》的油画。几十年过去了，从最初的那一眼，到如今，迟隽逸对这幅画的热爱一点儿也没有减退。那如鸡蛋黄一样的月亮，那如蓝丝绒一般的夜空，那如钻石闪亮到无法辨清形状的星星。最美的星空，被揉碎在画家的油彩中，表面的澄澈却好像蒙上了一层朦胧的哀伤，仿佛画家也把自己灰蓝的眼睛也揉了进去。迟隽逸不禁闭上了眼，黑暗的天台边缘，寒风中摇曳的晴朗的身影又出现在他的脑海中。

邻床男人是晚上醒来的，他一骨碌从床上爬起来，左顾右盼，像是在确认周边的环境，随后又耷拉下了脑袋。他看到床头柜上的蛋炒饭，搪瓷缸上还有自己的病床号。骂了一句，便端着搪瓷缸来到对面的水房，接了点热水，然后站在微波炉前发了愣，上面提示加热要投币一元钱。

男人回到病房，来到迟隽逸面前，伸出手："给我一块钱。"

迟隽逸抬头，仿佛没听懂男人的说话。

男人说："上午你拿走我三根烟，我给你算一块钱。"

迟隽逸"哦"了声，开始上下翻口袋，最后还是在床头柜的抽屉里找到了一元硬币，递给了男人。男人拿着硬币给米饭加热了，回到病房。迟隽逸找出一包咸菜，递给男人，男人接了过来，撕开口子，一股脑放进了米饭里。

男人说："我姓皮，大家都喊我皮克，你也喊我皮克吧。"

迟隽逸"哦"了声，说："我叫迟隽逸。"

"你得了什么病？"这个叫作皮克的男人抬起头问。

犹豫了一下，迟隽逸说："可能是脑子有点问题。"

"我的小弟兄得了癌症。"

迟隽逸面露疑惑。

皮克指了指自己的裤裆："睾丸癌。说完，哈哈笑了两声，嘴巴上的痦子跟着乱颤。"

"怎么会……"迟隽逸没把话说完。

"怎么会？我也在问自己，或许是提前把该做的事都做完了，该享的福都享了，它也想提前退休了，罢工了！"

迟隽逸点点头，他发现霍铁、石煤都在看着这边，就连笑笑的妈妈也在瞅着皮克，新的病人总会引起大家的关注。

迟隽逸问："那你今年多大了？"

"五十一。"

"那我该喊你声老兄。"

"什么兄什么弟的，现在在这个病房里，谁能熬到最后死，谁才是老大。"皮克的声音虽然含糊，但所有的听众都还是低下了头。

"我听说这个床前两天刚死一个。"皮克问。

迟隽逸点点头说："自杀的。"

"懦夫！晦气！"

"没办法。要不你和主任说说，给你调换一张床。"迟隽逸建议道。

"你看我有那个钱么？换句话说，这里的每张床不都死过人？这里不就是给那些快死的人待着的地方么？"

霍铁发话了，说："哎哎哎，46床，说话积点口德，我们还有……我们还有希望。"霍铁说话的语气虎头蛇尾。

皮克笑笑，摇了摇头道："反正都是死磕，和别人死磕，和自己死磕。"说完，他问迟隽逸要了张白纸和一杆笔，在上面唰唰写了四个歪歪扭扭的大字——至死方休。

皮克把这四个字贴在自己的床头。霍铁一看，气了，他从床上下来，跑到皮克的床前，一把把这四个字给撕了下来。皮克想反抗，石煤提着拐杖尖指着皮克的脑门儿，皮克没敢再动，只是说了句："两位老哥行！"

霍铁和石煤回到自己的床上，但他们的眼睛还一直盯着皮克，剑拔弩张的气氛还没有消除，就连笑笑的脸色也变了，他畏缩在被窝里，睫毛低着，一副恐惧的模样。皮克四下看看，好像没有什么友方伙伴，连迟隽逸也不再搭理自己。他耸耸肩，却看到了笑笑床脚边那个始终没有拼好的魔方。

皮克把魔方一把拿了过来，上下端详了魔方几秒钟，好像是端详一副在手中把玩的老核桃。大家也在琢磨皮克研究什么。皮克闭上了眼睛，魔方开始在他的指尖翻滚，六种颜色上下飞舞，令人目不暇接，但慢慢地，病房里的大伙也看出了那些颜色慢慢趋于统一。半分钟后，皮克睁开眼，看了看六面完全拼好的魔方，微微一笑，把魔方扔到笑笑的被子上。然后钻回他的被窝里，又不知道是醒了还是睡了。

天色全部黑了下来，迟隽逸穿好衣服，出了病房。他来到1号病房的门外，探头往里面瞅了一眼，晴朗正在病床上躺着，面色平静，似乎入睡。一个中年妇女推开门，迟隽逸侧了侧身，晴朗睁开了眼，看到了迟隽逸。晴朗的面色依然平静，迟隽逸则退到病房外的钢制长椅上坐下，长长的走廊在他面前铺开，这头到那头，一盏盏灯，一扇扇门，一块块地砖，迟隽逸觉得这段路很长。

迟隽逸一直坐在长椅上发呆，慢慢竟打起了瞌睡。直到后半夜，他突然惊醒，打了一个喷嚏，站起身，活动活动四肢，又把头伸到1号病房的门窗前，看到晴朗躺在床上，长长的头发覆盖了半个枕头。迟隽逸有些心安，他相信今晚不会再出什么样的意外，便拖沓着步子回到自己的病房。

房间里的所有人都已经入睡，只有笑笑的妈妈不见了踪影。迟隽逸走到窗前，看楼下城市的车水马龙、流光溢彩。他又看夜空，灰蒙一片，不见星月，只有大朵的黑云朵低低地悬着，像是在酝酿着某种审判。迟隽逸很想把这幅画画到自己的油布上去。

17

早晨的懒觉是被一场争执给搅黄的，半夜才睡下的迟隽逸睁开眼，看到霍铁和石煤站在皮克的床脚，嚷嚷着什么。皮克靠在床上，完全不搭理面前的两个老头。

迟隽逸把脑袋伸出被窝。霍铁说："你瞧瞧，五十几岁的人了，这都写的什么？"霍铁把一张卷起来的废纸打开给迟隽逸看。上面写着四个大字——精尽而亡。

霍铁又骂道："这不是有伤风化么！"

石煤在后面的帮衬很简单，就两个字："流氓！"

迟隽逸看皮克，他还是靠在床上，一副戏谑的表情。迟隽逸起身，把两个老头劝回到各自的床上。

蔡明晓护士长带护士小冰进到了病房中央，她告诉大家，明天就是项阳做手术的日子。医院有一个传统，让所有即将动大手术的病人写下自己的愿望，放在许愿墙上，病友们也可以写下自己的祝福，一同贴在许愿墙上。

病房里的人都在看项阳，项阳的脸色有些羞赧。蔡护士长把一个写字板递给项阳，要项阳写下自己的愿望。项阳想了想，写了一句话——病好以后，我请大家吃肯德基炸鸡全家桶。

小冰笑了，护士长接过写字板，也笑了。随后，护士长将写字板交给霍铁，让霍铁写些祝福的话。霍铁写了句——要阳光点。霍铁递给石煤，石煤写了句——我是石煤。写完，石煤停了停，又补充一句话——别忘了我是谁。写字板被交给迟隽逸手上，迟隽逸写下——祝考研顺利。迟隽逸将写字板端起来给项阳看，项阳笑着作揖。然后便是皮克。皮克大笔一挥，四个字——精尽不休。皮克也把写字板端起来给项阳看。护士长面色有些不快，小冰却在憋着笑。项阳也给皮克作了个揖。写字板交给了笑笑。上面的空间已经不多。笑笑提着笔，想了半天，最后画了一个笑脸。下床把写字板递给了项阳。项阳搂了搂笑笑。

项阳想拍张合照，小冰招呼着大家在窗台前排好队，在外面巡视的姜雯也加入了进来，只有皮克还赖在床上不愿意起来。迟隽逸把皮克从床上拉到窗台前，皮克站在最边缘，两手插兜。护士长来拍照，在她喊"123"的时候，杨雁翎竟然进来了。迟隽逸努力想今天是什么日子，对了，周日，休市。霍铁把杨雁翎也拉进了拍照的队伍中，站在了迟隽逸和皮克的中间。护士长再次计数，所有人都显出了他们的笑脸。项阳笑得很文雅；霍铁和石煤笑得很粗犷，有的皱纹展开了，有的皱纹则愈发深刻；笑笑笑得很纯真；他的妈妈笑得很疲惫；迟隽逸笑得很真诚，他的心中的确充满了祝愿；杨雁翎则笑得很迷惑，宝蓝色的套装很吸引眼球；小冰的笑完全是自拍教程教出来的，非常自我；皮克则依然插着兜，他的笑在嘴角，斜耷拉着，像是一种不屑。

项阳跟着护士走了，他要在动手术前搬到另一个单人病房。杨雁翎坐到迟隽逸的床边，看着自己的丈夫，问："最近怎么样？"

"挺好。"迟隽逸言简意赅。

杨雁翎的手放在迟隽逸的手上，说："你在怪我？"

"没有。"

"你是在怪我，怪我这两天没来看你。"

"你很忙。"

"我是很忙，这段时间亏损得很厉害。别人挤压我，要把我的公司收购过去，我的压力很大。"杨雁翎的眉毛低着，在看自己和迟隽逸握着的手。

"你有什么需要的，我赶紧去给你买来。"杨雁翎接着说道。

迟隽逸一声哼笑："你像是到监狱来探监的。"

"老迟。"杨雁翎喊了一句："你要理解我。"

迟隽逸"嗯"了一声，说："你先回去吧，我想想我需要什么，然后我给你打电话。"

杨雁翎叹口气，说了声："好吧，公司一大帮人都在等着我呢。"说完，她便走了。

皮克翻过身，对迟隽逸说了句："长得不错啊，你老婆？"

迟隽逸点点头。

"一身行头值不少钱吧？"

迟隽逸摆摆手，表示不想继续这个话题。

皮克又翻身平躺，手指捏着一个药丸，端详着，自言自语道："精尽而亡。"

迟隽逸看着皮克，觉得这个人很奇怪。

皮克说:"那帮医生们打算用这个药丸把我的小兄弟慢慢安乐死,成为一个废物,然后便组织我和病友们一起拍张照片,写些什么狗屁愿望,然后一刀把它给切了,干干净净,一刀两断。"

迟隽逸不知该怎么搭皮克的话。但皮克似乎也不在意,他从抽屉里拿出一副牌,大拇指和食指一捏,一副扑克便唰地展开,又一捏,又全部合成一体。然后他便将这幅扑克玩转在手中,一张张扑克牌和一个个手指在飞快地翻飞,病房里病人的注意力又被他给吸引过去了。一分钟后,54张扑克牌被一分为二,放在被单上。皮克一拍手,左右各持一半,展开,杂乱无章的扑克分成了红黑两大阵营。每个阵营按照大小顺序依次排列。

霍铁不禁拍起了手,皮克从裤兜里掏出一包烟,从里面抽出一根扔给霍铁,然后把那副扑克收好,放进床头柜,又埋头假寐起来。霍铁赶紧将烟藏进了一个药盒子里,完了还左右瞅瞅,像刚做完坏事的小偷。

午饭之后,蔡明晓护士长带了何护士到病房作突击检查,目的就是要清剿一切有害治疗的物品,烟酒当然在列。护士们几乎有着警犬一般的嗅觉,她们一进门就直奔石煤的床,把他藏在鞋盒里的半斤二锅头搜了出来。蔡护士长把瓶子在空中摇一摇,貌似表扬地说:"不错,一滴也没动,知道治疗期间不能喝酒,不容易啊,为了不让你馋,我来给你保管吧。"石煤垂头丧气,一声不吭。

在霍铁的床头柜,护士们一共搜出来十来支散烟。霍铁没有任何反抗,只能让护士们把他心爱的宝贝带走。但是蔡护士长没有走,她把这些烟扔进随身带的小桶里,对霍铁说:"就这么多?"

霍铁点点头:"就这么多。"

护士长笑了,说:"谁不知道你霍老头最能存货,会提前把三个月的粮食都备齐了?你肯定还有,赶紧拿出来吧。"

霍铁哭丧着脸:"就这么多了,再多都没有了。"

蔡护士长对身边的何护士说："扶他起来，看看床铺下面。"胖大的何护士听到护士长的指令，回到霍铁的床前。霍铁的整个人都被何护士的阴影覆盖了。霍铁叹口气，从床上下来，任由何护士把被褥翻了个底朝天，仍旧一无所获。

蔡护士长有些失望，她打开霍铁的床头抽屉，一件件翻里面的物件，霍铁的脸色愈发紧张，像是一个刚被警察抓到，但还没查清犯罪事实的贼。护士长搜出了许多透明胶布，扬了扬问何护士这些胶布从哪里来。

何护士说这些胶布是霍铁从护士站借的。蔡明晓想了想，蹲下身子，把脑袋探到了床底，霍铁则立刻成了霜打的茄子。蔡护士长和何护士一共从床底搜出来七十多支烟，这些烟都被用胶布贴在床底下，排列得整整齐齐。

蔡护士长把这些烟扔进桶里，像是在打趣一样对霍铁说："霍大爷，我觉得您老不去边境搞毒品走私都亏得很。"霍铁哼了声："你们比红卫兵抄家还狠。"

蔡护士长来到笑笑的床前，搜出了许多糖果，告诉笑笑的妈妈不要让孩子吃太多甜食，然后又把这些糖果还给了笑笑。接着便搜皮克的床。皮克站在床边，叼着一根烟。蔡护士长把皮克的烟从嘴角里拔出来，扔到桶里。皮克"嘿嘿"一笑，变戏法似的提溜一串避孕套。她转身对护士长说："这个要不要没收？"

蔡护士气急败坏地吼道："收，全部没收。"

皮克耸耸肩道："无所谓，反正我现在用不用它都可以。"

轮到迟隽逸了，他主动将两包烟交给了蔡护士长，他可不想惹这个中年女人发飙。

蔡护士长走后，朱立威主任带着陶沙医生进到了病房，他们给石煤和霍铁做了个检查，宣布两人都要打一种抑制细胞生长的小针。石煤是第二次打这种针，霍铁则是第一次。霍铁看过石煤在打这个针后经历的痛苦。他的脸色有些灰。霍铁和石煤的女儿霍梅也恰巧进到病房。

两个老头提出要霍梅陪着他们到医院外面的集市走走，回来后再打针，朱立威主任同意了。两个老头走后，皮克也一溜烟没影了，只剩下笑笑母子和迟隽逸，病房里一下子空下来许多。迟隽逸把画板拿出来，他想着昨晚的夜色，他有一种冲动，想把那副景色画下来。但画笔在他的手指尖停留了很久，却下不了笔。迟隽逸有些烦躁，他把被子蒙在脑袋上，一觉睡到了天黑。

迟隽逸醒来时，霍铁和石煤已经在床上躺着了。石煤窝在被窝里没动静，霍铁则在床上一直哼唧着，不时还喊几声难受。霍梅在两张床中间忙乎着，用凉毛巾为两位老人物理降温。迟隽逸站到霍梅的身后，希望能够搭把手，但霍梅说自己能忙过来。迟隽逸看到霍铁的脸因为疼痛都缩到了一起，心里有些难受。为了摆脱这种情绪，他出了病房，几乎是下意识地来到了 1 号病房。天台的那个晚上已经在不知不觉中将两个人联系在了一起。

晴朗在屋里看书，迟隽逸静静打量着这个女孩，觉得她的气色要好了很多。有个小丫头跑到她的床前，晴朗把书合上，递给了小丫头，两个人讲着什么，情绪似乎还不错。迟隽逸在病房外的长椅上坐下，发了会儿呆，然后转过身子，看到落地玻璃反射出来的自己，穿着条纹病号服。而落地玻璃外则是城市鳞次栉比的高层建筑，如果眼神够好，可以看到每栋楼里面正在工作或是生活的人们。这些灯火会在最高的那一层之上消失，有些建筑物还有竖向天空的天线，天线的顶端会点缀着柔和的红灯，一闪一闪的，像是飞翔在夜空中的某个生命。

迟隽逸身后的门被打开了，晴朗从里面出来，她看了眼迟隽逸，轻轻点了点头，迟隽逸一瞬间没做反应。他看着晴朗走向护士站，如一抹青纱，悄然无声。在那里，晴朗和值班护士低声说了几句话，然后又折返回来。迟隽逸转过身，将视线再次投向外面的夜色，晴朗纤细的身影也投射在玻璃幕墙上，也出现在迟隽逸的余光里。晴朗走到门前，停了下来，停留了两秒。两人间或许会有语言发生。但晴朗还是推门进去了。

迟隽逸扶住了栏杆，整个身体软了下来。这是在做什么？他突然质问自己。守在这扇门外，有什么意义，仅是为了不让房间内的女孩不再有轻生的机会？抑或是为了满足心中某种缺失的东西。迟隽逸笑了，他觉得自己就像一个小孩，读一则王子拯救城堡中被恶龙囚困公主的故事。他在心中哈哈大笑，他不是湖边的朗斯洛，他只是一个即将失去所有记忆的中年大叔。他这到底在做什么？他停止了心中的笑，在心中又一次质问自己。

一股懊丧的情绪钻进了他的心里，他想起了杨雁翎，想起了这个一同生活二十多年的家人。而如今，他们两个人之间甚至连沟通都没有，连在一起安安静静坐上一个小时都不可能。他和她正从彼此的生活中隐退，而这隐退的部分，正是迟隽逸心中感到的缺失的那一块么？杨雁翎曾说，他在昏迷前，说的最后一句话是"我曾那么爱过你"。这是他说的么？曾经如此，现在呢？

迟隽逸心中出现了不确定性，他不确定自己对杨雁翎的爱，他更不确定杨雁翎对自己的爱。窗外，寒风渐起，将那些竖立在楼顶的铁杆吹得左右摇摆。迟隽逸掏出手机，想给杨雁翎打一个电话。但要说什么呢？迟隽逸心里没了主意。想了半天，迟隽逸用短信给杨雁翎发了条信息——明天上午给我带一包香烟，西风牌的，大学时候抽的那种，你应该记得。

迟隽逸关上手机，想着最后一次看到西风牌香烟是在什么时候，有十来年了吧。迟隽逸想自己为什么会发这条短信，杨雁翎又会到哪去给他挖地三尺，找到这个牌子的香烟。但迟隽逸管不了这么多了，他的脑袋有些犯晕，算是一次恶作剧也罢。他没有等杨雁翎回短信，而是直接关了机，瞅了眼病房里的晴朗，然后回去直接睡觉去了。

18

杨雁翎第二天一早便来到了医院，坐在病床前的板凳上，等着迟隽逸醒来。迟隽逸已经醒了，他能嗅到杨雁翎身体散发出的香水味道。但迟隽逸还在装睡，他虚搭的眼能够看到邻床的皮克正在偷眼看自己和杨雁翎。

迟隽逸保持着侧身的睡姿，一直到膀胱实在憋不住尿液才起床。杨雁翎从手包里取出两包西风香烟放在床单上。迟隽逸很惊讶，他问杨雁翎烟是从哪里买到的。

杨雁翎说她托人找了一夜这个牌子的香烟都没有找到，后来想到十多年前，在他们还一同住在老房子里，她曾为了迟隽逸的健康着想，没收过迟隽逸两包西风香烟。

迟隽逸"哦"了一声，接过两包香烟，在手里掂量。杨雁翎依然是一副简约精干的打扮，但从她的眼中，可以看到积累的疲惫。杨雁翎回避了迟隽逸的眼神，将早早买来的蒸饺放进微波炉里热了，然后拿给迟隽逸。迟隽逸接过蒸饺，一个个塞进嘴里。沉默的气氛没有任何不安。

杨雁翎开始说话，道："老迟，我们换家医院吧。到北京找家专科医院，不要这里窝着了。"

迟隽逸放慢了吞咽，在内心祈求杨雁翎不再说话。

但杨雁翎还在说："这里环境太差了，趁你现在病情比较稳定，方便出行。"

迟隽逸狠狠地打了个嗝。

杨雁翎皱了皱眉，接着说："我知道你为什么想西风烟，那是你年轻时候的最爱。但你现在的病情，缅怀一下就行，不要再抽了啊。"说着，杨雁翎的手伸向被子上的西风烟。却被迟隽逸抢先一步，将两包烟抢在手中。

迟隽逸利索地将其中一包拆开，抽出一根，下床，来到霍铁的病床前。霍铁还在疼得哼哼唧唧。迟隽逸将这支烟放在他的鼻尖下，白色的烟卷因为时间的缘故呈现出玉黄色。迟隽逸说："老铁，赶紧收好，我这里还有好烟。"

霍铁睁开眼，眼睛眉毛都皱在一块。霍铁摆了摆手，迟隽逸为他掖了掖被子，然后回到自己床边。杨雁翎冷冷看着，没有任何反应。恰巧阿西莫多从门口路过。他喊住阿西莫多，要阿西莫多陪他一起到天台抽根烟，迟隽逸还说有好烟伺候。阿西莫多当即放下手上的拖把，和迟隽逸走进电梯。但刚进电梯，阿西莫多发现杨雁翎也跟了进来。他认出了迟隽逸的老婆，他看着迟隽逸，迟隽逸摆手说"没事儿"。三人无言，向天台飞升。

清晨的风冷飕飕的，迟隽逸将西风烟拿给阿西莫多，说："这刮的正是西风，正好抽西风烟。"阿西莫多瞅瞅烟，没说什么，点燃一支，自己开始抽了起来。而迟隽逸也点燃了一支，边抽边瞥站在铁门前的杨雁翎。几天前，他便是站在这个位置发现想要跳楼自杀的晴朗。迟隽逸把烟卷从嘴角拿开，大声对杨雁翎说："你去给我买两条绿箭口香糖。"

杨雁翎站着没动。

迟隽逸又喊道："很多年前，你不让我抽烟，我只能在外面偷偷地抽，抽完了嚼一条绿箭口香糖，然后回家再刷个牙，这些你不记得了？"

西风吹乱了杨雁翎的头发。

迟隽逸还在喊道："很多事情我都听你的，现在我病了，我想你听我一次。"

杨雁翎的肩膀开始抽动。

"你到底给不给我买绿箭口香糖啊。"迟隽逸又大声问了一遍。阿西莫多此时已经离得老远，他不想介入这场争吵。

杨雁翎终于回道："买，我现在就下楼给你买。"说完，便转身消失在铁门后。

迟隽逸又猛抽了，阿西莫多靠了过来。他摇了摇手中的烟说："这烟都霉了。"

迟隽逸想笑，但却笑不出来。他掏出手机，拨通了杨雁翎的手机号，杨雁翎说了声："喂。"

迟隽逸说："你还是别给我买什么口香糖了。"

"好的。"杨雁翎说完，便挂掉了电话。

回到病房，地上一片狼藉，笑笑则缩在被窝里，像是一只受了惊吓的小猫。迟隽逸问霍铁怎么回事。霍铁说皮克刚和医生打了一架。迟隽逸一愣，霍铁接着说："护士小冰让皮克吃药。皮克不愿意，说那药杀精。小冰没听懂。皮克又重复了一遍，说是杀精子的，他裤裆里的玩意都立不起来了。小冰喊了声'流氓'，捂着脸跑回护士站。陶医生来到病房，还没和皮克理论几句，皮克就打了陶医生一拳。小冰报了警，附近派出所警察就把皮克带到派出所去了。"

迟隽逸瞅了瞅空出来的床铺，霍铁在旁边补充道："年龄都这么大，不够丢人的？"

迟隽逸有些心烦，他走到病房的门，张望长长的走廊。医生们健步如飞，护士们小步疾行，病人们则小心翼翼。药品与消毒水的味道散布在空气中，让他有些窒息，他突然心生厌倦。几天的病房生活虽让他见多了生死，却未让他的心因此而麻木。他突然想逃离这里。

他回到自己的床位，换了身衣服，下到医院地下停车场。SUV 的发动机发出温柔的轰鸣，迟隽逸紧绷的身体舒缓下来。他将左手慢慢放在方向盘上，右手挂上挡，动作缓慢平和，像是从记忆里追溯一个即将遗忘的程序。油门轻压，车子却没动。迟隽逸一愣，他低头看方向盘、挡位、油表、手刹。原来手刹没有松下。终究还是忘记了一个程序。迟隽逸心里有些懊恼。

这种懊恼的心情随着车轮的转动逐渐被抛到脑后，迟隽逸开着车汇入了拥挤的车流，向着城市的中心进发。虽然已是深秋，迟隽逸还是打开了车窗，嗅着城市的气味，那种略带各种污浊的味道，却又是一种熟悉的，令人心安的味道。这种味道中有着匆忙和生机，不是医院那种冷冰和肃杀。迟隽逸开着车穿过了曾经就读的大学校园，路过了第一次办画展的展览馆，片刻停留在杨雁翎公司的楼下，张着脑袋望杨雁翎办公室的那扇窗，等了会儿，迟隽逸什么也没有看到。迟隽逸将车停在了一家快餐店门口，买了两个汉堡，一杯可乐。啃着汉堡的时候，迟隽逸想到项阳许下的买炸鸡的愿望，他微微一笑，心中祝愿他手术成功。从汉堡店离开，迟隽逸没了主意。他暗想这条城市主干道会通向哪里，但是他实在想不起来了，懊恼的心情又攀升上来。他很想知道路的前面有什么，赌气似的沿着这条城市主干道一路向西。他不看窗外的风景，而只是盯着前面的路面，像是着魔一样，一定要搞清楚究竟前面会有什么在等着他。

慢慢地，城市的海拔逐渐降低，开阔的平原和田地在迟隽逸的车前展开，天色依然是一片灰蒙，并在远方与大地连接成了一体。一公里外的所有物体都被隐藏在不确定的灰蒙中。

迟隽逸放慢车速，黑色的土地让他感到心情压抑，但他还是 想搞清楚前面会有什么在等着他，一定什么在等着他。远方出现一个庞大的轮廓，这个轮廓越来越近，越来越黑。这是正在等着他的东西么？

迟隽逸将车子停在这座山下，一个破旧的石碑在右手边，上面写着破锣山。记忆在一瞬间全部复活，二十二年前，在一次学校组织的郊游中，就在这座山的山顶，他第一次牵住了杨雁翎的手，确定了两人的恋爱关系。这是他开了这么远的车去寻找的答案。迟隽逸踏上山脚下的石阶，向上走了几级，石阶湿滑，抬头望去，小径淹没在黑暗中。一阵风吹过，那些枝条、曼柳飒飒作响。迟隽逸停住了，明白自己是一定不会记得在哪层台阶牵住了杨雁翎的手。他自嘲地笑了笑，快步下了山，回到自己的车里，调头往医院开了回去。

回到医院外已经是华灯初上。他将车停在一墙之隔的派出所外，透

过值班室的窗户看到皮克呆坐在里面。至少有 80 瓦的白炽灯照在他的脸上，显出他的疲惫。迟隽逸走到值班室外，一名警察起身，问他有什么事。迟隽逸指了指椅子上的皮克说："这是我朋友。"

警察说："我看你有些眼熟。"

迟隽逸说："我们在一起吃过饭，你们派出所的方所长是我的好朋友。"

警察点点头，说："记起来了，你是画画的。"

迟隽逸说："他怎么在这儿呢？"

这个警察耸耸肩道："他在医院打了医生，然后就被带过来了。"

"我知道。"迟隽逸说，"我和他一个房间的。"

警察的表情有了些变化，迟隽逸能够捕捉出一丝怜悯的光在他的眼神中闪现。迟隽逸不喜欢这种光。迟隽逸问："你们打算怎么处理？"

警察说："要不，让他家人把他带回去，写个保证书，再给被打的医生赔点钱；要不就给关到拘留所十天。"

迟隽逸问："他家人呢。"

"我没有家人。"皮克抬起头，插了一句，然后反问，"有烟么？"

警察吼到："老实点！"

皮克将脑袋缩了回去，偷眼瞟迟隽逸。

迟隽逸将警察拉到值班室外，说："他住院期间的确没有人来看他，而且你看他这身打扮，经济条件也不会好哪里去。不如我来当这个担保人，医生那边我也赔点。"

警察打量着迟隽逸，大概在盘算着迟隽逸为什么这么做。

"同病相怜吧。"迟隽逸回答了他的疑惑。

警察说："我要向方所长汇报一下。"说着，他背过身去，电话里他向方所长介绍着情况。说了一阵，警察把电话递给迟隽逸。方所长一上来就问迟隽逸的病情。迟隽逸说小事情，不要牵挂。方所长说近期把手里一个大案件忙好就去看他。迟隽逸笑着含糊几句，便把电话挂了。

迟隽逸问："1000块钱赔给医生行不行？"

警察想想，说："稍等，我把那个陶医生喊来。"他去了另一个办公室，喊来了陶医生。陶医生看到了迟隽逸，有些惊讶。

迟隽逸已经从钱包里掏出一沓钱。

陶沙说："你这是干吗？"

迟隽逸说："皮克不是把你打伤了么，这些是医药费。"

陶沙有些没搞清楚情况。警察解释说："皮克没有家人，这是迟隽逸主动提出代为承担赔偿。"

陶沙连连摆手，语气轻松地说："不就挨两拳么，他不也挨了我两脚。没什么吃亏的，我不要这个钱。"

迟隽逸愣在那里，他问："那你怎么还在这里？"

陶沙解释道："皮克住院几天了，家里人一直没见来，我想用这个机会和他的家人聊聊他的病情。"

迟隽逸"哦"了一声，心中涌起一股暖意。

陶沙说："我得回去接夜班了，不能在这里多待了。"

迟隽逸又一次将钱伸向陶沙。陶沙推开迟隽逸的钱，笑着说："这钱我的确不能收，你是病人，没准你是想变相给我红包呢。"说完，陶沙跑远了。

警察感叹一句："很不错的小伙子。"随后，迟隽逸为皮克写了一份担保书，签了名，按了手印。皮克斜着眼瞅着这一切。迟隽逸喊了声："皮兄，我们回去吧。"

警察上前给皮克解手铐，却惊讶地发现皮克本来被铐上的右手已从铐环里出脱出来。警察脸色一变，皮克却说："又不是第一次被拷了，而且我是玩魔术的，这些难不倒我。"迟隽逸趁警察发作前，赶紧将皮克带出了派出所。

迟隽逸把副驾驶的车门打开，让皮克上车。皮克站在车外，"嘿嘿"一笑："大款啊。"迟隽逸没有接话，皮克坐上了副驾驶位，嬉笑着，说

道："饿了一天了，你请我吃一顿烧烤吧。"

迟隽逸扭头看皮克，感到有些不可思议，却还是点了点头。两人来到附近的一条小吃街。两人在一个路边的烧烤摊前坐下。皮克点了许多羊肉串、牛肉串，还要了两瓶啤酒。他把酒给迟隽逸满上。皮克举起酒杯，说："今天谢谢了。"

迟隽逸摆摆手，却没有端起酒杯。

皮克一口把酒喝干，又倒了一满杯，说："我知道你们都讨厌我。"

迟隽逸瞅着对面这个男人，没有说话。

"你想知道我为什么这么惹人厌么？"皮克接着说。

迟隽逸端起酒杯，也一口喝完，说："你愿意告诉我么？"

皮克"嘿嘿"一笑，说："我可不会告诉你。"

迟隽逸耸耸肩，说："反正我也不想知道。"

皮克拍了拍迟隽逸的肩膀，说："弟弟，我就喜欢你这样的。"

迟隽逸将杯子倒满，端起，说："为了你喜欢我。"

皮克将杯子也端起来，说："为了我喜欢你。"

啤酒下肚，迟隽逸浑身一激灵，不觉间仰头看住院部大楼十楼的落地窗，想着那个叫作晴朗的女孩该睡下了吧。

迟隽逸起身给烧烤店老板付了款，别过皮克，快步回到肿瘤病区。他患上病号服，来到1号病房前的长椅前，准备坐下。晴朗却从房间里出来了。她来到迟隽逸面前，红着脸说："前些天的事情，谢谢你了。"

迟隽逸挤出个笑，自己的脸也红了。

"你别在病房外守着了，会冻着的。"晴朗接着说。

迟隽逸有些尴尬，他不知道该说些什么。

"放心，我不会再做傻事的。"晴朗最后说道。

"那就好，那就好。"迟隽逸重复着这句话，看着晴朗回到了病房心中暗忖，今天晚上可以睡个好觉了。

的确，经过一整天的折腾，他有些累了。

19

迟隽逸睡得很香，在梦中，他变成了一个到野外写生的画家，夹着画板，戴着草帽，穿着布鞋，走在乡间的林荫小径上。小径的另一边，是大片金黄色的田野。但脚步匆忙的他并没有流连这美丽的田野。他只是低着头赶路，他的心情和他的脸庞一样，模糊得看不清样子。迟隽逸就这样，在梦中匆匆赶路，走啊、走啊，一直到天亮。

迟隽逸从床上坐起，看到结了冰花的窗户。他走到窗前，抹碎冰花，看到一个无比雪亮通透的世界。笑笑突然惊喜地叫道："下雪啦！下雪啦！"

是的，下雪了，薄薄的一层。2017 年的第一场雪，来得如此悄然不经意。

霍铁和石煤也撑起身子，向窗外张望。在经历大剂量的注射后，两人身体还非常虚弱。霍铁问石煤道："你想起了什么？"石煤咧着嘴，笑而不语。

皮克也出现在门外，他裹着厚厚的棉服，鸡窝般的头发上顶着许多雪片，肩膀上也是。迟隽逸问他去了哪里。皮克说去打雪仗了。皮克还问笑笑想不想去打雪仗。

笑笑眼巴巴地看着妈妈。笑笑妈无奈地拒绝了他。

笑笑的嘴巴嘟了起来。

皮克走到笑笑的身边，从口袋里掏出一个攥得严严实实的雪球，递给笑笑。笑笑的眼睛睁大了，他伸出手，将这个雪球捧在手里，左右掂着，像是在捧着一个灼热的烤红薯。当笑笑适应了雪球的冰凉后，他把雪球捧到眉心，细心端详由这成千上万片雪花挤成的雪球，眼中的珍贵不啻于看到一枚硕大的钻石。

皮克对笑笑说："你不是想打雪仗啊，抓紧儿，别雪球化成水了。"

笑笑看看妈妈，笑笑妈也不知该做何表示。笑笑便将手里的雪球扔

了出去，扔向了皮克。皮克一闪身，雪球擦着夹克的后背，撞在霍铁的床脚上，碎成了几块，散落在地上。

小冰此时端着药盘进了病房，她没有注意到脚下冰与水混成的残迹。一声尖叫，手里的药盘飞了起来，皮克却借机搂住了小冰的腰。小冰的腰很轻巧，皮克的搂抱也很灵巧，这是一副电影中才有的场景。所有人屏住了呼吸，等下一幕该如何。稳住重心的小冰推开皮克，喊了声"流氓"，随后便跑出了病房。皮克捡起地面上的药盒，尴尬地笑笑，说："我就是这么令人讨厌。"

病友们也都笑了，他们笑得很友善。皮克则按照药盒上面的名字把药分给了每位病人。一场初冬的雪，让气氛本来有些紧张的病房出现许多缓和。

迟隽逸出了病房，看到晴朗在走廊另一端的落地窗前，也在望着窗外。迟隽逸向走廊的那一端缓步走去。他走得很踟蹰，要说些什么呢？迟隽逸的脑子一片空白。他甚至希望晴朗能够就此离开。但晴朗转身看到了离她越来越近的迟隽逸。

晴朗挥挥手，说："你好，邻居。"

迟隽逸呵呵一笑道："你好，邻居。"

晴朗呵呵地笑了出来，迟隽逸站到了晴朗的身边。

晴朗说："天气阴了许久，终于下雪了。"

迟隽逸说："是的，下完雪，天也就晴朗了。"迟隽逸看着晴朗的脸，她的脸有些微红。

晴朗说："你等一下。"她回到病房，半分钟后，拿出一副线手套递给迟隽逸，说："我织的，送给你，谢谢你前几天劝我，让我没做傻事。"

迟隽逸接过手套，轻轻揉搓，说："你织手套的速度挺快的。"

晴朗解释道："不、不，这个手套本来也不是织给你的，只不过那个人现在也不想要了。"

迟隽逸"哦"了一声："看来我是继任者。"

晴朗慌忙摆手，说："不是的，不是的。"

迟隽逸笑着，等待晴朗说说那个没有收到手套的人的故事。

晴朗却转而问迟隽逸的年龄。迟隽逸说自己45岁了。

那我应该喊你一声"大叔"。

迟隽逸耸耸肩道："大叔就大叔吧。"

"大叔，听说你是画画的？"晴朗问。

迟隽逸说："是。"

"那你给我画一张画吧，当圣诞礼物给我。"

迟隽逸说"好"。然后反问晴朗做什么工作。

晴朗故作叹息道："我是一个一事无成，也没有人要的小女孩。"

"哪儿能呢？很多人需要你呢。"迟隽逸说，"至少医生需要你，你是他们的工作对象。"

晴朗吐吐舌头道："我可不想和他们待在一起。我想有一批粉丝，想大红大紫，成为明星。"

"成为哪样的明星呢？"

"成为一位舞蹈家。"晴朗叹了口气道，"我曾经想当一名芭蕾舞演员，成为一只白天鹅，舞动着翅膀，我也努力过，几乎是一步之遥，但如今这个梦也是遥不可及了。"

"你在芭蕾舞团待过？"迟隽逸问。

"是啊，曾经，我还当上了首席的'白天鹅'，每天刻苦排练，只等登上舞台的那一天，但这倒霉的病，唉。"

"谁都有倒霉的时候，别急，你还年轻。"迟隽逸说。

"是的，倒霉就倒霉在我还年轻，我宁愿现在一把年纪，什么也都不想。"晴朗有些激动。

迟隽逸哑然，他说："我了解了一下，你的病还是有治好的希望的，现在还不确定是不是恶性……"

恶性肿瘤，病房里的人都在回避这个词。晴朗的口气缓和了下来，说："算了，不想了。我比这雪花好多了。它们存活的时间太短了，那个词叫什么，香消玉殒。"

"但这些雪花也曾有过美丽的样子，也曾在空中优雅地舞动。"迟隽逸说。

晴朗有些娇嗔，道："没想到大叔还挺有浪漫气质的嘛。"

"我就是一画画的。"迟隽逸耸耸肩道。

晴朗理了理刘海，道："你等我收拾好看点，你再给我画吧。"

"好的，没问题。"

聊天似乎到这个时候，已经没有什么新的话题。迟隽逸站在晴朗的身边，觉出了一丝局促，况且走廊里游弋的寒风也让他有些发冷。迟隽逸说："那我回去了，回去准备画画的材料。"

晴朗点点头。

迟隽逸转身，沿着走廊往回走，走到一半，迟隽逸停了下来，又回过身，对还在窗前的晴朗说："为什么不下楼走走呢？好不容易赶上一个下雪天，窝在病房里多没意思。"

晴朗的脸上洋溢起了笑容，她使劲地点点头。

迟隽逸和晴朗换上普通衣服，把围巾帽子裹得严严实实，顺着电梯下到一楼，从住院部的小门出去，到了医院后面的那个小花园。迟隽逸对晴朗说："这是我的秘密花园。"

枯黄的枝蔓上已经挂上了白雪，搭起的葡萄架上也覆盖了薄薄的一层。迟隽逸走到葡萄藤下，晴朗拉了一下树枝，雪簌簌地落在了迟隽逸的帽子和肩膀上。迟隽逸张开双臂，好像很欢迎这从天而落的洁白。晴朗也走进这突然落下的白雪中，享受这飘舞的静谧。

"喂，你两个，出来，别踩坏了我的菜！"有人在他们身后喊。

两人回头，阿西莫多正在花园外面笑，手里还拎着一个塑料桶。他从桶里拿出一个红薯摇了摇，说："下雪天，烤红薯，来不来吃？"

迟隽逸看晴朗，晴朗笑说："为什么不呢？"

迟隽逸领着晴朗参观了自己住过的房间，特别让她看了刻在墙上的两个名字，把那段"非典"时期的爱情告诉了她。迟隽逸说得很平淡，甚至有些干巴，但晴朗的眼眶还是充盈着没有流出的泪。

阿西莫多的小火炉已经烧得通红，火炉边上的红薯也流出了金黄色的糖汁。迟隽逸捡出一个，递给晴朗。晴朗小心翼翼地接过，撕开一层粗糙的黑皮，泛着红色的红薯瓤露在寒风中，像是刚褪去甲胄的花木兰，而甜腻的热气则一个劲儿往人的鼻孔钻。

迟隽逸说："我想起一句歌词。"

"什么歌词？"

"那天你用一块红布，遮住了我的眼，遮住了我的天。"迟隽逸先是唱的，但唱了半句，觉得嗓音实在不好听，后半句就变成了说，不伦不类，他甚至脸都有些红了。

阿西莫多撇撇嘴，说："怎么和红盖头扯上关系了，你们这些文人啊。"

晴朗和迟隽逸都笑。

晴朗问："这都是哪个年代的歌？"

"是我那个年代的，崔健的。你不知道？"

晴朗摇摇头。

迟隽逸又问阿西莫多，阿西莫多也摇摇头，他说："我们那个年代就只有掀起了你的盖头来，让我来看看你的脸。"

晴朗和迟隽逸听了也笑。

迟隽逸说："一个年代一个人。我们上大学的时候，学校门口烤红薯的摊是最受欢迎的，冬天男生都买红薯给女生暖手暖胃。"

"现在男生都买奶茶给女生了。给你的优乐美，不，是你的优乐美。"晴朗装模作样地学着广告台词。

几个人又都笑，但晴朗笑一阵，脸上却灰暗了下来。

迟隽逸止住笑，问晴朗怎么回事。

晴朗说："我曾经有一段时间，每天练舞前都会给他买奶茶，但现在也买不成了。"

迟隽逸"哦"了一声，说："手套也是送给他的？"

晴朗点点头。

迟隽逸把手套拿出来，翻来覆去看了看，故作认真地评价道："织得还真不怎么样！"

"大叔！"晴朗抱怨似的喊道。

不过，我上大学那会儿，也收到不少女生织的手套、围巾，没想到二十多年过去了，女孩子们还依然保持着这个习惯。

"女人们傻了几十年了。"阿西莫多没头脑插了句。

迟隽逸踢了阿西莫多一脚，说："没见你聪明到哪去。"

"那你收的那些围巾和手套呢？"晴朗问。

"早就不知道放哪儿去了，没准都被我老婆扔了。"

"多可惜啊，也是别人的一片心意。"晴朗轻轻感叹道。

"是啊，不知所踪是我们生活中大多数人与事的结局，就像许多感情一样，不知所踪，没有办法！"迟隽逸的眼神里多了些深沉。

"嗯，我明白你的意思。"晴朗说道。

迟隽逸又笑道："不过幸亏你这个手套没送给别人，织得是真不怎么样。"

"大叔！"晴朗又抱怨似的喊道。

迟隽逸和晴朗各吃了两个烤红薯，挨到中午，别过阿西莫多，回到了十楼病区。杨雁翎已经在护士站外等了一会儿。她上下打量着迟隽逸身边的晴朗。迟隽逸一愣，还是将晴朗送回了1号病室，然后回到杨雁翎身边，问："你怎么来了。"

话说出口的瞬间，迟隽逸就后悔了，他觉得这话说得就像电影中那些为遮掩心慌而说的谎话。

杨雁翎双臂抱在一起，端着，说："我来给你送一些厚衣服，下雪了。"

迟隽逸点点头，问："衣服呢？"

"都放进你病房的柜子了。"

迟隽逸"哦"了一声。

杨雁翎叹口气，问："你这两天感觉怎么样？头部有什么反应？"

迟隽逸耸耸肩道："都还好，一切都很好，脑袋里的东西看样子还不想杀死我。"

"老迟。"杨雁翎轻轻地喊了声。

"别担心，我在这儿挺好的，一屋子的人陪着我呢。"迟隽逸故作轻松地说，"你回去吧。"

"我本想留在这和你一起吃个饭的。"杨雁翎低声说。

"我吃饱了，吃了两个烤红薯。"迟隽逸说着，还舔了食指。

"哦。"杨雁翎迟疑了一下，"你和别人吃的？"

迟隽逸没有回答杨雁翎的问题。

杨雁翎从口袋里掏出一盒绿箭口香糖递给迟隽逸。

迟隽逸接过来，瞅了瞅，说："你知道，我是开玩笑的。"

"你也知道，我做任何事都是认真的。"杨雁翎回道。

迟隽逸哼笑了一句，说："你就是凡事太认真。"

杨雁翎凝视了眼迟隽逸后，说："我走了。"

杨雁翎走了，消失在电梯口。而迟隽逸瞅着手里的绿箭口香糖，心中的感情很复杂。

20

午饭后，迟隽逸溜进姜雯的办公室。看到迟隽逸进来，姜雯立刻把手机扣过来，放在桌面上，样子有些慌张。

迟隽逸故作神色道："怎么，坏消息？我还有三天还是五天可活？"

姜雯似乎有些气恼道："你说什么笑，和你没关系。"

"好吧"。迟隽逸两手一摊道，"我是瞎操心，本来脑子就不够用了。"

姜雯没好气地说："知道就好。"

迟隽逸笑道："还真生气了，要是我现在加快失忆速度，出了门就忘了你是谁，那我对你的印象就只剩下这张别惹我的脸了。"

姜雯翻过手机，屏幕已经变黑。姜雯松口气道："好吧，我笑脸相迎，迟叔叔，您来有何贵干啊？"

"我来了解一下病情。"迟隽逸说。

"迟叔，你知道的，阿尔茨海默症的发病有个过程，机能的退化不是十天半月就有明显变化的。我现在给你用的药要观察一段时间，等过了一个疗程后，才可以通过仪器检查你的脑部情况。"姜雯说得很认真。

"我明白。"迟隽逸的两只手的手指插在一起，有些迟疑，"我还想了解另外一个病人的情况。"

姜雯瞅着迟隽逸的脸，"扑哧"一下笑了："你是想了解那个女孩的病情吧，晴朗的。"

迟隽逸点点头，说："关心一下。"

"你最近是持续关心啊，我的迟叔，我看你经常晚上守在她的病房外。"姜雯说。

迟隽逸有些卡壳，他想了想，说："毕竟我从天台上把她劝下来的，从某种意义说，我也对她有了些责任，好人做到底么。这个，你懂么？"迟隽逸问。

姜雯的眼睛转了转，说："似乎有点道理。"

"那她现在到底什么情况？"迟隽逸接着问。

姜雯从档案柜里翻出了她的资料，看了看说："她现在就是我的病人。入院检查的时候，胸部的肿块已经非常明显，经过 CT 初步检查应该是乳腺癌，这两天正在做身体的全面检查，也注射了些抑制生长的针，但效果并不大。明天准备做穿刺，提取一些肿瘤细胞做病理化验，看看是不是恶性肿瘤。"

"有多大的可能性是恶性肿瘤？"迟隽逸问。

"可能性比较大，从她自述看，这个肿瘤发展得比较快，符合恶性肿瘤的特点。"

迟隽逸"哦"了一声，长久没说话。

"但即便是恶性肿瘤，也是有治愈好的可能，所以那个女孩要自信些。"姜雯说。

"怎么治愈呢？"

"最直接的方式，就是抓紧时间做切除手术。"

"现在？"

"现在最好，趁扩散前，切了省心。"姜雯说。

"但肿瘤的病理检验还没出来呢。"迟隽逸忧心忡忡。

病理检验是需要时间的，现在的时间分秒必争。姜雯停了停，说："我知道乳房对于一个女孩的重要性，但是生命更重要。"

"晴朗怎么想的呢？"迟隽逸问。

"她当然想保住乳房，同时肿瘤也是良性的。"姜雯说，"但是现在任何事都是不确定的，除非做病理检测。"

迟隽逸"哦"了一声。

姜雯接着说："情况现在还是很明了的，二乘二的选择，保留良性肿瘤的乳房，切除良性肿瘤的乳房、切除恶性肿瘤的乳房，保留恶性肿瘤的乳房。"

"即便是切除恶性肿瘤的乳房，癌细胞也是有可能已经扩散，是不是？"

姜雯点点头。

我曾有一个朋友，迟隽逸说道："小腿上长了一个肿瘤，到医院检查，医生说有可能是恶性肿瘤，虽然也做了病理检测，但医生建议他不要等病理结果，最好在扩散前把小腿截肢。他面临的选择和晴朗的一样，截还是不截，他选择了截，结果后来检验证明是一个良性肿瘤，我那朋友自摆了场乌龙。"

"后来呢。"姜雯问。

"后来也挺好，开了家公司，现在也是一个小老板。"

这次，姜雯"哦"了一声。

"好吧，我会劝晴朗尽快做乳房切除的手术。"

姜雯点点头，手机却在这时候震动，一条信息出现在界面："明天到底去不去看电影呢？"发件人注着陶汐的名字。

"啊哈，陶医生，追求者啊。"迟隽逸像是发现了藏宝图，开心地低呼起来。姜雯气得又把手机底朝天盖在桌面上。

"你到底是去，还是不去？"迟隽逸似乎不打算放弃这个话题。

"不去！不去！不去！"姜雯急了。

"声音这么大干吗？你吵得陶医生在隔壁的隔壁的房间都能听到了。"

姜雯不说话了，她把手机翻过来，解开了手机锁。

"你要是不愿意去，就回给他？像你刚才喊的那样，重要的事情，说三遍么。"迟隽逸说。

姜雯又把手机的界面关闭。

迟隽逸瞅着，似乎看出了些所以然，他问："他约你，你出去过吗？"

"迟大叔，你是不是管得宽了些？"姜雯翻眼瞅迟隽逸。

迟隽逸耸耸肩，说："好吧，我不管这么多了，我和你的叔叔，姜军大院长说，让他管管你，让他看看医院条例里面有没有惩罚同事间谈恋爱的规定。"

"迟叔，哪有谈恋爱啊？就是他追我啊。"姜雯软了，她无力地抱怨道。

"那你有时候也应约出去过？"迟隽逸试探问道。

姜雯点了点头。

"你对他有没有感觉呢？"迟隽逸说。

"什么是感觉呢，迟大叔？他对我倒还是挺好的。"姜雯似乎也跟上了迟隽逸的讲话节奏。

感觉这个事情是不太好说。迟隽逸故作深沉道："但如果是彻底没有感觉，那就应该拒绝他，爱情并不是感动，许多小姑娘都被'感动'这两个字打败了，稀里糊涂不知道自己真正想要什么。"

"那你认为我该怎么办呢？迟隽逸的话的确说进了姜雯的心里。"

"如果你现在还不确定，不妨多给他一些时间，也给自己一些时间，两边多一些耐心，看看事情的走向、总之两句话——保持美丽、保持知性。"

姜雯瞪大了眼睛，说："我几乎就要给你鼓掌了，迟大叔，没想到你还是一个恋爱专家啊，怪不得那个晴朗的小女孩成了你的迷妹，还给你送手套。"

"你怎么知道的？"迟隽逸变色道。

"看来每个人都有自己的小秘密啊。"姜雯笑道，"不过谢谢你的洗脑，你刚才说的那一套，我还是挺受用的。"

"受用就好。"迟隽逸看姜雯拿起了手机，手指开始在键盘上敲击，便转身离开了办公室。

入夜，迟隽逸躺在病床上。初雪的夜晚，迟隽逸能够感受到四下钻进来的凉风。他缩进被窝，希望自己的体温能够将被窝捂暖，但露在外面的脑袋却是异常清醒。他瞅着窗外的城市灯火，思绪开始弥散，脑子里开始电光火石地闪现许多人与事。他一度以为自己已经在胡思乱想中进入了睡眠，但皮克的一个喷嚏，却让他明白自己依然是醒着的。

迟隽逸披了件衣服，出了病房的门。走廊里静悄悄的，迟隽逸从走廊的西头走到了东头，又从东头走回了西头。他在心里计算着步子，却总是出了差错，乱了数字。迟隽逸有些懊恼。

再次来到1号病房前，晴朗从屋里出来了，她戴着一个线帽，缩着脑袋，像是一个刚从冬眠中苏醒的小兽。晴朗打了个哈欠，迟隽逸被传染得也打了个哈欠。晴朗俏皮地问："大叔，又来病房前守夜啦？"

"没，没。"迟隽逸笑道，"就是睡不着，瞎转转。"

"我也睡不着。"晴朗叹了口气。

"那走一走？"迟隽逸建议道。

"走廊太冷，风呼呼叫的。"晴朗说。

"我知道个地方，我们可以去那里。"

"哪里？"

"你跟着我一起。"迟隽逸走在前面，晴朗跟在他的身后。两个人悄然穿过整个肿瘤病区，在茶水房停了下来。热气正从茶炉里冒出来，三面围成的狭小空间聚拢了未散去的热度。

"这地方挺好。"晴朗说。

迟隽逸点点头，说："你等会儿我。"

迟隽逸返回到房间，翻出两包黑芝麻糊，还有两副碗勺，又回到了茶水房。

晴朗将勺子摇了摇，像是给迟隽逸加油。

两人用开水冲了芝麻糊，香气开始在茶水房里弥散，而锅炉也因为新注入的凉水，开始"嘶嘶"地烧起来。迟隽逸和晴朗坐在凳子上，听着、嗅着、看着，很长时间都没有说话。

良久，晴朗说："就像广告里说的，小时候的味道。"

迟隽逸点头道："这个广告影响了几代人。"

晴朗说："小时候在福利院，到了冬天，阿姨们每隔一段时间给我们冲一碗芝麻糊，那时候很馋，的确是把碗舔干净才罢休。有的时候看到别人的碗没舔干净，会偷偷拿过来，用手指揩净，放进嘴巴里。"

迟隽逸点头，没有说话。

晴朗又说："那时候福利院会拿零食奖励表现好的孩子，而我永远是那个最听话、也是表现最好的孩子。"

迟隽逸搅拌着自己碗里的芝麻糊，继续听晴朗说下去。

"可是我是好孩子啊，怎么上天会让我得上这个病？"晴朗说着，眼泪落下了。

"也许你的病情并不像你想的那么严重。"迟隽逸终于说话了。

"我明天要做穿刺，抽些细胞做病理检验，到时候就知道我到底是不是倒霉透顶了。"晴朗说。

"你有没有考虑过。"迟隽逸有些吞吞吐吐道，"你有没有考虑过采取其他措施，毕竟病理检测还需要一段时间，病情不能等。"

晴朗咬了咬牙道："我明白你的意思，切除。但那是不可能的，我不会这样，这是对未知恐惧的屈服，我还有梦想要追求，我要当最优秀的芭蕾舞者，我怎么可能带着残缺的身体登上舞台呢？想想都觉得恐怖。"

迟隽逸低着头，一勺一勺将芝麻糊送进嘴里。晴朗呆呆望着前方，窗外一片漆黑。

慢慢地，手里的碗凉了。晴朗站起身，对迟隽逸说："谢啦，芝麻糊很好吃，但我要回去睡觉了。"

迟隽逸点点头。

晴朗又说："我会和病魔做斗争的，我会坚强起来的，相信我。"说完，晴朗便穿过走廊，回自己的病房去了。

迟隽逸重新睡下，被窝里已经没有暖意，迟隽逸却不觉得冷，或许是刚喝下的那碗芝麻糊起了作用。他试着让自己入睡，带着茶水房里的那份恬静，进入到梦的海洋。但神经的弦被拨动，许多思绪也开始一起奏鸣。已经入院快一个月了，在经历了最初的震惊、逃避，在看多了那么多生死后，迟隽逸本觉得自己的心已经沉入了水底，他的愤怒，在时间的推移下已麻痹，已经不能让他再愤怒；他的痛苦，比之那些面临死亡的人也已不再那么痛苦。他甚至觉得自己可以立刻出院，独居某个地方，甚至回到杨雁翎的身边也可以，平静地接受即将到来的日子。

但晴朗的出现呢，却让本来已经平静的湖面吹起了一层褶皱，这是一种令人心旷神怡的涟漪，使迟隽逸愿意在她的病房外，久久驻足凝视，如同欣赏凡·高的一幅油画，带着对凡·高命运的某种同情，感受那温暖色调中的某种悲哀，感受那荒诞构图中的某种无奈。这种温暖与荒诞，在这个肿瘤病区又是极为常见的，它存在于每一次病友间的帮扶中，比如石煤与霍铁，以及笑笑与他的母亲，也存在于每一次病人们的发泄，皮克的狂放不羁，罗师傅的跳楼自杀。

或许这才是生活最真实的一面，是那藏匿在湖水深处，却能够引起涟漪，甚至是波澜的东西。这种波澜让迟隽逸感到难以割舍，他似乎已从这短短的一个月时间内看尽了人生的百态，从一个画油画的人的角度，去涂抹自己对于这个世界的颜色。

但在这种难以割舍的情绪中，迟隽逸又感受到某种纠缠。即便他看多了别人的故事，但还是没有处理好自己内心的困扰。毕竟，谎言不会变成现实，他还是要回家，离开医院，回到那些最熟悉的人的身边。陌生人的温暖并不会持续太久，更别说是那些加速走向死亡的人们。迟隽逸还是要处理好他与妻子杨雁翎，与自己的孩子迟早，以及那些熟识了几十年的人的关系。

他想起有位哲学家说过，要出世，也要入世。如果医院只是暂时的出世，那么他将怎样返回到自己本来的那个世界。杨雁翎，这个女人的确是他的心结，是占据了他全部时间和全部世界一半以上的人。杨雁翎，那个他曾经深爱着的女人，他如今该如何面对？迟隽逸的眼前浮现起当天中午杨雁翎从护士站离开的背影。那一刻，迟隽逸心中竟有一种恶狠狠的快感，但这种快感，又很快转化为一种无力的懊丧。

迟隽逸真的讨厌自己这样，他的确要处理好自己与杨雁翎的关系，必须要做些什么，即便只是去证明他与杨雁翎之间的爱情的有无，他也要做些什么，不能稀里糊涂地就这样进入记忆的空白。

窗外的风开始呼啸起来，所有的星星、月亮都已不见了踪影。迟隽逸的拳头慢慢攥紧了，他不想无力地懊丧下去，他要掌握生命与感情的主动，他必须要做些什么，就像刚才想的那样，即便是证明他与杨雁翎之间的爱请是否还真正存在。

隔壁床上，皮克突然将手臂伸向空中，五指屈握，像是要去抓住某种东西。皮克低声吼道："回来！回来！"然后便是喉咙里的嘶鸣。这撕鸣持续了几秒钟，皮克将手臂缩回到被窝里，翻了个身，没了动静。刚才那一幕大概只是一场梦呓。

迟隽逸也翻了个身，他的头昏昏沉沉。他闭上眼睛，不一会儿便睡着了。

21

清晨的时光由一阵欢笑开启，迟隽逸睁开眼，看到皮克正坐在笑笑的床尾，将一枚硬币捏在指尖，凑近笑笑的眼前，又收回到自己的鼻尖，而另一只手在硬币上一晃，硬币不见了踪影。笑笑的嘴巴张大了，皮克又将那只空出的手伸到笑笑耳边，一个响指，硬币又回到皮克的手中。笑笑睁大了眼睛。他将那枚硬币抢过来，翻来覆去检查着。

对面的霍铁咕噜一句："雕虫小技，不入流的东西。"

皮克扭过头，说："唉，老头，怎么说话呢？"

霍铁眼睛斜着，说："在我小时候，这都是下九流的东西，你说是不是，老石。"

石煤虚搭着眼皮，没有反应。

皮克走到霍铁的床前，说："老头儿，你也别不服，这玩意儿还真赚钱。"

"怎么个赚钱法，不就是街头卖艺么？"霍铁还是没有正眼瞧皮克。

"我可以把钱变得越来越多，印票子，你懂的吧，给我一张一百块，我能给你再变出两百块，你信不信？"

霍铁终于正眼看皮克了，说："你要是变不出来怎么办？"

皮克"嘿嘿"一笑，说道："变不出来，我就赔你两百块。"

霍铁当即从口袋里掏出一百元，交给了皮克。皮克把票子捏在手指，转了个圈，让大家都看一下，然后将票子卷成了个卷，放进了右手拳里攥着，左手则在拳眼上方晃了晃，再次张开手掌的时候，一百元已经不见了踪影。

四下片刻沉寂，大家在等待后续的变化。

但皮克拍拍手，回到了自己的床上，像任何事都没有发生过一样。

霍铁急了，来到皮克的床前，问："我那一百块钱呢？"

皮克一脸懊恼地说："不好意思，变没了。"

"啥？变没了？"

皮克两手一摊道："糟糕，我也不知道变到哪里去了？"

"别给我犯浑，你赶紧把一百块钱赔给我。"霍铁有些变色了。

"好好好，老头儿，我赔给你，多少钱？我再多陪你五十元，一共二百五啊。"说完，皮克哈哈大笑起来。

霍铁这下真的生气了，他伸出手拽住皮克的夹克。而恰巧护士小冰进了病房，皮克开始嚷嚷道："护士！老头儿打人了，老头儿讹人了。"

小冰赶忙上前将霍铁和皮克拉开。皮克指着霍铁说："这老头儿，忒抠了。"

而霍铁已经气呼呼地说不出话。

皮克故作认真地向小冰说："老头儿给了我一百元，够买一束花了，但医院里面没有花店，我只能借花献佛，你看。"皮克的两只手在胸前绕了几个圈，一朵绸布花变在皮克的指尖亭亭玉立。皮克说："献给你，美丽的白衣天使。"

小冰的脸上一阵红，看不出生气还是开心，她把献来的手花推了回去，说："赶紧把霍大叔的一百块钱还给他。"

皮克故作无奈状，他叹口气，将花攥在手心，又绕了几个圈，布花又重新变回了一百元钱。小冰抓过这一百元钱，递给了霍铁，又扶着霍铁回到了病床上。

霍铁被这一羞辱，已经不愿意再说话。小冰开始给每个人发药，在皮克的床前，小冰说："以后少犯浑啊。"

皮克扭头对迟隽逸笑道："怎么每个人都说我犯浑啊。"

迟隽逸也笑笑，没有说话。

小冰走后，迟隽逸问皮克道："你原来是魔术师？"

皮克坐在床上，眼睛盯着手中的那枚硬币，脸色已经没有了任何嬉戏的意味。当他注意到迟隽逸在看着他时，他才点点头，自言自语道："魔术师，大魔术师……"

迟隽逸看皮克已经没有了谈兴，便出了门，到姜雯的办公室。姜雯正对着镜子描眼线。迟隽逸问："昨晚上看电影去了？"

姜雯放下眉笔，赌气地说："我可以不回答么？"

"我想你是去了，我刚路过陶医生的办公室，小伙子心情很不错，正在和别人说电影的剧情。"

姜雯说："我真是服了你了，迟叔叔，你脑子看样子很好使啊。"

"好了，不扯闲篇了。昨天晚上我和晴朗聊了聊，她还是坚持要先做病理检验，她也知道这样会冒着扩散的危险，但她似乎很坚持。"

"那我也再劝劝她，我理解她的心情，但决定权在于她，是吧。"姜雯说。

"你们给了病人很大的自主选择权。"迟隽逸说。

"或许吧，每个人都应该把握自己的命运。"姜雯稍作感慨，但又补充道："我们也给病人很专业的意见。"

"对了，我邻床那个叫皮克的，很有意思，他的情况你了解么？"

迟隽逸换了个话题。

"哪方面的情况？"姜雯问。

"比方说家里的，他入院也好几天了，一直也没有家人来看他。看起来穷困潦倒，应该也没钱来付住院费。"迟隽逸说。

"他倒真不欠住院费，刚入院后，就有人到医院打了一笔钱，足够他在医院的开销了。"

"是谁给他缴的住院费呢？"迟隽逸问。

"这我也不清楚，估计是家里人吧。但你看那个姓皮的，整天惹事犯浑，估计亲属也不太愿意和他接触。"姜雯说。

"你是今天第三个讲他浑的人。"迟隽逸说，"我想他是假浑，为了掩饰什么，不像我，我现在真的开始有些浑了，有些人的名字要很费劲才能想起来。"

"迟叔叔。"姜雯放慢了语调，"你要积极乐观点。"

"放心，我一定会认得你，我还要喝你的喜酒呢！"

杨雁翎临近中午来到医院，迟隽逸可以听到她的高跟鞋和走廊地面敲击的声音，他的心也被敲击着，有些乱。他缩进了被窝，看杨雁翎昂着头进到房间，身后跟着刘姐，拎着一个保温桶，像是她的跟班。迟隽逸很讨厌这种姿态，仿佛在暗示人格上的不平等，但这种不平等又无时无刻不充斥在这个社会中。

杨雁翎坐在三角凳上，刘姐去衣柜里收拾迟隽逸的脏衣服。

杨雁翎和迟隽逸对视着，两个人不知说什么。

还是杨雁翎先开的口，她小心翼翼地说："对不起，昨天我走得太快了。"

迟隽逸"哼"了一声，说："这是你的风格，雷厉风行。"

"有时候没有顾忌到别人的感受。"杨雁翎继续说。

"太顾及别人的感受，你就没法往前冲了。"迟隽逸紧接着答道。

"我在尽量做着平衡，在你和事业之间。"

"结果我总是被平衡掉了。"

"老迟。"杨雁翎喊了声,"你有你的追求,我也有我的事业。"

"南辕北辙的追求与事业。"

杨雁翎没有再往下说了,迟隽逸已经将话题引向了一个一直被视而不见的深渊。

迟隽逸突然开口道:"你应该给刘姐找一个凳子,或是把你的凳子让给刘姐,她毕竟比你还要大十几岁,她更需要休息。"

杨雁翎愣在那里,刘姐也愣在那里。杨雁翎低着头,站起身,走到刘姐的身边,把她往凳子上拉。刘姐推脱着,两个人在那里僵持着,似乎有些尴尬。

迟隽逸说:"对不起,刘姐,让你难堪了,我向你道歉。"

刘姐垂手立在那里,有些不知所措。

迟隽逸又说:"杨雁翎,你也应该向刘姐道歉,为你曾经有过的令人不爽的态度。"

杨雁翎也有些傻了,她看了眼刘姐,刘姐则一扭头出了病房。病房里的目光都聚焦在这个穿着贵气的女人身上,皮克还笑出了声,像是在看一出戏。杨雁翎咬着嘴唇,向病房的门走去,边走边说:"迟隽逸,你现在是不是太过于自我了。"

迟隽逸没再看杨雁翎,他任由自己的妻子从病房的门后消失不见。

杨雁翎走了,但她给迟隽逸心中带来的阴霾却没有散开,这是一种五味杂陈的感觉,既有来自杨雁翎的成分,也有来自自己的成分,两面的负面情绪一搅和,让迟隽逸在床上呆坐了小半天。

皮克在床上躺着看杂志,不时斜眼瞅着迟隽逸;霍铁和石煤则在霍梅的陪护下做各种检查,两个人面色凝重,霍梅则是一脸忧虑,结果预计不会很好;笑笑有些感冒,原定去医院儿童区玩耍的计划也被取消,正嘟着嘴,和他的妈妈生闷气,而笑笑的妈妈的脸色似乎也很难看;皮克发现了她耳根后的伤痕,是抓伤,还是咬伤,皮克很感兴趣。

　　傍晚的时候，项阳的父母来到病房，将他的衣物取走，也许在那一刻，所有人都想问一问项阳手术的情况，但惯性的沉默让没有人开口，那对夫妇收拾好衣物和被褥后，匆匆离开了病房。而对手术结果的未知，让迟隽逸心中也多了些阴影。他看许愿牌上项阳的愿望，还有整个病室人员的合影，不知下一个离开的人将是谁，将会以什么样的方式。

　　"什么玩意儿！"皮克将手中的杂志往天空一扔，抱起了胳膊，像是在生闷气。杂志落在地上，封面是《婚姻·家庭·生活》。迟隽逸问皮克怎么回事，皮克说："一个男人为了讨老婆欢喜，把自己整容成明星，结果把鼻子整歪了，你说这是什么事？"

　　迟隽逸"哦"了声，有些后悔自己问了他这个问题。

　　皮克捡起杂志，脸上嬉笑着，说："你好像在等谁？你的红玫瑰？"

　　"什么？"迟隽逸说。

　　"红玫瑰，年轻，热情，富有生命力的玫瑰啊。"皮克眨着眼，一副你知道的表情。

　　"你到底说谁？"迟隽逸正色道。

　　"还有谁，一号病室的那个小姑娘啊。"皮克终于说出了真相。

　　迟隽逸有些生气了，说："我没在等谁，我就是发发呆，大把的时间，发发呆。"

　　"发什么呆啊，老兄，要不要我给你变一支玫瑰出来。"皮克还在嬉皮笑脸。

　　迟隽逸真的想发作了，但他刚要说一些严厉的话，却又不知该说些什么。的确，大多数时候，他是一个平和的人，不与人争斗，那些伤人的话不常用，应该已经被萎缩的大脑给抹去了。迟隽逸憋了半天，找不到合适的词，只能叹口气道："你也在等你的玫瑰吧。"

　　皮克从袖管里抽出一支玫瑰，说："我的玫瑰就在这儿，就在护士站，那个小冰。"

　　迟隽逸有些哑然，然后无奈地笑道："你还在等着一个人，一个你想赢回来的心，我猜。"

皮克愣在那里，好像被人直击了要害。

"每个人都有正在等的人，也是别人等待的人。"迟隽逸说完这句，便裹上被子，背过了身去。

"红玫瑰。"迟隽逸想着，一朵令人赏心悦目的红玫瑰，一朵令人趋之若鹜的红玫瑰。的确，在医院这个素白的世界，如果真的有一朵红玫瑰的存在，也会为压抑的生活增添许多色彩。而即便是再卑微、再绝望的生活，也应该有些让人暂且快乐与放松的出口吧。晴朗虽然不是他的红玫瑰，却也的确像一朵小花，给他在病中的生活带来了些颜色。而直至此时，迟隽逸才发现，他一直等待的，也正是这么一个出口，一朵小花。在经过了整个压抑的下午后，他真的想喘一口气，他在等着和晴朗见面的时刻，他的脑海里全是昨夜和晴朗在茶水房共度的时光，他希望能够再有这么一次机会。

迟隽逸平息了自己的情绪，用无意识地发呆取代自己的心猿意马。夜越来越深了，石煤和霍铁经过一番检查，已经回到了病房里，他们都没有说话，笑笑也因为感冒而早早地入睡，皮克早就从病房偷跑了出去，不知道现在在哪里野呢。而迟隽逸打起了哈欠，他盯着门上玻璃的眼睛酸涩了，他的愿景似乎要落空了。电话振动一声，是微信："大叔，睡了没？"

迟隽逸的心抽了一下，他立即回复道："没有，你是谁？"

短信很快回来："还有芝麻糊吗？"

迟隽逸微微一笑，回复道："到茶水房见。"

"好的。"

依然是飘散的白烟、淡淡的暖意，迟隽逸和晴朗又见面了。迟隽逸拿着一包芝麻糊，对晴朗说："最后一包了。"

"我也就一说。"晴朗呵呵笑道，"你不是油画家么，你应该喝点高大上的，比如咖啡、红酒什么的。"

"咖啡我倒是有，但你不怕失眠么？"迟隽逸问。

"反正都这么晚了，已经失眠了，大不了再多喝些红酒，把自己灌醉。"

两人又低声笑，仿佛不愿把这欢乐扩散至茶水房外。他们各接了一杯白开水，将杯子置于手心，坐在长条凳上，看窗外的夜景。

晴朗说："你是画画的，应该很有钱啊，怎么会住这种最普通的病房？"

"画家也有很穷的，凡·高一辈子也没有卖出一幅画，都是靠他的弟弟在供养他。"

"但你不是有车么，停在楼下的，那辆怕被我砸坏的车子？"晴朗又问。

迟隽逸挠挠头，有些尴尬。

晴朗突然一脸认真地说："你不会是骗我的吧？我重新开始的生命不会是基于一个谎言吧？"

"没、没有。"迟隽逸赶忙说，"我的确有辆车停在医院，但只是在停车场，不在楼下。"

"哦，原来如此。"晴朗似乎对逼问出迟隽逸说实话有些满意，她回到刚才的那个问题，"你都有车了，怎么还住在普通病房里？"

"怎么说呢？"迟隽逸组织着语言，"原来我也住过单人病房，就在医院花园后面，管锅炉的老焦的隔壁，你去过的。"

晴朗点点头。

但一个人住着太闷，我就申请调到了普通病房里，有些人陪伴，也有些意思。

晴朗"哦"了一声，右手托腮，又问了一个问题道："不只是这个原因吧，再说了，你怎么想住哪就住哪呢？"

"医院的院长姜军是我的朋友。"迟隽逸坦白道，"也许我是想多看看生老病死，通过此，让我的心情感受到一些平静吧。"

"原来是画家来采风了。"晴朗小结道。

"哈哈。"迟隽逸笑着，有些不好意思。

"那你找到了内心的平静了么？"晴朗又问。

迟隽逸看着这个比自己小了有二十多岁的脸，反问道："你找到了内心的平静了么？"

"绝对的静止是没有的，这是我初中学的物理定律。"晴朗说，"但经过天台那一晚后，我似乎更加坚强了，就像老人说的那样，不经一事，不长一智。"

迟隽逸点点头道："来到医院后，第一次见到这么多肿瘤患者，也第一次看到许多的喜怒哀乐、人情冷暖，对生死有了些新的看法，就像你说的那样，采风也是有收获的。"

"是的，来到医院是经历了许多的第一次。"晴朗喝了一口白开水，热水已经变温，"最初，我以为自己已经被这个世界抛弃，想从楼顶一跳了之。但你的出现，让我又觉得我对大家是有意义的，觉得我也是被需要的。虽然我现在还无法接受我的病情，更对即将做得穿刺切片化验有恐惧，但我能感受到病友以及医护人员的陪伴，这些陪伴在我的心里是有温度的。"

迟隽逸注视着晴朗的脸，白皙的面庞上，两颊有些微红，他有些想握一握她的手，却又觉得这样挺不合适。

晴朗接着说："明天上午我就要做手术了，我希望你也能陪着我一起。"

"好的。"迟隽逸没有迟疑。

"如果你要有治疗安排，我自己去也行。"晴朗补充道。

"我明天早上没什么事，我陪你去做手术。"

晴朗点点头，她的脸突然又变得俏皮起来，说："画家叔叔的车是什么牌子的，是不是豪车啊。"

晴朗有些尴尬道："就是一辆普通的车，SUV。"

　　"我还没做过吉普车，我最多坐的除了公交，就是福利院的那辆面包车。"晴朗说，"病好后，不对，化验结束后，你能不能开车带我去兜兜风，我还没好好看过我住的这个城市呢。"

　　"没问题。"迟隽逸说道。

　　夜愈深，窗外的风也就越大，两人手中的茶杯已经变凉，是该睡觉的时候了。两人起身，准备互相告别，但一阵皮鞋声由远及近，两人又坐了下来。皮克从茶水房外路过，嘴里哼着歌，一只手还在捋着他自来卷的头发，好像很得意。没过十秒钟，小冰则也从茶水房经过，她小步快跑，匆匆钻进了护士站。

　　迟隽逸和晴朗面面相觑，脸上有了一种发现秘密的喜俏，然后他们互致晚安，回到了各自的病房里。迟隽逸刚在病房躺下，就听见皮克小声在问："老兄，刚在哪里潇洒去了？"

　　迟隽逸"嗯"了一声，不打算理睬他。

　　皮克又在说："邻床的那个女人，现在还没潇洒回来呐。"

　　迟隽逸没有起身去看，他知道笑笑的妈妈又没见了踪影。

22

　　清晨九点，晴朗和迟隽逸守在手术室的门外，他们还在等朱立威和其他医护人员做着准备。晴朗搓着手，没说话，腿却在微微颤抖。

　　迟隽逸想说："别担心，别害怕，一切都会好的。"

　　晴朗看了迟隽逸一眼说："我没害怕。"

　　迟隽逸说："没害怕你的腿还在抖。"

　　"我抖是因为我早上没吃饭，饿的！"

　　迟隽逸笑了，他明白晴朗也在调整自己的心态。

　　手术室的门被推开了，胖大的何护士向晴朗招招手，晴朗看了看迟隽逸，迟隽逸说："去吧，我在外面呢。"

　　晴朗嘟着嘴道："你就说这么点？"

迟隽逸想了想，说："做完手术康复了，我带你去兜风，吃大餐。"

晴朗撇撇嘴，好像还是不太满意，但还是随着何护士进了手术室。

门被关上了，顶灯却亮了起来，有些发愣。横在他面前的，是一扇磨砂玻璃门，从外面看不到里面，大概从里面也看不到外面。迟隽逸穷尽自己的回忆，也只记得一次这样的场景：那是一个新生命的诞生，是自己的儿子迟早来到这个世上的那一天。杨雁翎在里面经历着苦难，而自己则在外面既焦急又欣喜地等待着。仅此一次的回忆，连他父母去世都没有这样的场景。他的父母都是在老家，在熟悉的床铺上，悄然离开了这个世界。

而今天，迟隽逸又一次站在了手术室的门外，为了一个不久前还未相识，以及到现在也不很熟悉的人。虽然在医院这个环境里面，类似的病情会让人彼此有着惺惺相惜的感情，但晴朗的出现，确实让他感觉到了更多暖意，也有了更多存在感。的确，这种可能是自我虚妄出来的责任感，让他觉出了自身暂时存在的意义。就像有人说的那样，在一个比你脆弱的人面前，你不能比他更脆弱

迟隽逸这么想着，他的存在感便被护士召唤了出来。何护士推门出来，说晴朗疼得比较厉害，要不要加一个镇痛棒。迟隽逸连忙说："加！加！"

何护士说："加镇痛棒是要加钱的。"

迟隽逸急说："别管钱，只管加。"

何护士又说："晴朗的经济情况……"

迟隽逸说："算我的账上，我付现金。"

何护士点点头，转身回了手术室。

又过了半个小时，朱立威主任从手术室出来，他瞅了瞅迟隽逸，没有任何表示，便回到了办公室。何护士也出来了，手里端着个玻璃皿。迟隽逸问："手术结束了没有？"

何护士点点头。

迟隽逸问："玻璃皿里是什么？"

何护士说："切除的组织，现在要送去化验。"何护士又说，"晴朗在手术室里面，你进去搭把手吧。"

迟隽逸连忙进了手术室，陶医生正在做数据的记录，而小冰则在收拾手术的器材。晴朗躺在手术台上，脸上有些苍白。迟隽逸问晴朗："疼不疼。"

晴朗抿着嘴，点点头。

陶医生说："病人现在可以回病房了，需要转到担架床上。"

迟隽逸问："现在就可以抬到担架床上么？"

陶医生点点头。

迟隽逸右手托住了晴朗的肩膀，左手托住了晴朗的腿弯，将她举了起来。晴朗喃喃了几个字。

迟隽逸把耳朵贴近了些。

晴朗又说了遍："公主抱。"

迟隽逸把晴朗放在担架上，看陶医生和小冰护士都在那儿笑，他的连脸的一下红了，明白这样的安排似乎是有意为之。

把晴朗送回到病房，迟隽逸便在病床前守护着这个女孩儿。晴朗因为麻醉还未褪尽，还处于半昏睡的状态。病房里面的其他女病人看了迟隽逸，向他打招呼，他也向她们打招呼。晴朗睡了大半天，迟隽逸也就在她的病床前坐了大半天，当然他还做了些通知护士换药的活，也在晴朗带来的一个笔记簿上面画了此时晴朗昏睡的侧脸，寥寥数笔，勾勒一个少女略带凌乱的清秀。

这样的守护宁静而又安然，一直到下午四点，杨雁翎突然出现在1号病室的门外。邻床的一个女病人指了指迟隽逸的身后。迟隽逸回过头，发现了妻子的存在。杨雁翎没有说话，但迟隽逸知道自己必须出去不可。

他跟着杨雁翎来到电梯口，然后等着杨雁翎说话。

杨雁翎说："你在干吗？"

迟隽逸突然有点乱，他原以为杨雁翎会问床上的人是谁。迟隽逸耸耸肩，说："病友，需要搭把手而已。"

杨雁翎"哦"了一声，没再说话。

迟隽逸反客为主，开始问："你怎么来了？"

杨雁翎反问道："我怎么不能来？"

迟隽逸哼笑道："你轻轻地来，你轻轻地走，不带来，也不带走一片云彩。"

杨雁翎说："你现在说话越来越刻薄了。"

迟隽逸又哼了一声道："的确是这样的，你每天在医院待不到半小时，便立即赶下一个目的地，我是不是你每天例行的公事，就像牙刷一样，每天都要使一下。"

杨雁翎皱着眉头，看着迟隽逸，说："你怎么能这么说话，你知道我现在的担子有多重，你现在只需要在医院养病，家里和公司的事情全部要我来操心。"

迟隽逸"哦"了一声道："那你可以不用来看我，给你省出半小时的时间。"

"混蛋！"杨雁翎的眼睛瞪着，但一瞬间，又盈满了泪水。

迟隽逸有些懊恼自己了。

"你现在为什么不能好好说话呢，老迟？"杨雁翎的声音缓下来，"我知道你现在很难过，和病魔作斗争，但你为什么还要这么对我？"

"你之前也没有好好和我说话。"迟隽逸说，他的声音有些悲凉，"我们已经很久很久没有好好说话了。"

杨雁翎有些默然，然后有些自言自语道："你知道，我还是爱你的。"

迟隽逸斜着脑袋，沉默了一会儿，然后说："我不知道。"

杨雁翎的脸逼近了一步："你不知道？"

迟隽逸突然扑在杨雁翎的身上，将她顶在了电梯按键面板上。两个人面贴着面，迟隽逸低吼着："我不知道！我不知道！你证明给我看！"说完，便将嘴贴到了杨雁翎的唇上。杨雁翎挣扎着，却没有挣扎出迟隽逸的蛮力。而或许是电梯的面板被触动，门开了，里面的人伸出头来，看到了正在强吻的迟隽逸和杨雁翎。里面的人"嘿嘿"几声，然后又把电梯的门关上。

迟隽逸一愣，杨雁翎从他的臂弯里逃脱，猛地喘了口气，然后一抹嘴巴，狠狠地剜了眼迟隽逸，泪水也在此刻流了出来。杨雁翎抽了抽鼻子，整了整自己的衣服，按动了电梯的向下键，没再看迟隽逸。等待了一会儿，电梯门开了，她进了电梯里。然后电梯门关了，带着这个女人离开了迟隽逸的身边。而自始至终，迟隽逸都愣在那里，没有任何行动。

迟隽逸回到走廊，看向两端，一头是自己的病房，一头是晴朗的病房。迟隽逸踟蹰了一会儿，便去了晴朗的病房，继续守在这个女孩身边。

夜深了，晴朗醒了过来，迟隽逸将买来的银耳粥热了，端回到病床前，看到晴朗在翻放在桌面上的笔记本。

晴朗指着迟隽逸刚画的那幅画问："上面的人是谁？"

迟隽逸说："给你画的。"

晴朗说："我认不出来。"

迟隽逸说："画的是睡着时候的侧影，不太好认。"

晴朗叹了口气道："很多人都认不出我了吧。"

"怎么会？"迟隽逸说。

"很多天，没有人来医院看我了，我应该是被遗忘了。"晴朗的眼睛盯着天花板，"如果某天我离开这个世界，会有多少人来参加我的葬礼呢？"

"小姑娘，别瞎想，大家都有自己的事情忙呢，而且我不在这儿陪着你呢？"

晴朗伸出手背，想擦一擦眼角的泪，但却疼得吱了声，她不好意思笑笑道："估计是麻药打多了，有点儿感伤。"

迟隽逸微笑，说："要不要喝点粥，马上要会凉了。"

晴朗点点头。

迟隽逸将一根可折叠的塑料管插入碗里，让晴朗吸吮里面的粥。汤汁吸完了，迟隽逸便用小勺把银耳送到晴朗的嘴里，如此过程，持续了十分钟，两人没有说话，但互相很默契。

隔壁病床上的中年妇女说："有个人照顾着，小姑娘也算是有点福气了。"

把粥喂完，迟隽逸抽出一张纸巾，送到晴朗嘴边，却没有把手落下。晴朗明白迟隽逸的意思，点了点头。迟隽逸用纸巾擦拭了晴朗的唇。那是一种很奇妙的感觉，透过薄薄的纸巾，迟隽逸可以感受到两抹丰满与柔软，让人想起生命的力量。迟隽逸不敢停留，匆忙结束了这个动作。

晴朗却在说："给我用热毛巾擦把脸吧，一天没洗脸，真没脸见人了。"

迟隽逸又接了些凉水，又兑了些热水，用手指试了试水温，有些烫。他将毛巾浸到水里，充分吸收了热度，然后拧成半干，展开，又叠起来，已经不那么烫了。

迟隽逸将毛巾敷在晴朗的脸上，五秒钟，没有做任何动作，他能想象那种慢慢浸入体肤的温暖。随后，迟隽逸才细心为晴朗擦拭，从脸颊到脑门，再到下巴与耳后，毛巾被正叠，又被反叠，然后又被浸入水中，拧干，再次擦拭。迟隽逸缓缓地做着这些动作，不急不躁，晴朗也极为配合。

兑了一次热水，擦拭三遍后，迟隽逸完成了他细致周到的服务。晴朗再次睁开眼，笑说："大叔，你的眼角还有眼屎呢，你是一天没洗脸么？"

迟隽逸点点头，不好意思地笑笑。

"那你回去吧，夜里有护士呢，而且曹阿姨也会照顾我的。"晴朗的眼斜向邻床，刚才说话的中年女子盘腿坐在床上，朝迟隽逸笑说，"我和她都落单了，所以我们约好互相照顾。"

晴朗接过话道："曹姨的子女都在外地，现在都有外孙了，但是她不愿意把住院的事情告诉他们，所以就一个人来了医院。曹姨对我很好，而且也很乐观。"

迟隽逸对这个姓曹的女人报以和善的微笑。

停了一会儿，晴朗有些俏皮地说："你回去吧，你该不会照顾我上厕所吧？"

迟隽逸耸耸肩道："这事儿我可做不出来。"

迟隽逸准备走了，但晴朗又说："你看了摘除的那部分肿块了么？"

迟隽逸说："看了，像个鸽子蛋，放在玻璃器皿，送去检查了。"

晴朗"哦"了一声，欲言又止。

迟隽逸说："放心吧，会是一个好结果的。"

晴朗点点头道："记得你在手术室外面的许愿么？"

"记得，好好休息，快些康复。"迟隽逸说，"那我们明天见吧。"说完，便离开了1号病室。

迟隽逸已经一天没有回到自己的病房，房间的灯是关着的，有些清冷，不如晴朗的病房温暖。霍铁和石煤已经躺下睡了，霍梅在两张床间用板凳搭了个铺，正在陪床。笑笑也已经睡了，她的妈妈又消失不见了。皮克的床也是空的，他们会去哪里呢？迟隽逸又望向窗前项阳曾经睡过的床铺，那里又多了一个人，裹着被，看不到脸，也不知道年龄。

迟隽逸躺在床上，觉得这一天很短暂，短暂到几乎没有什么事发生，但他又觉得这一天很漫长，大多的时间都是在陪伴中消磨的。迟隽逸翻出手机，看到了一条短信，是杨雁翎的："儿子考托福的成绩出来了，通过了，我要陪他去领事馆申请签证，他就要去美国了，我下周也就不去医院了。"

迟隽逸心里突然被刺痛了一下，为杨雁翎，也为他的儿子迟早，他突然意识到自己已经成为这个家庭中的透明人，多他不多，少他不少。手机屏幕暗了下来，他的脑袋有些疼了。他想着算了，一切待明早再说吧。对了，明早还要去陪床呢。他这么想，强行将对家庭的思考与烦恼驱除出大脑，钻进被窝，在冬风劲吹的夜晚，慢慢睡着了。

23

迟隽逸履行自己的承诺，在接下来一周的大部分时间里陪护在晴朗的身边，照顾她，也等待细胞检验的结果。

他服侍着晴朗的饮食与起居，为各项检查与治疗奔跑，对于一部分无法报销的款项，也自掏腰包，当然这是在晴朗不知道的情况下进行的。晴朗醒着的时候，两个人就聊聊天，同时也和1号病室的其他人闲聊，并因此熟悉了病室里其他的女病人。晴朗睡着的时候，或是在沉默看书的时候，迟隽逸便在她的床前画画，画那种巴掌一样大的书签画，全都是和肿瘤病区的人有关系，有的是医生，有的是病人，也有家属。这些用蜡笔绘出的画鲜艳却也朴实，熟悉却又抽象，有些似是而非的味道在里面。

晴朗问迟隽逸这些画为何既像又不像，为何关键的部位常常被模糊，只留下些或明亮或氤氲的色彩。

迟隽逸说："这些色彩代表着一种情绪，是主观意念的投射。"他让晴朗去凝视窗外的阳光一分钟，不要眨眼，然后闭上，感受光的能量在眼睑内侧留下的五彩颜色。晴朗这样做了，她对着阳光打了一个喷嚏。迟隽逸开玩笑说有人此刻想起了她。晴朗闭上眼睛，说自己感受到那种充斥着斑斓色彩的黑暗。

迟隽逸说这些在意识内没有褪尽的色彩，就是印象派画家所想表达

的。迟隽逸说自己也在用这种手法去描绘自己眼中肿瘤病区的人与事。

迟隽逸把有些画送给了病友，也把有些画留了下来，心里盘算着没准以后可以办一个名叫死亡边缘的画展。

杨雁翎自离开医院后，就没再出现过，连一个电话、一条信息也没钻进迟隽逸的手机，这倒让他将这个思想的包袱暂且放下了一段时间。他想着杨雁翎或许正陪着儿子在外地散心呢。他想着，又觉得不对，她和迟早一起外出好像是办什么事了，但具体什么事，他记不清了。

逃避了杨雁翎这个烦恼的源泉，迟隽逸也在躲避病房里面的一些烦心事。的确，临近年关，许多人都不好过，霍铁和石煤的化疗情况并不理想，他们已经开始了放疗，吃不下还特能吐，眼见着两个人瘦了一圈。霍梅每天也都是熬得眼睛红肿。石煤基本上咬着牙不表现出自己的难受，但霍铁却无数次地央求女儿给自己一根烟抽缓缓疼。霍梅只能心疼地背过脸偷偷抹眼泪，而回过头还是拒绝了霍铁的要求。

笑笑的情况也不妙，医生们不得不放弃本正在进行的化疗，而是将主要精力去对付他的那些并发症上。护士台那边的催款单都摞成了一沓，笑笑妈妈的愁容越来越深，每天晚上从医院偷跑出去的时间也越来越长。

皮克依然鼓唱着不和谐的曲调，他再次在床头贴上了"精尽人亡"四个大字，并开始像模像样地开始写诗，写完还在病房里向那些正在痛苦中挣扎的人诵读，说人生应该有诗歌与远方。当然那都是些蹩脚的情诗。写着情诗的纸张被皮克精巧的手叠成各种好看的形状，到达医院某个女孩手中。

大家都知道那个女孩是谁，但没有人说破，毕竟也许这就是一个爱情游戏：值班的夜太过漫长，而人生的路或许很快便会到达尽头，这种入夜后的寂寥的感情火花，在外人看来是不容易被猜透的。

陪床的那一周，晴朗在舞团时的朋友来看望了她一次，少男少女，都是些年轻富有朝气的生命。他们叽叽喳喳地来，然后又叽叽喳喳地很快离去，将不合时宜的欢笑留在了宽大的病房内。福利院也来了人，是两个中年的妇女，她们带了一个信封，说里面有七千多元钱，是大家捐款的，不很多。说这话的时候，迟隽逸注意到两个女人羞涩。但她们很快调整状态，补充道："因为之前在福利院时办了很齐全的保险，所以不用太担心治疗的费用。"

怎么能不担心呢？且不说报销的范围在那儿，就说报销的额度也只能达到百分之七十。两个女人走了，迟隽逸送到房门外，看她们交谈着有啥不能有病的观点，仿佛在通过这件事来给自己的健康作提醒。迟隽逸想起曾有个好友说过每次来医院都会有种洗礼人生的感觉。

迟隽逸在默默服侍的同时，也在观察晴朗。他能感受到晴朗等待的情绪，不仅在等待检验的结果，也是在等待某种情感的依托，甚至有可能就在等待某个人。当来探望的朋友们离去后，晴朗问迟隽逸道："他们会忘记我么？"

迟隽逸说："不会，你们还会见很多次面，聊很多次天呢。"

"但如果我死去了呢？"晴朗说。

"不会，你又不是一颗流星，你的电话号码会存在于别人的电话簿中，你的微信头像还会存在于别人的好友清单中。"

"说得挺害怕人的。"晴朗说。

迟隽逸笑道："不是为了调节一下气氛么，国外还有赶尸的习俗，每几年把死去的亲人从土里挖出来，把骨殖领回家里一起生活一两天，吃饭穿衣，有模有样的。"

"哎呀，别说了，太恐怖啦。"晴朗捂着耳朵。

迟隽逸不笑了，晴朗也松开了耳朵。迟隽逸说："艾森豪威尔说过'老战士不死，他们只会慢慢凋谢'。"

晴朗的眼神里也有了认真。

迟隽逸说："我们都会凋谢，不仅仅是我们的身体，也包括我的记忆。重要的是，在凋谢前，我们是否盛开过。"

"生如夏花，是吧。"晴朗说。

"是的。我们并不能为了别人的记忆而活着，我们要为自己活着。只有自己活得精彩了，才能长久地存在于别人的记忆中。"

晴朗点点头道："我希望我也能盛开过。"

"会的。"迟隽逸说，"要有信心。"

晴朗睡了，她的手机却亮了。迟隽逸接过手机，看到信息提示发件人叫阿翔。一个熟悉的名字，那群年轻男少女叽叽喳喳过。迟隽逸将手机放下，但一分钟后，他又把手机拿起，点开了这条信息。阿翔在信息中说："我不去医院看你了，舞团排练很忙。"而之前晴朗发送的那条信息则是："阿翔，我想你了，到医院来看看我吧，我真的需要你。"

迟隽逸放下手机，明白晴朗一直在等待的是这个叫阿翔的男孩子。

晴朗醒来后也看了这条信息，迟隽逸相信她能察觉这条短信的已读状态意味着什么，但迟隽逸却不知该怎么去对自己窥探隐私的行为表示道歉。好在晴朗也没提，她只是把手机摔在被面上，然后愣起了神。

再过一天便可以知道检验结果。迟隽逸觉得无法用言语去安抚晴朗心中对于结果的焦躁。他在有意逃避任何牵扯到病情的字眼，但其实他也不用那么刻意。晴朗一天的精力都不在外面的世界，她要不就是躺在床上睡觉，要不就是坐在窗台前看楼外的世界。

午后，晴朗向迟隽逸提了一个请求，要他带自己开车出去散散心。迟隽逸问去哪儿。晴朗说："无所谓，这个城市没有我的根。"迟隽逸耸耸肩，将晴朗带到停车场。晴朗站在车前，摸着车窗，漫不经心地说："幸好我没把它砸扁。"

迟隽逸尴尬地笑笑，为晴朗打开副驾驶的座位，请她上了车。晴朗不太会系安全带，迟隽逸从驾驶座探过身来，拉过一侧的安全带。他的脸贴近了晴朗的脸。迟隽逸屏着呼吸，脸却红了起来。他迅速将安全带扣到另一侧的插孔内，在驾驶位上坐直，他偷眼瞅晴朗，晴朗没有任何的表情。

迟隽逸启动了车子，驶离了停车场，汇入了主干道。晴朗淡淡地说："我还是第一次坐这么好的车。"

迟隽逸点点头，他加大油门，发动机发出了轰鸣，带着两人开上了离城的公路，向城外那座小山包进发。

晴朗安静地看着车外的景色，没有再说话。迟隽逸也没有打破这一份沉默。两个人，一辆车，穿越一片天地混沌中。而越是驶向郊外，迟隽逸也就越来觉得天地的广阔和万物渺小。他轰大油门，向着天际上那一抹亮色前进。他相信如果疾驰得足够快，或许可以摆脱顶上这一大片的乌云。

迟隽逸将车开到了城外那处山包，也就是他和杨雁翎定情的地方。

深冬时节，雾气朦胧，迟隽逸抬头，看到白色的烟气在松林的尖上漂浮、宣泄，自上而下，一直推向两人身边，并最终在潮湿的土壤上消失无形。迟隽逸问："要不要爬一段儿？"晴朗点点头。

两人沿着山下的小径开始向上进发。他们走得很慢，毕竟晴朗刚做过手术。他们没有说话，脚步也很轻，像是进入了一个无人之境，不希望自己的声响打扰到原本就住在山里的神仙。

松林密密匝匝，走了不远，光线就被遮掩，而小径的两侧，则是深幽的黑暗。晴朗停下了脚步，张开了嘴，轻轻喘息着。迟隽逸问："还好么？"

晴朗笑笑，然后直起身子，继续向上爬，底下的松林慢慢变成了小叶的树木。一片红色叶子落在了晴朗的肩膀上，她却不知道。而迟隽逸也没有提醒她，他只是瞧着这片红色叶子在她的肩膀上匍匐跳跃着，他想起了蝴蝶。

越往上，树木越稀少，光线也越能照进来。晴朗已经非常疲惫，她转过身子，坐在石阶上，刚看那被隐没在树林中的上山小径，以及更远处的广阔平原。晴朗喘息着，将略带寒气的水汽吸入口腔，又将带着温度的气息吐进空气中，也不知道是汗滴，还是凝结的水珠，悬在晴朗微

微抬起的下颚上，如一粒水晶。或许发现自己盯久了这张精致的面孔，迟隽逸将目光收回到前方，那广阔的前方。

这的确是一次奇特的经历，在这么糟糕的天气，爬这座城郊的山丘。迟隽逸不经意哼起李宗盛的那首《山丘》。

晴朗问迟隽逸在哼谁的歌。

迟隽逸笑着说是老男人的歌。

晴朗站起身，双手放在唇边，似管状，张大了嘴，似在向山下呼唤。

迟隽逸问："为什么不喊出声来呢？"

晴朗停下动作，说："笨蛋，伤口会疼的。"

迟隽逸点头，也站起身，开始和她一起做无声的呐喊。

晴朗不满意地说："你可以喊出声的。"

迟隽逸试着喊了一声，蛇头蛇尾，一点也没有气势。

晴朗说："不行，重来。"

迟隽逸又喊了一嗓子，这下是虎头蛇尾。

晴朗又说重来。

迟隽逸没办法了，他运了口气，呐喊的声音开始在整个山涧回荡。气息不足了，迟隽逸又运了口气，再一次将声波传到天地间。晴朗则在一旁安安静静。

迟隽逸终于停了下来。晴朗问："感觉怎么样。"

迟隽逸说："很舒服，就是脑壳有点儿晕。"

晴朗像是突然想起了什么，她关切地说："忘了你脑袋有肿瘤的事情了。"

迟隽逸躲避晴朗的眼睛，岔开了话题，说道："要不要继续向上爬了？"

晴朗问："上面会有什么呢？"

迟隽逸说："不知道，山顶吧。"

晴朗又问："山顶的后面是什么呢？"

迟隽逸说："平原，或许是另一个山顶。"

晴朗说："记得小时候在孤儿院，小伙伴们常问山的那边还有什么？"

迟隽逸笑道："我的儿子常问宇宙的外面还有什么。"

晴朗说："那我们不用再爬了，山顶的那边该是什么就是什么吧，我今天有些累了，但也足够的开心。"

迟隽逸说好。

两个人开始沿着小径向下走。迟隽逸走在左边，晴朗走在右边，下山的路有些滑，晴朗的手搭在迟隽逸小臂的羽绒服上。两个人用了二十分钟，下到了山脚。

已经是下午四点多，天色却几乎没有一点儿亮光。迟隽逸说回吧，晴朗说可以。

回城的车上，晴朗望着后视镜里的山丘，问迟隽逸道："为什么会带我来这里。"

迟隽逸说："为了让你心情轻松一些。"

晴朗说："我为什么心情会不轻松呢？"

迟隽逸没有说话。

晴朗又说："这里有你的一些回忆吧。"

迟隽逸点头，晴朗也没有追问下去。

迟隽逸的车开得很快，在即将入城的一个路口，被警察拦了下来。一位年轻交警叩开了迟隽逸的车玻璃，将超速的数字告诉了他。

迟隽逸有些窘，他看了晴朗一眼，却发现她的脸非常苍白。晴朗挣扎着伸出左手，上面还套着医院的手环，右手则捂着胸前。

迟隽逸像是突然明白了什么，他向年轻的交警解释道："这是我的女儿，手术结束几天后刚回家休养。但下午却突然感到很不适，现在正火急火燎地往医院赶，所以速度可能超了些。"

年轻交警有些狐疑，他探头看晴朗。晴朗将头侧向车窗玻璃，眼睛微微闭着，有气无力地说："爸，你可以让警察叔叔看我胳膊上的留置针头。"

迟隽逸面露难色地看交警。

交警相信了这一对父女，他没坚持看留置针头，而是要迟隽逸开车开慢点，没有给他记录违章，便给他们放行了。

车子离检查点越来越远，迟隽逸看向晴朗，晴朗还闭着眼靠在车窗边。迟隽逸有些捉摸不定了，毕竟下午爬了半座山。他问："你没事儿吧。"

晴朗还是没有睁开眼，但她的嘴角已经忍不住了笑意。

迟隽逸松口气，说："别装了。"

晴朗这才"扑哧"笑出了声，但笑了两声，又喊了两声疼，但笑意却依然挂在脸上。

迟隽逸伸出大拇指道："真有你的。"

重新回到城市，各种灯光已经亮了起来。迟隽逸只能在众多下班族的车流中龟行。两人没了话，他们停在了一道道红绿灯前，也拐过了一处处左转或右转的路口。医院已经越来越近了，他们的心中似乎都不想回去。

晴朗突然说："能不能带我去一个地方。"

迟隽逸问："哪儿？"

晴朗说："舞团，我告诉你怎么过去。"

迟隽逸说："可以，但你必须先填饱肚子。"

迟隽逸带晴朗到了一家小食店，点了两份小米稀饭、两笼素包。

小食店装修很典雅。他们的邻座坐了一对老夫妇，彼此相敬如宾。晴朗注视着这对老夫妇许久。

离开汤包店，迟隽逸陪着晴朗，来到了附近一处练舞场，那是晴朗他们舞团的所在地。

　　落地玻璃内，一群年轻女孩们穿着或黑或白的芭蕾舞服，在木质的地板上旋转着。房间的一角，一只雄性天鹅正与一只雌性天鹅对舞，他们身体纠缠着、拉扯着，唇与唇间的距离忽远忽近，渴望、冷漠、痛苦与充满希望的表情在两个人的脸上轮番上演。那些旋转的天鹅也分裂成两个阵营，扮演了善与恶的两股势力。这一雌一雄两只天鹅是多么渴望爱啊！他们无数次张开了怀抱，却无数次被无形的力量拉回到彼此的阵营中。但他们又奋力挣脱，一次次跃起，一次次摔倒，伤痕累累。迟隽逸偷眼看晴朗，她的脸庞也随之轮番的纠结与痛苦。

　　两只天鹅终于相拥在一起，他们旋转着，飞升着，巨大的羽翼栖息了两个灵动的躯体。排演结束了，所有人都鼓起了掌，像是在为自己鼓励。迟隽逸看晴朗，她已经背过了身，室内的光只在她纤细的双肩上蒙上一层淡淡的光晕。

　　舞蹈房的灯暗了下来，小天鹅们变回了美丽的姑娘，三三两两出门，匆匆赶往回家的路。晴朗却依然盯着着那扇舞蹈房门。终于芭蕾舞的主人公从门内出来了，是那一雌一雄两只天鹅。

　　男孩为女孩理好了围巾，然后拥抱了女孩，两人没有松开，进而吻在了一起。迟隽逸偷看晴朗的脸，晴朗已经不那么激动，她只是轻轻地叹了口气。

　　男孩和女孩松开了彼此，向着两个方向走了。而晴朗则打开车门，向男孩走过去的地方追了过去。迟隽逸发动汽车，慢慢跟随。

　　晴朗追上了男孩，两个人相对而立，他们似乎说了些什么，但迟隽逸听不见，两个人脸上的表情很正常，他不很担心。

　　晴朗和男孩说了会儿话，便回到了车里，而那个男生则望着这辆车，有些愣神。迟隽逸把车从校园开了出来。

　　晴朗说："他是阿翔。"

　　迟隽逸说："谁？"

　　"阿翔，我的前男友。"

迟隽逸"哦"了一声。

晴朗说："他一直是芭蕾舞团的男一号。我经过努力，半年前也成了女一号，然后我们相爱。但如今，女一号已经不是我，他的女朋友也不是我了。"

迟隽逸又"哦"了一声。

或许他从来没有把我当女友看待，我好像是谈了个假冒男朋友。

迟隽逸尴尬地笑笑说："放下啦？"

晴朗点点头道："努力吧。"

迟隽逸说："那就好。"

晴朗不说话了，她又望向了窗外。

熟悉的楼层，熟悉的味道，迟隽逸将晴朗送回 1 号病房，自己也回到病房，他们都在等待明天那个揭晓检验结果的时刻。

24

当迟隽逸从一个如柏油一般胶粘的梦中醒来，已经是早上 7 点。他完成洗漱，来到晴朗的病房前。女孩儿还裹在被窝里，背对着自己，迟隽逸希望她睡个好觉。迟隽逸又到了姜雯的办公室，门锁着。姜雯大概去检验中心取细胞培养的结果去了，他想成为第一个知道结果的人。

迟隽逸等在姜雯办公室外，说不清一种什么心理。他关心的，已不是一个陌生人，而是一个能牵动他心绪的生命。他边等待，边想着自己与晴朗的关系。或许医院就是这么一个奇妙的地方，它让两个人遇见、相识，然后到怜悯、互相扶持。当然，这种扶持并不仅限于他与她，但晴朗似乎又成为迟隽逸对于生命与希望的一个标志。他希望这个标志能够一直存在于他的心中，而不因病魔而枯萎。

迟隽逸就这样傻等着。他的思想在游走，在希望与绝望的边缘。他一会儿想好的结局，一会儿又想坏的结局，他也根据两种不同的结局做着不同的设想。回过神来，他又知道这些想法，无非都是缓解答案揭晓前的焦躁。

姜雯终于来了，她打开门，迟隽逸跟在她的身后。姜雯坐下，看着迟隽逸，迟隽逸没有讲话。

姜雯说："我知道你在等什么。"

迟隽逸说："那结果是什么呢？"

姜雯摇摇头，欲言又止。

迟隽逸说："你必须要说出来，清晰无误地告诉我，由我来告诉晴朗。"

姜雯说："恶性肿瘤，已经有部分扩散。"

迟隽逸腿有些发软，他喃喃道："这么快。"

"是的，就这么快。"

"那下步怎么治疗？"

"先进行化疗吧，看效果如何，如果必要，还要有一定的放疗。"姜雯说。

"我记得你说过有可能做乳房切除手术。"迟隽逸说。

"如果先期的治疗不错，能够把扩散的部分稳定住，那么还是有必要做切除手术的。当然，如果早些时候做切除手术会更好，只不过现在已经错过了窗口期。"姜雯说。

门被推开了，晴朗站在了门口。

两个人都停止了交谈。

晴朗说："我都听见了。"

姜雯看了看身边的两个人，然后说："我去查房了。"她走了，把空间留给了剩下的一男一女。

迟隽逸喉咙动了动，没有说出话。

晴朗又说了遍："我都听见了，我也都知道了。"

迟隽逸说："那你要好好配合治疗，治疗会很艰难。"

晴朗苦笑道："最艰难的时刻我都经历了。"

迟隽逸愕然。

晴朗说："最艰难的，或许就是接受这个现实。"

迟隽逸点头，说："你接受了这个现实么？"

晴朗说："我听到了答案，但我不确定是否已经接受了它。"

迟隽逸说："需要一段时间？"

"是的。"晴朗她转过身，说，"我要回房间了。"迟隽逸要跟着她。晴朗停下脚步，背对着说："别跟着我，我想安静一会儿，迟叔……叔叔。"

晴朗钻回了自己的病房，像冬眠的小兽，不再出来。迟隽逸心里焦急，他想到病房里陪她，但他能感受到晴朗的拒绝。他甚至不敢到病房外张望，他知道痛苦是需要时间消化的。

迟隽逸回到自己的房间，如旁观者般，看到同屋的病友们，迟隽逸有些愧疚，他只是一个冒牌货，一个老年痴呆症患者混在一群死亡线边挣扎的肿瘤病人中间，过着所谓体验般的生活，实际却是从这群几乎被判死刑的人们身上寻求某种虚妄的心理安慰。没有心理安慰，只有现实的严苛。

他甚至希望自己也患上肿瘤，而不是那该死的阿尔茨海默症。如此，他便能够真切体会到什么叫吞噬生命。

迟隽逸想了许多，脑袋又想疼了。时光过得飞快，一晃眼工夫，又是一天的阳光从撒播到收尽。迟隽逸想知道晴朗的情况，但他却始终不知该怎样靠近她，而另一方面，几乎没有人和他说话，病友们间的交流越来越少，整个世界似乎只剩下迟隽逸和他躺的那张床，他真正感受到了孤独。他就这样像一座孤岛一般，闷了两天。

终于，在第三天深夜，迟隽逸朦胧间听到了椅子被挪动的声音。这个声响如闹铃般使他的眼睛睁开。迟隽逸迅速披上衣服，来到茶水房。晴朗正坐在那里，手里捧着一个茶杯。

看到迟隽逸，晴朗说了声："嗨。"

迟隽逸挥了挥手，像是见到老友一般。

晴朗说："好几天没见。"

迟隽逸嗯了声，问："你还好么？"

晴朗说："我还好，身体似乎和之前没有什么变化，你呢？"

"我？"迟隽逸想了想说，"有时候我会感受不到我的身体，除非我刻意告诉自己去体会它。"

晴朗说："这样也好，也不好。"

"为什么这么说？"迟隽逸问。

"有时候痛苦才能让我们感到真实。"晴朗说。

"你想多了。"迟隽逸说。

"或许吧，这几天我是想了不少。"说完，晴朗将杯中的水灌进了肚子，然后说，"你想知道我都想了什么？"

迟隽逸点点头。

晴朗突然笑了，她说："其实我也不知道我都想了什么。"

"我和你差不多。"迟隽逸不自觉地说。

晴朗没有理会迟隽逸说什么，她只是继续说："反正我想着的就是要好好配合治疗，努力地活下去。"

迟隽逸吐了一口气，说："你有年轻稚嫩的一面，也有成熟坚强的一面。"

"痛苦让我们成长么。"晴朗说。

"是的，是让我们成长。"

"好吧，最痛苦的一个阶段已经过去了，我接受了现实，希望在此之后能有些好的消息。"

"会的，一定会触底反弹。"

晴朗呵呵地笑出了声，说："我想我们就叫作绝命拍档吧，都是癌症，却都在战斗。"

迟隽逸也笑，笑得有些不好意思，他想到了自己隐瞒了病情。

晴朗又说："但如果，如果我没有战胜病魔。"

迟隽逸谛听着。

"如果我没有战胜病魔，我也不想如此草草地了结生命。就像朋友圈说的那样，世界这么大，我想去看看。我不想只是困在医院这个楼层，我想多出去走走。不仅是感受自我的存在，也让别人能够感受到我的存在。"

迟隽逸琢磨着晴朗的话："你的意思是？"

"我想去做一些事情，一些没有做过的事情，我想能够留下些印记在这个世界。毕竟不论时间长短，"晴朗顿了顿，"我们都要死的。"

"我明白你的意思，我支持你。"

晴朗说："就今晚，从现在开始。"

迟隽逸说："好，我们做什么？"

"我想沐风飞翔。"

半小时后，迟隽逸已经将车开出了停车场。晴朗坐在了他的身边。迟隽逸说："准备出发了。"晴朗点头。他们将车开上了城市的公路，前方鲜有车辆与行人，只有一盏盏亮着黄光的路灯，温暖小小的一片。

迟隽逸说："你想怎么飞翔？"

晴朗说："我们上高架路。"

迟隽逸加大油门，驶上了城市外环。晴朗让迟隽逸打开车子天窗，半个身子探了出去。清冽的风灌进了车内，迟隽逸感觉很舒服，他大口地呼吸着。而身边的晴朗，则已经一遍遍大声呐喊："飞啊，飞啊！"

迟隽逸也用力踩了油门，嘴里默默喊着："飞啊！飞啊！"不觉间，眼泪流了下来。

第三章　寻觅

25

之后的日子，迟隽逸和晴朗如同两个夜行的贼，一挨到晚上，治疗结束，便会从医院偷跑出去，开着车，在城市的大街小巷里穿行。这是多么大的一座城市啊，晴朗在感慨，迟隽逸也觉得惊讶。虽然他已经在这座城市生活了几十年，自以为非常了解这一座城市，但依然有那么多的地方他没有去过。这些街巷如同毛细血管一般，延展到城市的每一个角落。在这些角落，他们看到租住在棚户里的农民工，看到在垃圾桶里翻易拉罐的老人，看到了三三两两染着黄发的青年，也看到了流浪的狗儿，瘸着一只腿，却龇着凶狠的牙。

这些景象让他们有些沉重，于是，他们转场，登上夜班公交，没有明确的目的地，就是一边交谈，一边观察车上的人们。这些都是晚班的公交，乘客稀稀拉拉，大多沉默，脸上写满了麻木与疲惫。晴朗多想和他们交谈啊，但是似乎手机才是那些乘客最好的朋友。不过，当他们塞上的耳塞，却也方便迟隽逸和晴朗任意讨论他们某个人的身世。

晴朗会说："你看，那个人一定是送快递的。"

迟隽逸会问为什么。晴朗说："因为他的手机是最老式的非智能机。"

迟隽逸也会说："你看，那个人一定是个厨师。"

晴朗问为什么。

迟隽逸说："我能嗅得到他身上的油烟味儿。"

晴朗说："我怎么嗅不到。"

迟隽逸说："我是属狗鼻子的。"迟隽逸用手顶住鼻尖。

晴朗笑，说："那是猪鼻子。"

晴朗有时候说："你说别人会怎么看我们，他们会猜我们是做什么的？"

迟隽逸呵呵笑道："他们会以为我们是从医院偷跑出来的两个精神病人。"

晴朗说："我们没有穿病服。"

迟隽逸说："那我们下次就穿病服出来。"

于是，他们真的在一天晚上，穿了病号服，混入了城市的人群中，他们吃了路边摊，逛了会儿街，然后又乘上夜班公交环线，从始发站转了一圈，打算再回到始发站。

晴朗指着对面的一个戴着棒球帽的小伙子，问迟隽逸道："你觉得他们现在会再怎么看我们？"

迟隽逸说："他们会认为我们是两个偷跑出来的精神病人。"

晴朗又问："为什么他们会认为我们是精神病人呢？"

迟隽逸笑道："因为正常人干不出这事儿。"

晴朗说："你能从他们的眼神中看出怜悯么？"

迟隽逸说："如果你装得像一点，他们或许会显出恐怖的样子。"

晴朗又说："我们可以告诉他们，我们没有得病，我们只是得了癌症。"

迟隽逸想了想，突然说："要不我们告诉他们，我得了阿尔茨海默病，我们忘记回医院的路了。"

晴朗说："什么是阿尔茨海默病？"

迟隽逸说："就是老年痴呆。"

晴朗说："你又没到老年，怎么会得老年痴呆？"

迟隽逸哑然了，他张了张口，却只说道："会的。"

迟隽逸站起了身，却被晴朗拉回到座位上，说："你还真去问啊？"

迟隽逸说："是啊。"

晴朗说："算了，算了，我可不想求得别人的怜悯。"说着，晴朗穿上了外套，将病号服遮在里面。对面的棒球小伙从手机屏幕上抬头瞥了眼晴朗。

迟隽逸也穿上外套。他说："我也不喜欢被标签化。"

晴朗叹口气道："我多么想成为一个正常的人，过一种正常的生活，上班下班，挤公交。"

迟隽逸说："每个人都有得病的时候，你会痊愈的。"

晴朗说："不只是这些，我想有父母，血缘关系的那种，有爱人，可以彼此相爱的那种。"

迟隽逸沉默会儿，说："至少你还有友情。"

晴朗喃喃道："病友。"

迟隽逸说："是的，我，绝命搭档。"

晴朗笑了，她从自怨自怜泥沼中爬了出来。

也有些日子，经过一天的治疗，晴朗的身体也非常虚弱，他们无法外出，只能站在十楼的窗台前，俯视整个城市。他们会去编故事，指着某一处灯火辉煌的场所，想象里面正在发生的种种事情。这时他们或是置身事外的讲述者，或是故事中的男女主角。他们渴望外面的世界，渴望离开医院，渴望像外面世界的人一样正常地生活，虽然这种声音在迟隽逸的心里，也存在着某种底气不足。

化疗在打击着活跃的癌细胞，同时也在摧残晴朗的身体。各种不适的反应开始出现，无力、嗜睡、呕吐。她的手背上是密密麻麻的针眼，非得有经验的护士才能将针头扎进血管内。但晴朗却履行着自己的承诺，积极配合治疗，她甚至没有哭过一次。两相比较下来，迟隽逸反倒觉得自己真是无所事事，每天只是吃吃药，不需要其他检查，也不需要那么多的痛苦和不适。迟隽逸在治疗上越发低调起来，他可不想别人看出他只是混进乐队里面的东郭先生。

或许为了掩饰内心的虚弱，他在陪伴晴朗治疗和游荡空当儿，也越来越将精力放在帮助肿瘤病区的其他病友们身上。恰巧晴朗邻床的曹阿姨（对迟隽逸来说，只能称呼为曹姐）要截去一截长了恶性肿瘤的小臂。她依然是孤身一人在医院，没有任何的陪护。

手术前，迟隽逸问她为什么不告诉家里面的人。

曹姐说孩子们都在忙，要不忙事业，要不忙带孩子，她不想给他们添乱。

迟隽逸又问："你的丈夫呢？"

曹姐说："丈夫在南方打工，不能回来，回来工作就丢掉了。"

迟隽逸"嗯"了一声，又问："你的丈夫知道你要截肢的事情么？"

曹姐说："不知道，他只知道长了一个肿瘤，他要是知道要截肢，立马就会回来。"

迟隽逸不知该说什么了。

曹姐说："没有他们来是最好，也许他们来了，七嘴八舌的，我就下不了决心去截掉这一截手臂了。"

迟隽逸点点头道："我们都有报喜不报忧的习惯。"

曹姐说："事情得往好的一面看。至少我截掉的是左臂，还能空出来右胳膊抱外孙呢。"

迟隽逸说："是的，手术后我来陪床。"

曹姐说："那我不客气了。"

迟隽逸和晴朗全程陪在手术室的外面，手术很安静也很漫长，但他们的脑子里都在想着某种尖利的工具将胳膊截去的画面，晴朗甚至有些在发抖。阿西莫多也来了，他被委托去处理那一截断臂，曹姐并不想把它留下作纪念。

手术终究还是结束了。曹姐躺在床上被人推了出来，她裹着被子，看不清身体的情况。曹姐是清醒的，他看了看围上来的迟隽逸和晴朗，虚弱地笑了笑，额头上都是汗。迟隽逸想她一定是经历了一场艰难的搏斗。

阿西莫多已经不见了踪影，但也就一分钟，他便出来了，他端着一个铁盘子，上面盖了个盖儿，似乎很沉。阿西莫多来到迟隽逸的身边，问："要不要看一下。"

迟隽逸慌忙摆摆手。

阿西莫多说："那我拿去处理了。"

迟隽逸问："怎么处理？"

阿西莫多说："埋在后花园，就在那株刚移过来的桃树下。"

之后的几天，迟隽逸和晴朗陪护着曹姐，手术后各种针剂的注射让她身体起了些反应，但有迟隽逸悉心照料着，总算是熬过了最艰难的一段时间。

有天下午，晴朗问曹姐道："你什么时候会出院。"

曹姐说："很快，再过几天。"

晴朗说："我会想你的。"

曹姐说："我真的感谢你们，你们帮了我很大的忙。"

迟隽逸说："你还需要适应以后的生活。"

曹姐笑："你说奇不奇怪，有时候我还能感受到我左侧小臂的存在，但是它又的确不存在了。有天晚上我做梦，梦到给我的外孙打毛衣，两只手那个灵活啊。但一醒来，发现一个胳膊的确是不存在了。"

晴朗说："这大概是幻觉吧。"

曹姐说："大概是吧，需要适应这种新的状态，有些失去双手的人都可以写书法，我应该也可以织毛衣，最重要的事情，我了断了一个心事，不用害怕癌细胞扩散了。"

迟隽逸说："壮士断腕。"

曹姐笑，仅有的那只手握住了晴朗的手道："再过几天，我就要出院了，你要好好的啊。"

晴朗点点头。

当天晚上，迟隽逸又开车，出了医院。在晴朗的指引下，来到一处儿童乐园。晴朗说，这里是她小时候春游经常来的地方。

曾经的游园已经破败不堪，大门处没有任何人看管。他们将车直接开进了游乐场的中央，枯萎的树枝发出簌簌的声响，除此之外，没有任何生物的动静。

晴朗和迟隽逸下车，登上一处蘑菇样式的凉亭。晴朗指着下面黑乎乎的物件，挨个介绍，这里曾是滑梯，那里曾是秋千，那里还有个洞，里面有小火车穿行。

晴朗说她在孤儿院生活的时候，经常会被带到这里游玩。他们被要求只玩一些滑滑梯那样不需要花钱的项目，而小火车、小飞机那样付钱的项目，他们只能看着那些由父母带来的孩子们玩。每次来玩，他们都要把塑料袋捡满，否则下次就不会有来玩的机会了，她争不过那些男孩子，所以也不是每次都能来玩。

晴朗停了停，接着说："记得有一次，垃圾捡晚了，别的孩子们都乘车回去了，独个把我留在了这里。那时候还小，不知道回孤儿院的路，我也不敢去问别人，只能傻傻地待在游乐园等孤儿院的人来接我。但是左等右等，孤儿院的人还是没有回来。所有的家长和孩子们也都走了，开小飞机、小火车的工作人员也走了，只剩下我坐在秋千上，还在等孤儿院的人。然后就是游乐园的保安来巡视，打了一个手电筒，像是在搜寻坏人。"晴朗这么说，脸上也显出害怕的神色，"因为我觉得自己犯了错误，便不想自己被发现。我躲进了小火车里面坐着。夏天是热闹的，各种虫子的声音，虽然语文课本上说那些鸣叫都是欢唱的，但对于一个六七岁的女孩，却不是这样，鸣叫中充满着未知的恐惧，充满了孤独的遗忘。但我不敢哭，我怕一旦哭出来，便会惊起那些已经沉睡的怪物。我咬紧牙关，直到天明。"

"原来是组织孩子来游玩的老师把他们送回孤儿院，便直接回家了，也没有和孤儿院的保育员们对接一下，就把我给漏掉了。晴朗说，真正的孤儿院生活并不像电视里面演的那样，至少不像那么高大上。反正，好在是夏天，天终于亮了，打扫卫生的大爷发现了我，通知了孤儿院。孤儿院来了阿姨，带我坐上了公交车。一路上，我都不敢哭，直到回到孤儿院，避开了所有的老师和保育员，我才偷偷捂着脑袋哭了一场。"

迟隽逸静静地听完了晴朗的讲述，中间没有插话，他心里虽然有着怜爱，但他更多的是在想那一夜晴朗究竟是怎么熬过来的。

26

曹姐走了，提前出院，虽然还时常到医院来换药诊疗，但不用再交她称之为冤枉钱的床位费了。空出来的床位当天就有了新主人，是一个30岁刚出头的女人。她的丈夫一手抱着女儿，一手搀扶着她，一家三口来到了医院。

晴朗默默注视着男人履行刚入院的各种准备工作，而女人将三四岁的女儿抱在自己怀里。晴朗问："大姐，你叫什么名字？"

女人说："我姓付，叫付蕴。"

晴朗说："我叫晴朗。"

女人说："好名字，有好的寓意。"

晴朗也说："你的名字也是。"

付蕴微微笑笑。

晴朗看着她怀里的孩子，说："很漂亮的小公主。"

付蕴点点头，然后看着自己怀里的女儿，眼里满是温柔。

在外面办住院手续的丈夫回来了，迟隽逸也跟着男人脚后跟出现在病房里。付蕴的丈夫臂弯里搭着一套病号服，迟隽逸的手里则是拎着一个保温桶，里面应该是做好的汤饭。

付蕴看到病号服，神色有些哀伤，她叹了口气，脱去了羽绒服，露出了紧身的毛衣。晴朗注意到女人的左胸瘪瘪的，而右胸则依然饱满。晴朗突然觉得嗓子有些堵，她看了看迟隽逸，迟隽逸也面色凝重。

穿上病号服，付蕴向晴朗介绍，这是我的丈夫，他叫王小虎。

这个叫王小虎的男人微微点头，眼神并没有在晴朗和迟隽逸的身上多作停留。他回到妻子的身边，一只胳膊搂着付蕴，两人这样默默看了一会儿还未醒来的女儿，脸上的凄色也慢慢舒缓。

一家三口的甜蜜时光转瞬即逝。女人把孩子递给了男人，男人在女人的额头上吻了一下，女人在孩子的额头上也吻了一下，男人便离开了病房，大概是送孩子回家去了。

当晚，在医院天台，迟隽逸和晴朗俯瞰城市的夜色。晴朗说："邻床的付姐好像得的是乳腺癌。"

迟隽逸点头，"看得出来。"

晴朗说："也许有天我也会变成她的模样，成为一个不完整的人。"

迟隽逸想到了付蕴那瘪下去的胸脯，他想叹气，但又怕影响晴朗的心情，他犹豫着不知道说什么好。

但晴朗倒是自己调节心情，她说："她的女儿好可爱，有个女儿就有生命的依托了，是吧？"晴朗看着迟隽逸，眸子里充满了光彩。

迟隽逸点点头，虽然他的内心大概可以猜到，这个女人癌症的复发，很有可能是因为怀孕分娩而引起的。但他不会把自己的猜想告诉晴朗。

通往天台的门又开了，两个身影猫着腰，从大楼顶层钻出来，很快消失在楼顶搭建的一个玻璃花房内。晴朗眨眨眼说："那是咱们楼层的护士小冰。"迟隽逸说："那是我的病房里的皮克。"

两人相视而笑，他们都在想象着花房内此刻正在发生的事情。

27

皮克已经很少出现在病房，他要不就是彻彻底底看不见踪影，他要不就是盘旋在护士台，和那些小他许多岁的护士姑娘们说笑，就连治疗也赖在护士站里。没了他这个"不稳定分子"，霍铁和石煤都觉得很舒心。

护士站的众姑娘，起初有不少觉得他令人生厌，觉得自己是一定不会和这个打扮得像中国版猫王的人闲聊天，但怎奈皮克太能讲了，不仅能讲，而且能演。他总是能够通过小笑话、小魔术逗来女孩子们的目光。慢慢地，连护士长蔡明晓都说，这个皮克对咱们肿瘤病区压抑的环境还是有调节作用的。

当然皮克这样做也不是没有目的，他在调笑的过程中也在观察，想看哪个女孩能够和他产生互动，能够大胆地跨出安全范围。这是他的长处，走了这么多年江湖，见了这么多女人，他似乎真的要实现他精尽而亡的目标了。

而他悄悄张开的网，网住了护士站的小冰。

小冰也不是主动被网住的，毕竟皮克的那张网太花哨，招眼就能看得到，更不用说对于小冰这样的情场老手。她或许是觉得夜班值得太无聊太孤单，又或许觉得皮克那游历各地的经历太迷人，又或许是她也只是想挑战一下自己的情商和恋爱技巧，总归是，她和皮克玩起了暧昧游戏。因此，与其说是皮克张网网住了小冰，不如说是小冰张网网住了皮克，而且小冰的网里面也不仅仅是皮克一个人。她还和住院医生陶沙玩起了若即若离的游戏。这又说起了肿瘤病区的另外一对，姜雯和陶沙。

姜雯和陶沙的关系，虽然两个当事人看来，仿佛始终在云里雾里。但在外人，比如迟隽逸看来，就是一层纱的关系。可这层纱，既像是最近的距离，又像是最远的距离。自从迟隽逸发现陶沙在暗地里约姜雯一起看电影，吃西餐，他就在静待着他俩在公开场合下的某种亲昵，即便不是亲昵，默契也可以。迟隽逸很喜欢这两个年轻人，一个是归国的医学女博士，一个是具有好的口碑和经验的主治医生，两个人或许可以结成一对志同道合的伴侣，可迟隽逸失望了，他根本没从两个人的行为上看出某种爱的互动。在病区里，陶沙和姜雯只要见面，两个人就变成了两只笨拙的动物，不管是说话还是行为都别别扭扭，仿佛一个人待在另一个人身边多一秒都是一种煎熬。迟隽逸对此看得清楚，如果皮克和小冰之间是看谁有胆量试着往前走，那么姜雯和陶沙两人就是看着谁能忍住好感并往后退。迟隽逸也曾旁敲侧击鼓励姜雯喜欢就要大胆追，但每次换回来的都是姜雯的白眼。迟隽逸觉得有必要和他的叔叔姜军谈一谈。

　　话说远了，现在还说回到花房里面的皮克和小冰。这是一个温室花房，由医院的医生种了许多花朵，馥郁香气让身处其中的人心旌荡漾。皮克坐在长椅上，小冰站在他的面前。皮克抬头看着小冰，嘴里呢喃道："你知道你有多美么？"

　　小冰嬉笑着说："我知道？但你知道么？"

　　皮克摇摇头道："我不知道，我想看看。"

　　小冰还笑着说："你怎么看呢？"

　　皮克的手在小冰的护士服上，从下向上摩挲，一直到胸口，解开了一个扣子。小冰发出咯咯的笑声。皮克一把把小冰搂在怀里，一转身又把她按在了自己的身下。小冰的身子扭动着，仿佛要抗拒这蛮力，但皮克把小冰搂得很紧。小冰便任由着皮克的粗鲁。皮克急匆匆去解自己的裤子，但他那些花哨的皮裤有好几个扣子，等到皮克解开最后一个扣子的时候，裤裆里面的热乎劲已经过去了，他蔫了。

　　小冰转过身，看着一脸懊恼的皮克，试探着问："怎么了？"

　　皮克恨恨地说："都是你们给我吃的药，把我弄得都不像男人啦。"

　　小冰拍了拍皮克的脸蛋说："大叔，你就说你年龄大了，不顶事不就得了。"

　　皮克还想争辩，但觉得说再多都是掩饰，就只能嗷嗷道："算了，算了，各自回家，各找各妈。"

　　两个人又猫着腰回到了病房内，留下空寂的楼顶，以及城市上空恣意乱吹的寒风。

28

天虽放晴，但皮克的脸却罕见的阴沉。他没有再到护士站去厮混，而是一个人坐在床上发呆。何护士把药递给了他，他一把吞进嘴里，何护士一转身，他就又吐到了地上。

何护士回头看了眼，也没说什么，而是继续给笑笑妈发药。躺在床上的笑笑喊了声何阿姨，何护士捏了捏笑笑惨白的脸蛋儿。

皮克突然说："小孩儿，你可别吃这药，这药会把你吃成小太监。"

笑笑问妈妈："什么是小太监。"

何护士转身反驳道："就你嘴能！"

皮克看了眼霍铁，沉默了一分钟，突然从床上跳到地下，指着笑笑大叫道："他需要教么？他有未来么？能长成大人么？"

皮克又指着病房里的其他人说："你们有未来么？你们能从这里活着出去么？"

皮克的话让大家陷入了愤怒的沉寂，只有笑笑问他妈妈道："你不是说我以后能够长成男子汉么？"

皮克又针对起了笑笑，说："你能长成男子汉？开什么玩笑，这些药能把你吃成像我这样的变态。不仅如此，你要是不通过骨髓移植，你早晚都得死在这儿。"

笑笑抱着他妈妈的胳膊，说："我不想死。"

皮克还在说："你知道有多少人在排队等候骨髓移植，怎么可能轮上你，除非你妈和你爸再生个小孩出来，可你知道你爸是谁么？"皮克又在指着笑笑妈质问，"你知道吗？"

皮克话音刚落，笑笑妈一巴掌就抽在了皮克的脸上。

皮克一愣，突然骂道："不要以为我不知道你晚上都去干什么了？你要我说出来吗？"

这次轮到笑笑妈待在那里了，而病房内所有人的注意力也从皮克转到了笑笑妈的身上。只见笑笑妈的脸开始抽搐，用手扶住病床的栏杆，慢慢屈膝，一点点跪在了皮克的面前。

所有人都呆住了，大家似乎联想到笑笑妈每每后半夜回到病房内的行为，皮克也没想到笑笑妈会这样，他伸手去扶笑笑妈，但没有扶起来，自己反倒也跪在了地上，然后顺势一歪靠床坐着，嘴里嘟囔道："这都是什么事啊。"说完，便撑起了身子，摇晃着走出了病房。一直在冷眼旁观的迟隽逸也跟着出了病房。

皮克出了医院门，步行到附近的实验小学。里面的学生正在做课间操，皮克隔着栏杆往里面看孩子们，而迟隽逸则坐在车里看着皮克。此时的皮克扒着栏杆，像是一个无助的囚徒。学生们散操了，皮克招手，一个小男孩跑到了皮克的面前。隔着栅栏，皮克将几张百元钞票塞给了小男孩。而此时，一个三十岁左右的女老师出现在小男孩身后，把钱从男孩手里夺了过来，硬要塞回给皮克。皮克不愿意伸手。僵持了一会儿，女老师急了，她让小男孩回教室，然后打了一通电话，继续和皮克隔着栅栏耗在那里。

没过多久，另一个男老师从操场另一边跑了过来，这个男老师年龄和女老师年龄相当，但看起来很健壮，像是教体育的。男老师出了校门，来到皮克的身前，把那几百块钱摔在了皮克的脸上。皮克扶着栏杆，任由钞票被风吹走。男老师手指着皮克又说了些什么，然后推了皮克一下，便回到学校内，和女老师进了教学楼，留下了皮克和空空的操场。皮克靠着栏杆慢慢地坐了下来，两只手捂住了脸。

迟隽逸看到这，大概明白了些什么。他静静地看着皮克，看他抹了抹脸，伸出手去抓栏杆，却还是没有撑起自己的身体。迟隽逸下车走到皮克身边，把他扶了起来。

迟隽逸开车带皮克到了一家小饭店，两人坐下，迟隽逸点了几个菜。等菜期间，皮克低着头，手指在摸桌上的水曲纹路。迟隽逸喊了声："老皮……"

皮克立刻举起手掌，说："别，别安慰我。"

迟隽逸便不说话。

饭菜上来了，皮克又让服务员拿了一瓶半斤的白酒，给自己倒了一杯。迟隽逸没拦他，但也挡着他给自己倒酒。

皮克把酒盅里的白酒一饮而尽，然后说："年轻那会儿，我在马戏团给人变魔术。那时候我明白一个道理，如果我把戏演砸了，没有人会为我收场，我就得一个人承担台下所有的讥笑与辱骂。"

迟隽逸没有动筷子，他只是听皮克在说。

"不过经历过许多惨痛教训后，我学会了面对现实，就像今天你看见的这样。我不回避它，它就像牙疼一样，你不会因为忽视它就感觉不到疼痛的存在。所以，不管你心里是怎么揣测，我都会告诉你，学校那个男老师是我的儿子，女老师是我的儿媳妇，而那个小学生是我的孙子。"

皮克又倒满了一杯，灌进肚子里。

"我的父亲在新中国成立前就是街头杂耍的，听说在当时的县城里很有名，但这一切我都没看见。因为新中国成立后，我父亲就成了一个老实巴交的农民，把那些杂耍的东西都收进了家里的大木柜，只有到过年的时候，他才会拿这些玩具给我变戏法。我小的时候很崇拜我的父亲。后来他去世了，我也长大成了一个农民，虽然扛起了锄头，却始终没有忘记木柜里面的那些玩意儿，便偷偷自学变戏法，但这一切都是在暗地里，当时社会对变魔术的还是非常鄙视。我很卖力种地，又兼做一些瓦匠活，手里有了闲钱，就娶了孩子妈，并在 1981 年生了那个小崽子，平静地过了三年三口之家的生活。后来，消失了许多年的庙会又开始了，当时有个戏班子在庙会上表演，演出前还有一段变魔术的，变的都是我父亲在我小时候偷偷变的，但手法笨拙，漏洞百出。我就当众呛他，说他变得孬。他不服气，要我也变一个。我脑袋一热，就跑回家，把我父亲留给我的那些玩意儿拿出来，接连变了好几个魔术。当我变到

最后一个，把一只麻雀变成了一朵大红花后，全场都雷动了。那是我人生第一次荣光的时候，比我结婚当新郎的时候还荣光。戏班老板看到我手巧，技巧会得多，就让我在邻近几个村的庙会表演时候也去给大家变魔术，我就一连变了好几场，赚了一年的种地钱。"

"直到那个戏班要离开我所住的县，转去外地前，班主跑来问我要不要跟着一起去，他说只离家三五月。我想去，回家和孩子妈说了。孩子妈不同意，和我吵了一架。我的心情坏到了顶点，不管不顾和戏班到外地去赶别处的庙会了。这一去，也就再也没回来。"

皮克又倒了一杯，一饮而尽。

迟隽逸趁这个空当问："你都到哪里去了？"

皮克说："其实就是在周边的县市转悠。我们那个戏班主打地方戏，在别的省唱不转。但即便如此，我也从来没回去过，你大概能理解那种近乡情怯的感觉吧。时间越久，就越没有力气回去。"

迟隽逸点点头，说："你就一直跟着戏班变戏法？"

皮克说："我在戏班总共就干了两年半。这两年半我学会了赌博，各种形式的赌博：扑克、麻将、推牌九、扎金花，因为我眼疾手快，即便是抽了老千，别人也不会发觉。慢慢地，我就频繁进出各大赌场，赚得富得流油。但这种好事也不长久，赌场里毕竟有许多庄家的眼线，我最终还是因为抽老千被抓了过去，庄家本来是要把我手砍掉的，但他没有，他看中了我的手法，要我替他卖命，我只能同意。于是，我就跟着他出入更大的赌场，赢更多的钱。虽然我能分的比例不高，但也足够让我成为一个小富豪。我开始了纸醉金迷的腐烂生活。直到前些年，我的这个庄家老板在菲律宾的一个赌场作弊，被人直接从船上扔到海里面。我当时还在感叹运气好，没跟着去菲律宾。可不到一个月，我去医院体检，才发现我竟然患上了这倒霉的睾丸癌。原来生活在这里挖了个坑等着我呢。"

"拿到诊断书的那一刻，我觉得累了，哪儿都不想去了，我想回来，回来找我的亲人，也回来治病。三十年前这里还是农村，如今这里都成了一座城市。三十年前，我的老婆还是一个 25 岁的姑娘，三十年后，她已经成了一捧骨灰，只剩下我的那个儿子皮丘。"

"再后面的故事就很俗了，老子想认儿子，儿子不愿意认老子。老子想对儿子对孙子好，儿子却认为老子这一切都是包藏祸心。反正像刚才那一出已经上演了不知几轮。"

皮克说完，把剩下的酒对着嘴一口喝完，然后趴在桌上，呜呜地哭了起来。迟隽逸任由着他哭，不去打扰他的悲伤。又过了一会儿，皮克发出了酒醉的鼾声。迟隽逸扶着他上了车，开到医院附近的一家宾馆，给皮克开了间房，安顿下来，便一个人回到了病房里。

29

迟隽逸回到病房，刚在自己床上躺下，晴朗就出现在病房外。迟隽逸下床，在病房外看到晴朗脸上的阴云。迟隽逸问晴朗怎么回事。晴朗说姜医生正在办公室里抹眼泪呢。

迟隽逸一愣，暗想，怎么又一个情绪崩溃的？迟隽逸问："究竟什么事情，把姜医生弄哭了啊？"

晴朗嗫嚅道："好像是陶医生的事情，姜医生和他辅助朱立威主任做一个大手术。可刚开始不久，姜医生就被朱主任赶了出来。"

"那和陶医生有什么关系？"

正在配药的何护士咕哝了一句："姜医生吃醋了，吃了陶医生的醋了。"

迟隽逸看晴朗的脸，她白皙的面孔上丝毫没有打趣或八卦的意思，反倒是更加焦急。迟隽逸想起了之前偷看到陶沙约姜雯出去看电影的短信，知道两个人一定是在交往中遇到了一点问题。迟隽逸想了想，问道："你看怎么办？"

"我哪知道怎么办？我连自己都劝不好，更别说劝别人了。"

"可我又不是女的，我哪知道她是什么心思？"

"那我只能陪她一起哭了。"晴朗说得可怜巴巴。

迟隽逸想了想，觉得这倒是一个不错的主意。他问晴朗："你哭完后什么感觉？"

"没什么感觉！"

"没什么感觉？"

"我是说我哭之前往往觉得天都是黑的，哭完后就一切正常了，没有啥感觉了。"

"好吧。"迟隽逸感慨道，他突然想到自己已经很多年没看到杨雁翎哭过了，他挺怀念大学时候杨雁翎在他怀里抽泣的表情。

"你倒是出点主意啊，大叔？"晴朗把迟隽逸从记忆中拉了回来。

"我的建议是……要不你陪她哭一会儿？"

"你开玩笑吧？"

"我没开玩笑啊。"

"我又不是演员。"

"但你看到她哭，你心里不难受么？"

"或许吧。"

"那你试试吧，你就陪着她坐会儿，什么也不说，也许她慢慢就会打开心结，把悲伤的原因告诉你。你也才有机会关心她。像我这种大叔居高临下地去劝说她，反倒会让她更加粉饰太平，故作坚强。"

晴朗想了想，说："好吧，我听你的。"

姜雯的门没关，晴朗轻轻一推，就进到了房间里面。而迟隽逸则靠着门外的走廊坐着，皮克和姜雯这两出戏已经让他有些筋疲力尽，他不自觉打起了瞌睡。

办公室内，哭花脸的姜雯看到突然进来的晴朗。自感嘴笨的晴朗不敢看一脸狼狈的姜雯。两个女人一时间竟都感到惊慌失措，没了言语。待了一分钟，姜雯的嘴角刚动一动，准备说点什么东西。晴朗的喉咙就上下滚动了一下，两滴眼泪就流在了脸蛋上。姜雯下意识地伸出手，想去擦干这个比她小了几岁的妹妹脸蛋上的泪珠，没想到晴朗却握住了她的胳膊，顺势抱住了姜雯。姜雯感受到怀里这个因哭泣而全身微微抽动的女孩儿后，她的眼泪也不自觉地流了出来。于是，两个女人，各怀着心事，抱在一起舒舒服服地哭了一场。

　　觉出办公室里面没了动静，迟隽逸歪过身子，偷眼看屋内，从门缝里瞧见了正抱在一起哭泣的两个人儿，竟有了种糟糕的感觉。他在揣测晴朗此刻的悲从何处来？是她的病情？她的感情？还是她未知的身世？迟隽逸觉得自己真是出了一个愚蠢的主意。

　　屋内，晴朗和迟隽逸像是泄洪一样，刚开始泪水湍急奔涌，但哭了一会儿，水量也就小了许多，直至两人脸上剩下只是两行泪痕，她们才有些不好意思地分开怀抱。背过脸去整理完脸上妆容的姜雯回过头来，脸上竟然出现了些阳光的笑意。这笑意也感染了晴朗，她也抹了把脸，不好意思笑笑。

　　姜雯问："你刚才为什么哭呢？"

　　"我看到你哭了，我感觉难受，想到了一些事情，我也就哭了。"

　　姜雯也能揣测到晴朗想起了哪些悲伤的事情，她没有提起那些，只是问："你现在感觉怎么样呢？"

　　"我感觉好多了。"晴朗说。

　　"我把悲伤化成了泪水，都流走了。"晴朗加了这么一句文艺范的话，让姜雯笑了出来。

　　"我一般都是把悲伤化成了愤怒，给发泄出来。"

　　"你发泄愤怒了么？"

　　"唔，我发泄了，刚在手术室里。"姜雯刚说完，就意识到说漏嘴了。她看着晴朗探寻的眼神，叹口气说："算了，我和你说吧，我刚在手术室里用手术刀把陶沙的手给划破了？"

　　"你是无意划破的？"

"我也不知道是有意无意的，反正我是被朱主任给赶出了手术室。"

"他惹你了？"晴朗小心翼翼地问道。

"他当然惹我了。"姜雯恨恨地说道，她抬头看着晴朗的脸，又说，"我知道你现在一定又要问他怎么惹我的。但你让我怎么说呢？也许我还开不了口，但你看看他的电脑吧。就这台笔记本，我昨天刚从他手里借来用的，看他都保存了什么照片！"

笔记本没关，屏幕上是一个聊天对话框，晴朗翻看着聊天记录。她是从前往后翻的，上面显示了陶沙和一个叫作冰雪可人的女网友的聊天内容，陶沙的回复多限于"哦、嗯"一类的敷衍。但这个叫作冰雪可人的女网友却很有谈兴，她不仅在聊自己，也在聊陶沙，这些话题似乎在谈一些琐碎，却总是以"你呢？"这样的反问结束。陶沙明明有许多次可以结束这场两头担子一头热的聊天，但他却始终态度模糊，语焉不详。直到冰雪可人发来几张自拍照，要陶沙帮她挑选一张作为自己新的QQ头像。晴朗放大这些照片，看到里面穿着时尚，甚至有些清凉的女孩，脑袋里的某根弦动了一下，这是……小冰护士。

姜雯指着照片说，叹口气道："就是她。"

晴朗喃喃道："你也很漂亮的。"

姜雯脸一红，争辩道："可他还在桌面上保存了她的照片，好像看不够似的。"

晴朗合上电脑前，瞟了眼聊天时间，是昨天后半夜，她似乎在自言自语："这种事，我也不知道该怎么办。"

"你当然不知道怎么办，你年龄还小。"

晴朗不说话了，她怔怔地望着门外，她看到了迟隽逸弓着腰在窥探，看到了陶沙垂丧着头走来走去，手上缠了厚厚的纱布。陶沙终于下定决心走向姜雯办公室，但小冰护士却突然从护士站那边急匆匆跑来，一脸关切地拉着陶沙那只受伤的手离开了姜雯门外。还好，姜雯没有看到这一幕。

那天深夜，依然是肿瘤病区的茶水房，依然是端着暖杯的迟隽逸和晴朗。两个人先是诉说了白天里皮克和姜雯所遇到的麻烦，然后又交流起彼此对这两件事情的看法。两人的交流是自然的，断续的。在语言的空白处是并不难熬的沉默。他们的话题只围绕着皮克和姜雯以及相关人等展开，并不涉及迟隽逸和晴朗彼此，他们大概都觉得对方已经身心受伤，不应再为别人的忧伤而更增添烦恼。他们达成了一项共识，与其空想，不如实干，尽他们最大的可能去帮助这两个人，他们决定从明天就开始行动。

午夜时分，两人互相告别，回到各自的病房。而真正躺到床上的那一刻，他们的思想才仿佛有了聚焦，这是一种内省的聚焦。是的，当他们在探讨别人的麻烦时，他们都在逃避着自己所处的困境。迟隽逸不敢触碰关于杨雁翎的记忆，这会让他失眠的，他只能去想自己的另一位亲人，他的儿子迟早，这个即将到大洋彼岸的留学的孩子。皮克做了一些让他儿子难以宽恕的事情，而他目前所做的，能得到迟早的理解么？而今儿子就要到国外上学，几年之后再见，他不确定是否还能记住这个曾经顽皮的少年。他愈发想他的儿子。这种想念衍生出一种愧疚之情。毕竟自从住院后他就没有和迟早联系过。他拿出手机，想拨打电话，但犹豫了一下，还是发了一条微信："儿子，我想你了，你来看看我吧，我在市第一人民医院。"手机屏幕暗了一小会儿，又亮了："等着我，老爸。"

迟隽逸放下手机，心里稍微安了一下，但他依然没有睡意，他把画架支到走廊上，凭着记忆画一幅他儿子迟早小时候的画。

而在走廊另一端的房间，晴朗也躺在床上，闭着眼睛，心里却想着另外一个人——阿翔。是的，在她与姜雯相拥而泣的那几分钟，她的脑海里想着的便是这么一个人。陶沙是姜雯的痛，阿翔则是晴朗的痛，痛彻心扉的痛。姜雯还有美好的年华可以去挥霍、去选择。晴朗的未来则笼罩在一切都不确定的迷雾中，与其企盼未来，她更不愿意舍弃心中曾经的美好，虽然这美好如今已经变成了一片灰烬，但她舍不得。无数次

入梦，她梦见自己穿着芭蕾舞服，成为一只纤细的白天鹅，舞动在阿翔的周围。他曾是她仰慕的舞伴，是她经过无数艰辛努力，才从一只普通的小天鹅努力幻化成为美丽的白天鹅。而如今，她成了折翼的弃儿，她能看到自己破碎的羽毛。

晴朗翻出手机，找到阿翔的微信，几乎带着崇敬的心情给他发送了三个字："我想你。"手机屏幕也暗了下去，晴朗等啊等，阿翔的短信才姗姗来迟。晴朗急忙打开，上面是两个字："睡吧。"屏幕再次暗了下去，整夜再也没有亮起。

30

第二天清晨，医院的中心花园，迟隽逸坐在长椅上，瞧着大步赶来的迟早。儿子越来越近，迟隽逸看得清这副英俊的面庞。不管是明亮的眼睛、浓密的剑眉，还是厚厚的耳垂以及高耸的鼻梁，都折射着自己的风雅和他母亲的坚毅。

在迟早从小到大的教育上，迟隽逸一直鼓励并培养他探索、创新和独立精神，让他在尊重自己和他人的基础上，不拘一切地表达观点看法。因此，尽管迟隽逸并没有在他的教育上花费太多工夫，却身体力行地为迟早的求学、求知竖立了非常好的标杆。而杨雁翎呢，则从习惯、规范上对迟早严格要求，让迟早能够从远大的憧憬中聚焦回具体的行为，并不断打磨他的坚持精神，为他培养了一种务实肯干的作风。因此，虽然迟隽逸和杨雁翎秉持着不同的教育理念，但这两种理念却没有像他们夫妻俩在其他家庭事务上针尖对麦芒一样的冲突，反倒是非常好地契合在一起，使迟早成为当下这么一个优秀的青年。

迟早走得近了，迟隽逸站起身，张开了怀抱，迟早却笑着伸出了手，迟隽逸愣了一下。迟早笑着说："我大学毕业了，成为大人了，就要按照成人的方式来进行社交。"迟隽逸很认真地握住了自己儿子的手，又笑着给了迟早肩膀一拳，说："臭小子。"

迟早坐下来，说："爸，我听妈说了你在住院，这段时间我一直在跑签证的事情，没来看望你，你没事吧？"

"学业重要，我没什么事。你看，身上没少零件。"

"到底是什么病啊？我妈说得模模糊糊的，我也没搞清楚。"

迟隽逸又一愣，他瞬间明白了迟早来时的轻松状态是因为杨雁翎并没有如实告诉迟早他的病情。而他呢，却也没有如实告诉杨雁翎自己的病情。唉，这一家子啊，他在心里暗暗叹息。

"没什么大病吧？"迟早又关切地问了一句。

"没什么麻烦的，就是脑袋蒙蒙叫，有点供血不足，来修养修养。"迟隽逸编造了一个谎言。

"那你要好好的啊，出院后，抽时间到美国看我，我们一起到美国几家大的美术馆参观。"

"好啊。对了，你什么时候出国？"

"下周就走。"

"都准备好了？"

"没什么好准备的，轻装前行！就像你说的那样，好男儿走天下，带不走的坚决不去买。"

"好小子。"迟隽逸拍着迟早的肩膀赞叹道。他的心中既感欣慰，又感忧伤，他怕自己见不到日后迟早更多的开花与结果。冬日暖阳照在安静的花园，虽人来人往，却无人打搅。他们一起享受着这片刻的宁静。

还是迟早打破了沉默，迟早说道："爸，我不在的时候，你和妈要照顾好自己。"

迟隽逸点点头。

"我是说，就算为了自己，也要照顾好自己。"

迟隽逸瞅着欲言又止的迟早，说道："说吧，有什么需要向你老子交代的，你尽管说吧。"

迟早便打开了话匣子，说："我知道你和妈感情不好，你有你的事

业，她有她的事业；你有你的人生观，她也有她的人生观。你们俩，怎么说呢，不兼容。但这么多年来，为了这个家，为了我，你们吵来吵去，却也坚持到了现在。我感谢你们为我做出的隐忍与付出。如今，我长大了，能明辨是非，能照顾自己。虽然不能做到反哺，但我也在思考你们俩的关系。我觉得既然我这个维系的纽带远走他乡了，留给你们之间的不会是惬意的享受时光，反倒是互相的争吵与消耗。你别不承认，我能看得出来，究其原因还是你们之间不可弥合的差异性，时间久了，把你们的感情都给消耗掉了。"

迟隽逸很认真听，没有打断。

迟早接着说："你们都是能力很强的人，都能很好地照顾自己。与其在一起互相消耗，甚至是增长仇恨，还不如好聚好散，互相追求各自的幸福。反正我是这么想的，你可以说我这个即将留学的小孩脑袋被西化了，但我总觉得你们不能逃避你们现在面临的婚姻问题。如果不能好好地解决，不如无痛地结束。"

"你真这么想？"

"是的，你知道我小时候是多么怕你们俩吵架。而现在我长大了，看到你们吵架了，你不害怕，我心疼。"

迟隽逸的心抽动了一下，他问："这些你都和你妈说了？"

"没有，我先和你沟通的，男人与男人间的。"

"但如果我们……我们离婚，你心里不会难受么？"

"你们过得不好，我才会难受。"

"如果分开了，我们过得不好呢？"

"那我来养你们，你们把存款都给我，我来给你们俩当保姆兼管家。一人一天，你一三五，我妈二四六，周日我伺候老婆去。"

迟早一脸阳光，迟隽逸心中却在苦笑。他抬起手，想摸摸迟早的脸，手却在半空停滞一秒后落在了迟早的肩膀上，说："你对我说了很多，让我很惊讶，你……长大了。"

"其实，这些我早就想说了，只不过我一直在外地上学，沟通的机会不多。"

"是的，我缺席了你成长的许多时刻。"

"没关系，我们不都有自己的事要忙么。"

两人沉默会儿后，迟早说："答应我，你会好好考虑，但你也要答应我一件事。"

迟早侧过脑袋。

迟隽逸喉咙动了动，说："到美国后，做一个关于遗传病的基因筛查，然后把结果告诉我。"

迟早先是疑惑，随后脸上现出释然的表情，他点了点头道："明白。"说完，和迟隽逸握握手，离开了。

那天下午，迟隽逸呆坐在他的病床上，盯着他为迟早画的那肖像画出神。他知道迟早说出的选择也是他一直在逃避的事实，就像他儿子的名字一样，他迟早得直面这个选择。不仅仅是因为他和杨雁翎糟糕透顶的婚姻，更因为随着他记忆的退化，他将会逐渐失去作为一个人应有的尊严，并沦为杨雁翎渐渐老去人生的一个巨大负担。按照杨雁翎的那种强势性格，到了那个时候，即便已经不存在任何感情，杨雁翎也一定不会抛弃他不管。而这也是他最不愿意看到的。

迟早说的是对的，他的确应该有所行动，而不是呆坐在这张病床上被动等待结局的到来。当迟早引导着迟隽逸进入到这条思维通道后，他便开始在脑海中构建分手的具体行动。但真要实施，即便只是想想，迟隽逸还是感到锥心的疼痛。这种疼痛闪回着他和杨雁翎甜蜜岁月的种种画面以及意见不合时的各种争吵。让他仿佛看到了一个巨大的、一碰就会痛的伤口。他感到了自己的软弱和束手无策。于是，他又逼迫自己进入了另一个思维通道。在这条通道中，他开始假定分手后杨雁翎的生活，她会怎样开始单身的生活呢？她会忘记自己么？她会继续在商业上大展宏图么？她会重新开始一段感情么？和谁呢？会是暗恋他许多年的

姜军么？这个医院院长会给她幸福么？

迟隽逸思绪的小船已经越飘越远，他觉得他需要找姜军聊一聊。

傍晚时分，迟隽逸开始守候在姜军办公室外，院办秘书告诉迟隽逸姜军正在里面开会。迟隽逸便百无聊赖地走了一圈又一圈，一直等到天色全黑，里面的会才散。走在前面的肿瘤科主任朱立威还翻眼瞅了他一下。

等所有人都下楼走远，迟隽逸拉住姜军的胳膊说："走，我们一起喝两杯去。"

姜军甩开迟隽逸的手说："你是肿瘤病人，怎么可以喝酒？"

"哎呀，姜院长，我不和你装，你也别和我装了啊。"

姜军没再坚持，两人开车到了一家大排档坐下。迟隽逸说："都这点了，才把工作布置完？"

"没办法，公立医院压力也很大。"

"你们都是全市最好的医院了，怎么有这么大的压力？"

"民营医院越来越多，我们的份额越来越小，只能通过拼疗效、拼服务，把流失的病人给挽回来。"

"这么说，每个科室都有任务目标啰？"

"你说呢？"姜军反问道。

"怪不得朱立威看我一脸不快活呢，原来我影响了他的绩效。"

朱立威主任不爽是因为你占了床位，别的肿瘤病人进不来。姜军叹口气道："你个大画家不是要对医院采风么，也没见你拿出什么作品啊。"

"我画了啊，我关注的重点都是病房内的病人们。我画他们的悲欢离合，生老病死。"

"我们的医生也在关注着这些病人，只不过是通过职业的视角来关注。"

菜上来了，两个人把温好的花雕酒倒入杯中，一同举杯，然后一饮而下。

姜军说："说吧，你找我又有什么事？"

说到正事了，迟隽逸又显出了吞吞吐吐的样子。

"是关于杨雁翎的事？"姜军问。

迟隽逸点头道："是关于她的。"

"你们俩是不是有一段时间没见面了？"

"是的，她有她的事业要忙。见了我只会让我和她心情都不好。"

"然后你就像这样在医院躲起来了？不去见她？"

"我不是躲，我只是需要静一静，想一想问题。"

"那你的问题想好了没有？"姜军逼问道。

迟隽逸不知该怎么回答，他只是又给杯里满了酒。

你不应该逃避……

"我没有逃避！"

"好吧，喝酒。"姜军举起了杯子，两人又一饮而下。

姜军说："至少你应该了解一下杨雁翎的现状。"

迟隽逸抢白道："我很了解她，我们在一起住了二十年了。"

姜军不说话了，他的脸不知因为酒，还是因为迟隽逸的话而有些红。

"我也知道你一直喜欢着杨雁翎，喜欢了二十多年了。"

"不说这个，喝酒。"姜军又一口喝完了杯中的酒。迟隽逸摩挲着酒杯，有些游移不定地说："你有没有想过，等到我真的连我自己是谁都忘记的时候，我和杨雁翎将过一种怎么样的生活？"

"这个我没想，这是你们俩的事情？"

"但你不会担心她？担心她被我拖累，生活得异常艰苦？"

"如果真是那样，也是杨雁翎自己的选择吧。"

"她也需要被人照顾啊。"

姜军不说话了，他看着迟隽逸，迟隽逸也回看着姜军。在这短暂的对视中，迟隽逸明白姜军已经洞悉了他即将要说出的内容。

良久，姜军才说："到了那个时候，也许还不到那个时候，杨雁翎会做出她的选择，你也会做出你的选择。而我，不能成为左右你们选择的天平上的砝码。"

这下轮到迟隽逸哑口无言了。

姜军继续说道："我建议你还是多关心一下杨雁翎，至少是关注一下。"

迟隽逸突然想起了姜雯和陶沙之间的别扭，于是也说："你有空也关注一下姜雯，好歹人家也是你的侄女。"

姜军点点头，两人又在交杯换盏中聊起了别的人、别的事，仿佛又回到了他们大学的纯真时光。

那天晚上，迟隽逸过得很快活，肚子里灌了酒肉，让他觉得既温暖又安心。他躺回医院的床上，两只手搭在自己微微凸起的肚皮上，想着他和姜军谈论的那些年少轻狂，想到即便受到感情或健康的困扰，他和姜军以及大学同班同学们都在为了梦想而不断努力前行，想到自己的孩子也在为了美好的将来而闯荡世界，他觉得似乎身体又充满了能量。他就这样慢慢地想着晚上他和姜军、和迟早的聊天内容，他当然也想到了迟早让他考虑的事情，想到了姜军提醒他关注杨雁翎的现状，但他只是将这些烦心事轻轻一抹，搁置脑后。而晴朗的面孔又出现在房门玻璃外。

迟隽逸从床上翻下身，和晴朗又坐到了茶水房那个温暖、缓慢的空间里。

31

就在迟隽逸和晴朗在茶水房例行相会的时刻，杨雁翎一个人打开了别墅的房门。白天发生的一切让她身心俱疲，而空荡荡的房屋又让她倍感孤独。她没有换鞋，只是坐在换鞋的软凳上，望着暗栗色的地板发呆。

　　杨雁翎不愿意将鞋子脱掉，这是她亲手设计的款式，是带给她房子、车子以及事业的源头。可多年来的蒸蒸日上却因为一个单子，将她和她的公司拖入了谷底。

　　半年前，她和日本的一家时装公司签订了一单制鞋合同，一共三千万元。杨雁翎的公司提供了许多设计款式，经过对方的反复审核，确定了那个系列最终的设计模板。对方只支付了一部分定金，杨雁翎则垫付了生产费用，是公司能够拿出来的全部流通资金。在货物交付前，杨雁翎和日本公司一直保持着密切的沟通，可没想到临近交货了，这家公司突然消失了，带着杨雁翎公司的设计模板彻彻底底没了踪影，而几乎是同款设计的鞋子却出现在日本购物网站上。

　　杨雁翎知道她是遇到了骗子公司，但毕竟这是外贸生意，她不确定自己是否能打赢官司，或者说她打得起官司。她为这批生产投入了太多资金，大批制作好的鞋子也全部压在仓库里面。她失去了再次接单的能力。那些老员工们在工资被削减一半、奖金全部泡汤的情况下，艰难地为她履行着另外两个即将到期的合同。但临近农历新年了，她不确定这些老员工对公司的衷心是否能够抵消他们对于远方家人的思念。辛苦了一年了，如果不能让他们在年底揣着一厚沓的工资回家，她不知道这些老员工们是否还能够在年后回到公司来。事实上，她更不知道公司是否会因为完不成另外两单生意，而就此垮掉。

　　因此，当疲惫了一天的杨雁翎回到家，想着这些天公司发生的一切，她竟然不愿意把鞋子脱去，好像她脱去了这自己设计的鞋子，就失去了继续前行的动力。而这双鞋子最初的设计图纸，还是出自于迟隽逸的画笔。杨雁翎想到此，心中有了些宽慰。她从软凳上起身，穿着这双他们共同设计的鞋子，开车来到了医院里，她不奢求能够和迟隽逸有片刻甜蜜，甚至是宁静的时光，她只想能够看一看这个男人、这个丈夫，她的心中就会因此而满足。毕竟，她虽然是个汉子，但也是个女人。

的确，人有时候就是这么奇怪，当你往好的方向想时，你就会越来越多地回忆起好的事情；而当你往坏的方向想时，你的脑袋里充斥着的都是一堆狗屎和垃圾。杨雁翎从医院的电梯出来，一点儿都没想到几天前她和迟隽逸在这逼仄空间里的争吵，以及那不带任何感情的强吻。

杨雁翎的脚步也轻快了，但为了避免吵醒已经入睡的病人，却依然留着劲儿，没有在地砖上发出高跟鞋的敲击声。杨雁翎走到了迟隽逸的病房前，透过门窗玻璃往里望，里面黑乎乎的什么也看不见。

杨雁翎有些失望，她转过身，却瞟到拐角处的玻璃上显出开水房内的一把椅子，椅子上正做着端着杯子的迟隽逸。原来他在这里，杨雁翎像镜子的方向走去，但刚走两步，茶水房内另一把椅子的影像就从镜子里显现了出来，上面坐着一个年轻的女孩。那是一张白皙的面孔。杨雁翎想了起来，就在她和迟隽逸上次发生争吵前，迟隽逸将女孩送回到了病房。

杨雁翎待在了那里，她无法向前再走一步。她就这样定在那里，看着折射的画面，然后转过身，如来时一般，悄悄退回到电梯前。所有的争吵与不快翻滚出来，她在逼仄的电梯里，无声地哭了出来。

茶水房里的迟隽逸一度也听到了一阵若有若无，却又非常熟悉的高跟鞋声。他潜意识中在等待着，等待着这令他有些心乱的脚步声的主人显现。但直到最后，他什么都没等到。他觉得自己一定是因为晚上喝了酒，又或是记忆继续在退化，而有些意识不清了。

32

在那场老同学间的排档小聚后，回到办公室内的姜军的思绪也没有停。虽然迟隽逸没有把话说出，他的耳蜗里却一直回响着那六个字：你来照顾她吧，你来照顾她吧……

回想大学时代，杨雁翎、迟隽逸，一个高贵、一个风流，而他，只是一个从农村来的寒门学子。最大的特色就是没有特色。但那时候姜军的心是炽热的，他默默地、狂热地爱着杨雁翎。他将他对于爱情的追求变成自己奋斗的目标。很快，他便从同学中脱颖而出，有了第一辆自行车，有了第一套西服。当他觉得自己已经和高贵这个词沾边的时候，可以鼓起勇气和杨雁翎说出第一句话时，杨雁翎的高贵却倾倒于学习美术的迟隽逸的风流。

如同前行在一条笔直的、狭窄的两车道公路。从大学开始，迟隽逸和杨雁翎都是并驾齐驱地在前面行驶，没有任何超车机会的姜军只能在后面默默跟随。一直到大学毕业，一直到迟隽逸和杨雁翎走进婚姻的殿堂。姜军的心是痛的，他也试图去爱上别人，但他失败了，他不能容忍自己淡忘自己对杨雁翎的爱，于是，他继续存在他们两人的身边，以一个挚友的身份，生活在同一座城市里，保持着合适的距离。

当然时间久了，直觉敏锐的迟隽逸也能看出姜军望向杨雁翎眼神的意义。杨雁翎也能感受到那眼神中的温暖，更能猜出姜军一直保持单身的目的，但这三个人之间，却没有人去捅破这层窗户纸。姜军自己给自己保持着一个自尊的距离，迟隽逸和杨雁翎也愿意为他留出这么个距离。

而如今，迟隽逸就要捅破这层窗户纸，姜军在不安与期待中，一夜无眠。

熬了一夜，第二天黎明，姜军早早地开车出门，他打算去看一眼杨雁翎。尽管他知道杨雁翎的公司陷入了资金危机，但他这么一个公立医院院长似乎也帮不上什么忙，那他为什么还要去呢？是迟隽逸说的话给了他鼓励么？

姜军开车到了杨雁翎的厂子外面，发现一群人都聚在办公楼大厅内。姜军下车来到人群外围，听到几个青年男员工大声嚷嚷，他们不听杨雁翎的解释，而老员工们则站在后面，一脸的纠结。更外围，两名记者举高了相机。姜军使劲拨开人群，挤到了杨雁翎的身边。杨雁翎看了眼他，继续和几个男青年解释。

但男青年们已经不管不顾，他们伸出手，扯住了杨雁翎的衣领。杨雁翎一个趔趄，姜军立刻扶住就要摔倒的杨雁翎。另一只手去抓男青年的手，没想到飞来另一只拳头，砸在了姜军的左眼上。姜军和杨雁翎都摔倒在地上，姜军用身体保护着杨雁翎，挨了一顿拳脚。

青年员工最终还是被老员工们给拉开了，杨雁翎没有报警，姜军自然也不敢打"110"。回到办公室，杨雁翎让姜军在门外等她一会儿。姜军捂着肿了的眼睛，悄然等在门外。他能听到里面传出小声的抽泣，姜军的心在揪着。良久，门开了，姜军又看到了那个充满光彩的女人。

即便是有刚才的英勇，但坐在这个多年爱恋的女人的对面，姜军还是有些不自信，他纠结于自己该说些什么。但还是杨雁翎先开口的，说："刚才，谢谢你。"

"这是我……应该的。"

"也许他们打我一顿，心中能好受点。"

"你是不是资金有困难？我来帮你吧。"

"你怎么帮我？你能给我两千万元来填补我的资金缺口么？"

"我……我想办法凑……"

"你哪来这么多钱，贪污么？再说了，即使你有这么多钱，我也不会要的。"

姜军被呛在那里，他停了许久，才鼓起勇气说："我或许可以陪你……陪你渡过难关。"

杨雁翎坐直了身子，很认真地看着姜军的脸。杨雁翎的表情出现一丝柔软，说："算了，我还是能够挺过来的，即便挺不过来，破产也没什么，就是苦了那些跟了我的老员工们。"

姜军不说话了，他被委婉地往后推了一步。

"对了，老迟还好吧。杨雁翎转移了话题。"

"哦，还好，病情很稳定。"

"我现在焦头烂额，没时间照顾他。"

"没关系，他在我那儿好好的，你不要挂心。"

"迟隽逸是不是在医院里交了一些朋友，一个女孩……"杨雁翎变得有些吞吞吐吐。

"一个女孩？"姜军在心里复述，他也是第一次听到这件事。姜军说，"我不知道，医院里都是病人。"

"她也是一个病人。"

"也许，病人间会经常交流病情吧，病人间会有种同病相怜的亲切。"

"如果他能得到某种心灵上的支持，我觉得也很好。"

两个人不说话了。

又过了一会儿，杨雁翎说："我要处理几件工作了。"

姜军知道自己该走了，他今天已经向着尊严的安全边界跨出了一大步，失败的一大步。

出了杨雁翎的公司，姜军的电话响了，是他还在农村生活的堂弟打过来的。堂弟说他到姜军的父亲也就是他大伯家看望时，看到老爷子脖子下面鼓了一个很大的肉包，已经影响到了老爷子吃饭，说话都很痛苦。

姜军的心"咯噔"一下，他有种非常不好的预感，特别是想到父亲经常喝烈酒的毛病，他便急急开车往农村的老家赶。

33

就在杨雁翎身陷愤怒员工的包围时，迟隽逸正陪着晴朗来到舞蹈学院的排练场。在最后一排的黑影中，看舞台上正在彩排的芭蕾剧小天鹅。晴朗是从伙伴们的微信朋友圈里得知这第一次带妆彩排的消息，当她为这条朋友圈状态点赞的同时，也陷入到了去或不去的纠结中。

按理说，自从她住院后，这出芭蕾剧就已经彻底和她没有关系了。理智也告诉她，自己在短时间内是不可能回到这个舞台上了。但毕竟舞

团没有正式解除她女一号的位置，她的心中似乎还抱着一种不可触碰的幻想。而更重要的是，她想念这个舞台，想念那轻舞飞扬的时刻，想念她和阿翔一同舞动的时刻。

晴朗终究还是没忍住，请求迟隽逸开车送她到舞团来。但她没有出现在大家的面前，而是隐藏在了后排黑暗处。她已经看到了阿翔正在做着准备工作，而女一号（非常分明的装束）则在阿翔的身边，仰视着他，正如她曾经仰视阿翔那般，饱含着爱恋的内容。两个人一前一后回到了幕后。

晴朗的心又一次被刺痛。音乐开始响起，演员已经就位，配角们开始围着场地转着圈儿舞动着，晴朗的手开始微微颤抖，脸色变得苍白。迟隽逸喊了她一声。晴朗没有答应，而是死死地看着主角即将一同出现的那个出口。阿翔和女二号终于出现在镁光灯下。晴朗立即起身，从观众席后门跑了出去。她还在一个台阶处摔了一跤，还好有地毯，摔得不痛，但舞台上也没有任何人注意到，只有在他身后的迟隽逸。

回到车上，迟隽逸等晴朗的呼吸慢慢平静，才轻轻地问："好点了？"

晴朗抿着嘴，点点头。

别太难过，你现在的主要任务是养好病。

晴朗的眼泪流了下来。

迟隽逸有些慌了，他立刻递了几张纸巾。

晴朗哭了一阵，喘几口气，喃喃说道："为什么这样？"

迟隽逸没有接话，他希望晴朗能够倾诉出来。

"为什么这样？一切都是我，最美的天鹅是我，陪在他身边的是我。"

"你只是暂时离开了舞台。"

"也许是永远……"

迟隽逸想了想说："你离不开舞台，是因为你喜爱它，你有许多有关它美好的记忆。"

晴朗转过头看着迟隽逸，她被迟隽逸说的话吸引了。

"你不能因为不能再拥有它，就对它愤怒，对它憎恨，这不是你在舞台上时那美好的一面。你要是如果还想继续书写美好，你就应该像一只白天鹅一样，继续优雅地活着。"

晴朗点了点头，脸上有了认真的表情。

"即便是告别，也要优雅地告别。"迟隽逸也看着晴朗的脸，继续说，"对舞台，也对男一号。"

晴朗的脸噌的一下就红了。

迟隽逸启动了车子，晴朗这才说："但是那会很难，很痛。"

"小蛇蜕皮时也很痛，凤凰涅槃时也很痛。"

晴朗点点头。

"是的，会很痛。"迟隽逸这么想着，想着杨雁翎，想着曾经许多美好的、不美好的岁月，在心中又默默说了遍"会很痛"，然后便开车回医院了。

回到病区，护士站的几个护士正在低声却热烈地议论。迟隽逸也凑上前去，看到电视里正在播放一则社会新闻，画面正中正是被员工围困在中间的杨雁翎和姜军。很快，镜头开始摇晃，人们挥动的拳头将杨雁翎和姜军的身影给遮盖了。新闻的画外音出现：今天上午9时，由于厂方拖欠工资，农民工围堵在我市一家制鞋厂外，与厂方发生冲突，但并未造成人员受伤。

迟隽立即转身，一边拨打杨雁翎的手机号，一边往姜军的办公室跑。晴朗还在护士站外，她有些发蒙。护士们的眼神则在电视里的院长、晴朗以及远去的迟隽逸背影间切换。

在院长办公室，迟隽逸见到了沙发上发呆的、肿着眼泡的姜军。迟隽逸喊了姜军两遍，姜军才回过神来。迟隽逸问："你的眼睛怎么搞的，被杨雁翎厂里的工人打了？"

姜军抬起头，脸上一片空白。

迟隽逸又问了一遍："杨雁翎现在怎么样了，我打她电话不接？"

姜军的意识还在游离。

迟隽逸摇了摇姜军的肩膀。

姜军才说："她现在没事。"

"究竟发生了什么事？"

"我让你关心一下你老婆。她现在缺钱了，厂子要倒闭了。"

"缺多少钱？"

"她说两千万。"

迟隽逸也愣在那里，但旋即，他转身离开了姜军的办公室，他知道自己要做些什么。

当他再次路过护士站时，蔡明晓护士长把他叫住了。她告诉迟隽逸道："昨天晚上杨雁翎来过，以为你睡了，就让我把这些画笔油墨带给你。"

迟隽逸突然又像是遭遇了一个霹雳，整个人都凉在那里。他想起了昨天晚上听到的那熟悉的却微弱的高跟鞋声。

他的心中又有了一种愧疚感。

34

迟隽逸一个晚上都没有闲着，他打了许多通电话，联系画廊、美术馆，想方设法去处理他画室里的那些画作。

这些画作都是他的精品，代表着他不同时期的最高水平。他一直保存着，即便许多人出高价买，他也没有转手。他觉得这些画就是他的年轮，见证着他的成长。他从未将这批画作与金钱扯上关系。

但如今，两千万，这成了他努力竞卖的目标，起初几通电话他打得还很羞涩，对方也非常惊讶。他们没想到迟隽逸会突然愿意转手这批画作，当这些人从震惊中缓过神来，明白迟隽逸是急于用钱，便以一种在商言商的姿态去压低这批画作的价格。但两千万毕竟不是一个小数目，那些画廊、私人美术馆也不可能在一夜间给迟隽逸这笔钱。

就这样，迟隽逸极不情愿地拨通了那些企业老板的电话。有个企业老板就曾在酒桌上说过，如果他买了迟隽逸的画，就会烧掉其中的一大半，只留下几幅，物以稀为贵，剩下的几幅画会卖出比所有画总价更高的价钱。迟隽逸当时愤而离场，让老板的笑凝固在脸上。

而如今，他不得不屈尊给那些他曾经不屑的老板们打电话。这些老板们一个个都是人精，这其中便有那个曾经扬言要烧掉他大部分画作的老板。他虽然愿意出价1200万元买下迟隽逸所有的画作（这是截至目前出价最高的），但还附加了一个条件。他要迟隽逸为他画一大幅自画像，他要把这幅自画像悬挂在办公室内，就像悬挂在美国白宫的林肯总统的自画像一样。

迟隽逸想都没想便答应了他的这个请求。但要求立即拿到钱，老板说可以，要迟隽逸立即给他画。迟隽逸也同意了。于是，迟隽逸收拾好画具，开车去了老板的办公室内。

此时已近午夜，老板喝得醉醺醺，瘫坐在皇椅一般的宝座上。老板没有站起身，更没有和迟隽逸握手。他只是做了一个请的动作。迟隽逸便坐到了画架后面。老板拍了拍手，侧门开了。七个女人鱼贯而出，年龄最大的有40多岁，年龄最小的才20出头。老板对迟隽逸说："这些都是你的嫂子们，大嫂子、小嫂子，你给我都画进画里。"

迟隽逸从惊愕中回过神来，他说："你不是说只画你一个人吗？"

老板呵呵一笑，"她们都是陪衬，都是油画的背景。"

"你这是在欺诈。"

"我们又没签合同，哪算是欺诈。我就是给钱，给自己图个乐呗。这样吧，我再给你加三百万，你把这些嫂子们都画到画里面。"

迟隽逸瞥了眼这些女人，她们面色平静，仿佛对于这样的场面见怪不怪。1500万，迟隽逸想着，然后同意了。

　　老板一声招呼，所有老婆们便站在了他的身边。老板又发号施令："笑。"老婆们便摆出众星捧月的姿态，露出了各自的牙齿。

　　拿起画笔的迟隽逸有种强烈的生疏感，不仅在于他从来没有这样为了金钱而给人做肖像画，更因为他似乎真的感受到了记忆如沙漏般在流失，他甚至在构图上出现了思维的停滞，不知道下一步该做什么。

　　他沉下心，让自己从最简单的简笔画开始，用铅笔先勾勒出一个大概的轮廓，规范了整个人物间的布局，然后着眼于老板的大致形象的绘画。迟隽逸抬眼看了一下老板的脸，心中充满了恶心，他想起了癞蛤蟆。随即，一个灵光闪现在他的脑海里，他想起了达·芬奇，把真正要表达的内心影像藏在最初的线条图里，然后再用油墨画出客观的内容，同时也掩盖了最底层的那些线条，除非用 X 光机，否则是发现不了的。

　　迟隽逸这么想着，也就这么干了，他把老板的脸画成了一个大癞蛤蟆头，他的手指也被画成了癞蛤蟆的脚蹼，下颚则鼓着，仿佛随时弹射出任何猎食蚊虫的舌头。而他身边的那些女人们，她们脸上的笑也变成了各种扭曲。大老婆吐出的哈喇已经滴在了老板的癞脑袋上。

　　迟隽逸刷刷地用铅笔勾勒出了这一副荒诞的模样，然后掏出手机，给自己的这副简笔画拍了张照，不自觉地笑出了声。老板歪过头，脸上有些疑惑。迟隽逸立即收起笑容，开始给图画着墨。迟隽逸花了两个小时把画画好，坐在中央的老板霸气十足，很像是中国版的教父。老板很满意。

　　而此时，老板的下属也从迟隽逸的画室回来了，他们带回了迟隽逸所有的画作。老板一幅幅地看着这些画作，迟隽逸的目光也在这些画作上停留。他看到了二十年前，他为杨雁翎画的那副《新娘》。那是他在新婚那天为她画的。迟隽逸问："你真的要烧了其中的大部分，来个奇货可居么？"

　　老板头歪了过来，嘴巴笑成了裤衩状，说："我有这么说过么？"老板停了停，"不过你把画卖给我，我也就有权决定怎么处理这批画了。"

老板背过身子，他的下属将 1500 万打款的凭证拿给了迟隽逸。迟隽逸将凭证揣进口袋，拍了拍屁股，出了办公室。

回到车上的迟隽逸望向天际，东方已经泛出了鱼肚白。迟隽逸叹了口气，开车往杨雁翎的工厂去了。

迟隽逸在办公室见到的杨雁翎，两个人都是一脸疲惫。迟隽逸想到了昨天上午杨雁翎经历的那场风波。他嘴巴动了动，但还是没有提这一茬事，更没有提姜军。

杨雁翎先开口道："你怎么来了？"

"来看看你，听说公司遇到了点麻烦。"

杨雁翎点点头，他们两人都能感觉到语气的生分。

"你还是回去养病吧，我这边能处理好。"

"我想出点力。"

杨雁翎叹口气道："多年来，我们都是各忙各的事业，互不干涉。"

"那是因为我们的想法不同，在一起做事情会出现许多争执。"

"是的。所以，这次还是让我自己去做好公司的事情，你也自己养好病，照顾好自己。我不能多去看你。"

"但我们都遇到了问题，遇到了可能无法处理的问题，所以需要互相支持。"

杨雁翎看了眼迟隽逸，眼神中出现一丝柔软的光芒。

"让我来帮帮你，我凑了 1500 万，先帮你的公司撑过难关。"

"你怎么能有这么多钱？"

"我把我画室里的画全部卖了。"

杨雁翎一怔，她知道这些画对于迟隽逸的意义，说："你没必要这样，我也能想办法。"

"这笔钱是救急的。过年了，员工们也都要回家。"

迟隽逸的话戳中了杨雁翎的痛处，说："那好，我渡过难关后，还把这些钱给你。"

迟隽逸喉咙动了动，说："没必要的，钱花了就花了。"

迟隽逸把银行卡放在了杨雁翎的办公桌上。两人陷入了短暂的沉默。

良久，杨雁翎才开口，问道："你给我画过一幅画，叫作《新娘》……"

迟隽逸没有说话，只是摇头。

杨雁翎明白他已经把这幅画卖了。

杨雁翎还想开口，问迟隽逸在医院过的怎样，她还想问迟隽逸在医院结交了什么样的朋友，有没有可以在精神上互相抚慰的，有没有可以让迟隽逸感觉到温暖与活力的。但这些话都被她咽进了肚子里。

而此时的迟隽逸，也想到了杨雁翎在前日深夜到医院看望过他。他想知道杨雁翎都看到了什么，但他也问不出来。

又过了一会儿，迟隽逸站起身来。

杨雁翎也跟着站了起来。

迟隽逸说："我走了。"然后转身走到门边。

杨雁翎说了句："照顾好自己。"她没有把迟隽逸送出办公室，而只是眼睁睁看着他消失在了门外。杨雁翎的心中像是堵了一座墙。

迟隽逸回到病房内倒头就睡。他睡了一天一夜，期间醒来，看到晴朗从他的病房外路过，脑袋向里面打探了一下。迟隽逸也没有多理睬。

第四章　死亡

35

又是一天清晨，消失多时的项阳突然出现在病房内。他带来了几个肯德基全家桶，他要请大家吃炸鸡。

由于还在手术后的康复期，还不能多说话。项阳的母亲是他的代言人，说道："项阳的研究生考试很成功，以高分进入了名牌大学的面试环节。研究生院的教授对他能够和病魔抗争的精神很赞叹，继续深造是铁板钉钉的事情了。"身后的姜雯也插话进来，说："项阳的复查结果也很好，没有任何扩散和并发症的情况。"

项阳的好运气在病房内传播，大家都从全家桶里拿出鸡块，就连吃不惯这洋玩意的霍铁和石煤也拿了两块塞进嘴里。更别说是喜欢油炸食品的笑笑。他一个人就抱着一个全家桶。而周边病房的，包括晴朗在内，他们也都凑到了这间热闹的病房内。

而好消息似乎还没有停播。陶沙几乎是从走廊外把门撞开。姜雯瞥了他一眼，目光中有种嫌恶，但陶沙根本没有顾及这个一直爱恋着的人的神情，他上气不接下气地说："找到了，找到了！"

"什么找到了？"霍铁问。

"笑笑的骨髓配对找到了！有人愿意捐助骨髓，不用排队，很快！很快！"

病房内先是片刻的沉寂，然后几乎所有人都拍起了手。大家欢笑着，庆祝着，石煤颤巍巍地下床，抱起了笑笑。

笑笑抬头问这个经常处于沉默的老爷爷道："什么叫配对成功啊？"

石煤说："就是说你有救了，你马上就可以康复出院，像别的小朋友

一样一起去上学了。"

笑笑的眼睛也放出喜悦的光芒。他快乐地喊道："妈妈，我能上学啦！"

也是到了此时，迟隽逸才发现笑笑的妈妈不见了踪影。一旁的皮克皱着眉头说："昨天晚上笑笑妈没有回来。笑笑的早饭还是我从食堂给打的。"

迟隽逸看向皮克，皮克此时的样子就像是一个普通的大伯。

"你知道笑笑妈去了哪？"

皮克摇摇头，他的脸上有着很深的阴云，说："她的电话显示已经关机。"

也就是在此时，护士小冰出现在门外，她也是一脸愁云，她在屋里瞅了瞅，最后决定来到皮克身边，对他耳语了几句话。

皮克想了想，站起身来，说："29 号病室派对时间结束，项阳可以到其他病房去散播好运了。对了，你要带着笑笑一起，他也是今天的幸运星。"

项阳似乎明白了什么。他和他的母亲领着笑笑到了隔壁病房，其他凑热闹的人也各自离开。病房内只剩下皮克、霍铁、石煤、迟隽逸、晴朗五位病人，以及姜雯、陶沙和小冰三位医护人员。小冰看了看互不搭理的姜雯和陶沙，吐了吐舌头，也从病房里溜出去了。

皮克这才说道："大家都是一个屋的人，我不瞒大家，笑笑妈被警察抓起来了，因为卖淫。"

众人的表情都写着大大的"不相信"。

前些日子，我在一个桑拿浴里面看到她了。穿得一眼看去就是出台的，当然她也看到我了。你们肯定要问我去桑拿浴干吗，这个我就不需要解释了。刚才警察打来电话给护士台，对护士说笑笑妈因为卖淫被治安拘留十四天，还被罚款五千元。警察打电话一方面是让家属来送拘留所的生活费，另一方面是催缴罚款。他们说笑笑妈的钱包里只有一张公交车卡，其他啥都没有。

皮克转向迟隽逸，他是病房里唯一看起来很有能力的人。

迟隽逸说："那我去派出所，想想办法。"

"我也去。"姜雯说。

"我也去。"陶沙也说。

"大家都去，一起去请愿去。"霍铁建议道。

"还是人去少点，就我和皮克吧。要是去多了，警察觉得我们是去闹事的，影响不好，你们在医院哄好笑笑就行。"

迟隽逸和皮克出了门，晴朗跟在身后。迟隽逸没说什么，他们开车来到拘留笑笑妈的派出所，向接待他们的副所长介绍完情况。副所长挠了挠头，说："你说的情况我也听她说了。她在派出所哭着闹着不愿意被关到拘留所，说是有一个白血病小孩要照顾，没想到她说的还是真实情况。但法不容情，我们处理的是她卖淫的事情，两件事从内容上是不相干的。"

"不能多交点罚款，把她放出来么？"晴朗问道。

"怎么处理都是依据治安管理处罚法来的。"副所长说，"而且她不存在法定的拘留不执行的情况，即便有，我们也做不了主，你们得去找拘留所。"

迟隽逸明白派出所不是在踢皮球，他们的确做不了主。于是，他又马不停蹄开车去了拘留所，守在铁门外一直等到拘留所开完会，才把收拾好准备下班的拘留所所长给拦了下来。

所长听完迟隽逸的讲述，也同样回复道："没办法，你说的情况我们即便可以理解，但也不存在法定的免除处罚的情况。"

这时皮克突然冒一句："政府，她要是身体哪不舒服了，有什么疾病，不就可以被放出来了么？"

拘留所所长斜眼看皮克。

皮克接着说："要不从哪里给她搞一张医院证明，就说有肺结核、肝硬化什么的？"

拘留所所长哼笑道："你经验挺足，是不是在里面住过啊？"

迟隽逸把皮克拉到身后，他继续说："可是她的孩子没人照顾啊，而且就要做骨髓移植了。"

拘留所所长耸耸肩："法律赋予了我权力，但我不能乱用，你们也只能用最温情的方式来让孩子接受这个结果，要不就给他编造一个童话。毕竟只是两个星期，又不是两年。"

这时一直不出声的晴朗突然说话了："能不能让她在拘留所里和他在医院的孩子进行视频连接，让她穿得整整齐齐的，不要戴手铐，就说她在外面为儿子筹钱呢。"

大家都看着抛出请求的晴朗，然后又看着回答问题的拘留所所长。拘留所所长沉思一下说："可以，我可以安排她在拘留所里的小花园里和她的孩子进行视频通话。随意她编什么理由，不戴手铐，管教的警察也不出现在画面里。"

"能不能每天都让她和她的孩子视频通话啊？"晴朗接连问道。

"你有些得寸进尺啊。"拘留所所长这么说着，"但考虑到现实情况，我会让管教民警多麻烦点的。"

"我能不能现在见见她。"迟隽逸又说。

"现在不是探视时间，但我有权力给你们开这个绿灯。"拘留所所长打了一个电话，然后告诉迟隽逸，"你进去吧，就你一个人。"

说完，拘留所所长开车走了。

在会见室内，迟隽逸看到了穿着灰色外套的笑笑妈，外套的肩膀下方还印了一个数字。笑笑妈低着头，不看迟隽逸。

迟隽逸也不知道怎么开口说话。

沉默一会儿，笑笑妈突然站了起来，扒着横在他们俩之间的铁栏杆说："把我弄出去吧，一定把我弄出去，我知道你有能力，我不能没有笑笑，一天也不行。"

迟隽逸也站起身，握住扒在栏杆上的手说："你冷静，冷静一下。你容我慢慢对你说，我要告诉你一个好消息。"

笑笑妈眼睛直了，她的手慢慢松了，坐在了凳子上。

笑笑的骨髓配对者找到了，预计很快就会做骨髓移植手术。

笑笑妈一愣。

迟隽逸又补充一句："笑笑有救了。"

笑笑妈捂住了脸，开始哭了起来。她哭得很凶，泪水都从指缝里渗了下来。迟隽逸任由她哭一会儿，他知道这泪水里包含了太多的内容。

等笑笑妈松开捂在脸上的手，迟隽逸才又开口道："我和拘留所所长谈过了，这两周时间你只能在拘留所里待着，但你可以通过视频通话见到笑笑，告诉笑笑你出去为她筹钱去了。笑笑这两周的生活就由我们来照顾。"

笑笑妈点点头，但她又急切地说："笑笑移植骨髓还需要一大笔钱，我必须要出去给他筹钱。"

迟隽逸想起了她用什么方式来给笑笑筹钱，心中升起了悲哀，却还是努力克制自己的语气，说："我们病友们一起筹集吧。这段时间你就在拘留所里平静生活，就算是休息一段时间了。"

笑笑妈又点点头。

"你还要答应我一件事，"迟隽逸说，"虽然你也不必听我的，但是我希望你出来后，能够不要再从事那一行了。"

笑笑妈的头低了下去，说："笑笑治病需要一大笔钱。"

"我知道……"迟隽逸只说了这三个字，便不知道下面该怎么说了。

"有时候生命比尊严重要。"笑笑妈嗫嚅了这么一句。

迟隽逸点头，站起身说："照顾好自己。"

笑笑妈也起身，深深地向迟隽逸鞠了一躬，说道："谢谢。"

36

迟隽逸一行回到医院，把笑笑妈的事情和病房里的人说了，要求大家为笑笑妈保密，平稳地度过这接下来关键的两个星期。

姜雯叹口气道："笑笑要独自面对多大的困难啊。"

大家有些沉默，虽然每个人实际上都是在独自面对自己的疾病，但他们知道陪伴的重要。陶沙突然说："我们可以当笑笑的家人，我们照顾他，为他建造一个临时的家。"

大家的目光开始看向陶沙，陶沙的脸噌的一下就红了，说："笑笑开心就好，开心的时间都是短暂的，心情好对治疗是很有帮助的。"

霍铁插话道："小陶医生说得对，我来当笑笑的大爷爷，老石当他的二爷爷。"

石煤点点头。

晴朗语气也活跃起来，说道："我来当他的大姐姐。"

迟隽逸也说道："我来当他的舅，二舅。皮克，你就当他的大舅。"

皮克耸耸肩，一张扑克牌在他的指缝间翻转。

姜雯拍着手说："好好，现在轮到我了，我来当他的代理妈妈吧，他一直是我的病人。"

而陶沙也憋红着脸，小声说道："那我来当他爸爸吧，代理的。"

"你要当那个负心汉吗？"姜雯抢白道，"你就是想当负心汉，是吧？"

"我……我不是那个意思。"

"哼。"姜雯以一个语气词结束了这个对话。

但迟隽逸已经从姜雯的讥讽中嗅出一股味道，她心里已经有些原谅陶医生了。

"那好，现在就可以让笑笑来认亲戚了。"晴朗说道。

接着，晴朗把笑笑从护士站接了回来，把这些新的亲人们向笑笑一一介绍。一下子多了这么多亲人，笑笑似乎有些不适应，他还在寻找着他的妈妈，但晴朗把笑笑抱在了怀里。晴朗的身子支撑不了重量，有些摇晃。姜雯扶住了晴朗，并把笑笑一同抱在了怀里，而病房里的其他人也都围了上来，大家形成了一个圈，圆心内的笑笑发出了"咯咯"的笑声。

这一天还没有结束。晴朗建议大家离开病房一天，向正常人一样，在医院外为笑笑举行一个 Party。她的建议得到了所有病人的支持，笑笑更是高举了两只手赞成。姜雯和陶沙这两位医生也是稍一犹豫，便加入了 8 号病房的大逃亡。他们分批溜到医院的停车场，分别坐上迟隽逸和姜雯的车，来到了市中心最大的甜点店，给笑笑买了一个大蛋糕，然后又到了附近的超市，各自采购派对所需的食物。霍铁还偷偷买了两包烟，石煤则让霍铁帮他买了一瓶白酒。当然姜雯和陶沙都对此视而不见。

傍晚来临前，两辆车已经载着他们向城郊的一片湖泊驶去。日光照进车内，每个人都感觉到了希望的温暖。迟隽逸打开车子天窗，清凉的风鼓了进来，笑笑从座位上站起身，对着迎面而来的景色呐喊欢笑。

夕阳西落，所有人围在篝火边。迟隽逸和晴朗坐在一起，霍铁和石煤坐在一起，陶沙靠着姜雯坐着（虽然姜雯还是不待见他）。皮克则吹着口琴，为绕着篝火胡乱起舞的笑笑伴奏。晴朗按捺不住，也跟着笑笑跳了起来，展现着柔美与韵律。霍铁也拉起石煤，两个人摇摇晃晃，小心翼翼跳着少数民族的舞蹈。姜雯也站起身，拉起了笑笑的左手。陶沙紧跟着站起来，拉起了笑笑的右手。三个人一同舞着。

迟隽逸则看着这些兴奋的人儿，虽然他们的舞步大多凌乱，不成章法，但那些挥舞着的手臂，也像那蹿升的火苗，在漆黑的大地上照亮了一小片自己的天地，仿佛那就是不屈的生命的力量。

37

接下来的两周时间，笑笑成了 29 号病房的圆心，每个人都以不同

的方式为笑笑骨髓移植做着准备。霍铁和石煤成了讲故事的高手，他们说的故事大多关于边疆少数民族的故事，雪山、草原、广袤的森林，还有穿着艳丽、腰际纤细的少数民族姑娘。霍铁和石煤一唱一和，讲得绘声绘色，不仅是笑笑，病房里其他的病友都听得认认真真，大家都觉得这些都是霍铁和石煤经历的人与事，而迟隽逸更是想到了他们共同的女儿——霍梅。画家的敏感让他看得清霍梅那区别于内陆人的宽大脑门及深陷的眼窝。

　　而具体照顾笑笑起居的任务就落在了陶沙和姜雯医生的身上。他俩成了太阳和月亮，一个照顾白天，一个照顾晚上，却几乎互不见面（姜雯还不愿和陶沙有太多交流）。姜雯更多的是从治疗上辅助笑笑做一些手术移植前心理的准备，为他加油鼓劲；而陶沙则成了营养专家，他煲的汤、做的菜，都让笑笑胃口大开。渐渐地，笑笑有些偏食了，他偏爱陶沙的美食而不待见姜雯做出的那些仅可吞咽的饭菜（尽管那也是姜雯对照菜谱做出来的）。姜雯不开心了，她偷偷捏了笑笑饭盒里的一块西兰花放在嘴里一嚼，心里暗想：这个没良心的，菜做得的确不错。

　　迟隽逸、皮克和晴朗则组成了筹款三人组，他们知道笑笑移植手术还缺一大笔钱，他们希望能够通过各种渠道来募集一点。他们首先在网上找到了一些慈善捐助平台，把笑笑的身份信息、病历、照片以及一大段关于这个孩子如何可爱与活泼的介绍发布到了平台上，接受大家募捐。在这个平台上，他们也发现了许许多多在病重中挣扎筹款的病人。但平台上每天浏览量也在同样增加，笑笑的账户一周内就收到了近一万元的捐款。

　　但他们并不想等钱送上门，他们组成了一个小小的演绎团。只要是不治疗，他们便拿着印有笑笑照片与介绍的展牌到全市人流密集场所去募捐。皮克为驻足停留的人们变魔术，他巧妙的双手和虚虚实实的表情让大人孩子们都看直了眼。皮克表演累了，晴朗开始登场。她穿着最平常的衣服，大家都在拭目以待，她将献给大家什么样的精彩。很久没有

面对观众了，晴朗沉了口气，静默三秒后，舒展开她的左臂，右臂则倚着脸颊，全身如丝绦一般随风转动。这是一曲无声的舞蹈，但慢慢地，晴朗陷入了自己的音符中，周边那闪烁的霓虹，那些从人们口中呼出的水雾，以及混杂在一起的城市音响，都成了她舞台的背景。她的舞步更加繁复，肢体在曲折中仿佛正突破苦难的樊笼。终于，她跳了起来，脚尖紧绷着，在瞬间却又如永恒般的盘旋后，如天使般落回到人群中。人群沉默许久，直到确信这美妙的舞蹈已经的确结束，才爆发出掌声与欢呼声。而那曼妙的身姿也印刻在迟隽逸的脑海中，他用铅笔迅速勾勒出了晴朗的一个身影，然后将这张纸藏在了画板最下面，然后换了一张白纸，为愿意募捐的群众画起了人物肖像。有的人认出了迟隽逸是位有名的画家，窃窃私语间，他们在迟隽逸的面前排起了长队。也有路过的画家看到了迟隽逸竟然屈尊为路人画画，便走上前偷偷劝迟隽逸，告诉他这样画不仅是砸自己的名头，更会拉低他日后画作的价格。迟隽逸指着笑笑的笑脸对画家朋友们说："生命是没有价格的。"这些画家朋友觉得迟隽逸说得对，便也找来了小马扎，在寒风中为路人们画起了自画像，为笑笑募集捐款。

这个演绎三人组在各大广场辗转着。一天傍晚，迟隽逸向皮克提议到东区的永辉超市对面演一场。皮克眨了眨眼，同意了。他明白迟隽逸提议的另一层意思——超市对面就是皮克孙子所在的实验小学。

时值放学，学校师生们从校门涌出，慢慢汇聚到了超市外面的广场。迟隽逸注意到皮克儿子一家三口也都在人群的外围观看他们的表演。而此时的皮克已经把自己装扮成了一个小丑，脸上也涂抹了厚厚的颜料。他登上一个独轮车，很卖力地为观众们演出着各种已经不是和他这个年龄段人耍的戏法。迟隽逸看得出，皮克的子孙一家三口没有认出这个小丑的真实身份；迟隽逸也看得出，整场演出中，皮克的眼睛闪烁着光芒，而等到那一家三口从人群中转过身回家时，皮克眼神中的光也慢慢黯淡了下来。迟隽逸又偷偷给这个大龄小丑以及他的儿

孙三口定格了一张素描。

38

时间过得飞快，又一个星期成了过去。

清早，笑笑醒来，发现他的枕边多了一双袜子，这是晴朗为她准备的小年礼物。笑笑好奇地打开，发现里面是一个象征平安的苹果。笑笑问迟隽逸道："叔叔，为什么我会收到礼物。"

迟隽逸笑着说："我们每个人都为你准备了一份小年的礼物。"

笑笑又问："叔叔，什么是小年？"

是的，今天是农历小年，虽然笑笑没有意识到这个节日，但病房内的每个成年人都知道这个日子代表的意义。也许大家心里都在默默想着：又是一年即将过去，大家都撑过了这糟糕的一年，理应在这个农历祭灶的日子，许一些美好的愿望，让天上的神仙们听得到，来保佑他们。而病房内此刻最应该保佑的，就是即将接受骨髓移植的笑笑。

像是炫耀一样，笑笑将所有的礼盒都摆在床上，然后打开平板电脑，和他的妈妈视频通话。笑笑当着他妈妈的面一件件地拆开包装，拿给他妈妈看。他妈妈抹着眼泪，幸福洋溢在她的脸上。

病房内的人们也没有歇着，他们在朱立威主任查完房后，便开始了大扫除。他们要把房子打扫得干干净净，就像是在家一样。大家干一阵，歇一阵，也不急。护士站的护士们，姜雯、陶沙那些医生们，还有霍梅等病人家属也都加入了大扫除。他们都想把病房内所有药水、消毒水的味道都清除掉，霍铁还说要把床单被罩都换成自己家里的，可蔡明晓护士长当即就否定了他的建议。

而29号病房的大扫除也带动了整个病区除旧布新的行动，大家都想驱除晦气，让新年的好运来到病房内。

在打扫卫生中，迟隽逸还是发现了陶沙和姜雯之间那种既相吸又相斥的关系。陶沙似乎在有意识地靠近姜雯，姜雯也允许他保持在一个

不用扭头便余光可及的范围内。但陶沙一旦作出某种试探，想要靠近一点，比如试图在同一时刻去洗脏了的抹布，姜雯便像一只兔子一样从水龙头前跑开。迟隽逸看着他们俩的敌进我退，敌退我进的游戏觉得既可笑又可急。他凑到陶沙身边，拍了拍他后背，说："勇敢点。"

陶沙明白迟隽逸是什么意思，苦涩地摇摇头。

迟隽逸搂着陶沙的肩膀，两人到了医生办公室内。陶沙坐在椅子上，一脸无辜地看着迟隽逸。迟隽逸笑着叹口气。

陶沙低下头："我感觉她还没原谅我。"

"你怎么看得出来？"

"她还是不让我靠近她。"

"但我怎么看她像是原谅你了啊。"

"那她为什么还是一脸的嫌弃，见了我像是吞了一只苍蝇一样。"

迟隽逸停了一下，说："你也可以理解为这是她的一种矜持。"

陶沙突然抬头看迟隽逸，说："你都做了哪些努力？"

"我对她好，靠近她，嘘寒问暖吧。"

"就这些？"

"难道不应该对他好吗？"

"小伙子，你应该鼓起勇气，表白！表白！表白！"迟隽逸的这三声表白把陶沙的脸都说红了。

迟隽逸摇着陶沙的肩膀，说："你到底明不明白我说的话。"

"我明白，我明白，我明白。"陶沙挣脱了迟隽逸的手掌。

"那你倒是行动啊。"

"我害怕。"

"怕什么？怕她拒绝？"

"是的。怕她拒绝。怕我给不了她好的生活，我只是一名普通的肿瘤科医生。一个农村出来的毕业生。她是谁，她是海归博士，是大家闺秀，我配不上她。"

迟隽逸边听边摇着头，说："那你想怎么办？"

"我不知道，也许现在很好，能默默喜欢她很好。"

"或许等到你努力成了院长，二十年、三十年后，你觉得自己配得上她了，再向她求爱？就像姜雯那个傻透顶的院长叔叔，保持单身这么多年。"迟隽逸说得有点来气了，他走回到门边，"或许姜雯也在等待着你，等待你的表白……"说完，迟隽逸就出去了，他知道他需要给陶沙一点时间去思考。

到了晚上，小年的年夜饭。后院的阿西莫多为大家满满摆了一大桌。吃饭的空当，迟隽逸和晴朗小声说话，才发现原来晴朗也去劝姜雯多给陶沙一点机会了。只不过晴朗的嘴更笨，她的建议被姜雯捂着耳朵大声回绝。迟隽逸问晴朗道："依着女人的直觉，你告诉我，姜雯心里到底有没有陶沙。"

晴朗点点头。

迟隽逸说："我也是这么想的。"

晴朗笑着说："你也有女人的直觉啊。"

迟隽逸也笑道："我是妇女之友。"

晴朗捶了晴朗一拳，说："我不是妇女。"

这时，演绎三人组的另一名成员，皮克的脑袋这时也凑了过来，问："聊啥秘密么，也让我听听？"

迟隽逸说："你怎么没个正经啊。"

"我是小丑啊，我怎么能一本正经？"

晴朗低声说："我们在聊姜医生和陶医生的事情。"

"哦，他们俩啊。两个嫩雏儿。光玩爱情游戏了，也不来点实质的。"

迟隽逸翻眼瞅皮克，说："你有什么好主意？"

"我当然有好主意了，我是魔术师啊，你就看好吧。"

聚餐结束，皮克让大家都不要走，再玩一个游戏，笑笑带头拍手叫好。看到笑笑这么兴奋，大家虽然有些疲惫，但都还是坐了下来。

皮克说先给每个人座位编号，再让每个人抽一个代表座位的扑克牌，从红桃 A 到红桃 10，每个人都按照自己抽的扑克牌依次重新坐了下来，然后等着皮克解释游戏的玩法。

皮克说："这是一个真心话的游戏，我来放一个汽水瓶，每转一下，瓶口和瓶尾的两个人就要向对方说一段真心话，说什么都行。"

迟隽逸一眼就看出了皮克的把戏，姜雯对面坐的就是陶沙，两个人此时的脸都是红的。

皮克转动了汽水瓶，是笑笑和晴朗。

笑笑说："我希望晴朗姐姐越来越漂亮。"

晴朗说："我希望笑笑小朋友越来越聪明。"

皮克又转动了汽水瓶，是霍铁和阿西莫多。

霍铁说举起茶杯道："我希望院长给你转正，给你个编制。"

阿西莫多也举起茶杯说："我希望你康复后每天都有好烟抽。"

汽水瓶又转了一圈，是迟隽逸和石煤。

迟隽逸想了想，说："我希望这个世界上像有老石这样努力为国家奋斗的人越来越多。"

石煤回敬道："我希望迟画家能够把人间最美好的东西都画下来。"

大家没想到石煤说得如此文雅，都给石煤拍手鼓掌。

然后汽水瓶再次转动，是皮克和小冰。

皮克说："希望小冰能够看遍世界，玩遍世界。"

小冰说："还是大叔最了解我，我也希望大叔雄风不减当年。"

皮克吐了吐舌头，然后继续转动汽水瓶，只剩下最后一对了，大家此刻也都反应过来即将要发生些什么，便都盯着那转动的汽水瓶。汽水瓶停在了霍铁和阿西莫多间，他俩都讲过真心话了，再转。然后又转了几次。终于轮到了姜雯和陶沙。

姜雯和陶沙的脑袋都是低着的，没人愿意先开口。

皮克说："陶医生，你个大男人，你先说话，说真心话！"

陶沙这才抬起头，憋了半天，才说道："我希望姜医生的医术越来越好。"

皮克说："就这些。"

姜雯也抬起头，那眼神的内容和皮克说的话一样：就这些？

陶沙嘴巴动了动，却什么也没说出来，垂着脑袋坐回到板凳上。

皮克有些失望，他指着姜雯道："该你说了。"

姜雯有些气恼地说："我对他说的和他对我说的一样。"

皮克耸耸肩，说："好吧，我们继续。"大家的神情也显出了失望。但不知道是不是皮克那魔术之手的作用，汽水瓶又对准了陶沙和姜雯。

皮克两手一伸，说："陶医生，又轮到你了。"

陶沙没想到自己又有了对姜雯说真心话的机会，他两只拳头攥着，仿佛要给自己增加勇气，但他却最终还是嘀咕了一句："我希望姜医生每天都开心。"

姜雯听了这话，坐直的腰要松了，她又嘟囔一句："我对他说的和他对我说的一样。"

皮克叹口气，又转动了汽水瓶，这次，又是陶沙和姜雯。在一旁干着急的迟隽逸突然插了一句："这都是第三次了。"他想提醒陶沙事不过三的道理。

但陶沙似乎经历了第二次的失败，已经彻底失去了勇气和信心。陶沙低声说道："我希望姜医生幸福，始终幸福。"

坐在对面的姜雯一愣，似乎是被陶沙语气中的灰心打击到了，她突然站起身说："我幸福得很，你只要离我远远的，我就会很幸福。"说完，便冲出了餐厅。

而陶沙此时则懊恼地抱住了脑袋。

这一闹，大家也都没了兴致，却也不好说什么，纷纷从餐厅离开，回到自己的病房里。笑笑边走边问晴朗道："姜阿姨和陶叔叔为什么不开心啊？"

晴朗摸着笑笑的头，想了想说："比如你和我过马路，车很多，你害怕，你想牵住我的手，但我却没有注意到你伸出的手，而是一个人径直往前跑，你的心里一定很难过吧。"

笑笑点点头，说："我会很难过。"笑笑伸出手，晴朗握住了他的小手。

忙了闹了一天，大家都累了，都早早上床休息了，只有笑笑扒着窗台，看窗外城市上空绽放的烟火，或许他的心中向往着病房外的繁华，或许他的心中也向往着和他妈妈的重聚。笑笑回到床上，盖上被子，眼睑微微颤动，嘴边挂着一丝微笑，就像是一个小小的天使。

然后，笑笑蹬开了被子，他紧咬着牙关，急促喘息，其间还伴随着痛苦的尖叫，眼睛却死死地闭着。病房内的人都被他吵醒了，迟隽逸立刻下床围到笑笑身边，按响了呼叫铃。皮克则翻身往门外跑，边跑边喊医生。

陶医生来了，姜医生也来了，值班的护士也来了。他们一边为笑笑做检查，一边推来了各种检测的仪器。而直到此刻，笑笑紧闭的眼睛才睁开，姜雯抹去笑笑额头的汗，轻声问："怎么啦？"

看到陶医生和姜医生都在，笑笑脸上的惊恐慢慢退去，笑容开始出现。

姜雯说："做噩梦了？"

笑笑点点头说："我梦到你们都离开了我，我牵不住你们的手。"

"我的小天使啊。"姜雯抱住了笑笑，陶医生则立在姜雯的身后，脸上也有了些怜爱的颜色。

笑笑说："能陪着我么？等我睡着……"

姜雯点点头。

"还有陶叔叔。"

陶沙也点点头。

笑笑闭上了眼，姜雯和陶沙坐在床的两边，握住了笑笑伸出的手。

笑笑的脸又浮现出淡淡的笑容，仿佛他已经进入了一个全新的甜美的梦乡。病房内又安静了下来，大家渐次进入了睡梦（或是假装入睡）。只有笑笑美梦的守护者——姜雯和陶沙任由笑笑牵着他们的手，相对而坐。他们不敢去看对方的眼睛，但他们却似乎被笑笑这个小小的躯体联结着，感受着相同的脉搏跳动。已近午夜，又有一户不知名的家庭燃放起了烟火。炫蓝的颜色打在姜雯的侧脸上，成了最美的粉饰，引得陶沙再度鼓起勇气，直视这个一直爱恋的姑娘。姜雯也感受到了炽热的目光，她撇过头，不知是焰火还是血流，让她的脸更红了。而此时，笑笑牵着两位医生的手从床边收到了腹部覆盖的被子上。陶沙和姜雯也被牵着，身体向前探着，他们俩的手更近了，只剩下了一个拳头的距离，两个人的目光也第一次有了交集。

就在另一朵烟火"砰"的一声绽放空中那一刻，陶沙的手缩短了那一个拳头的距离，握住了姜雯的手。姜雯稍作挣扎，但还是任由陶沙紧紧握住，两个年轻的人儿终于可以感受彼此掌心的热度。而就在这忘我的一握中，笑笑悄悄抽出自己的小手，嘴角又泛起了一抹微笑。

39

小年，既是合家团圆的时刻，也是杨雁翎和迟隽逸结婚21周年的纪念日。迟隽逸或许已经淡忘，但杨雁翎还能记得，三七二十一，两个十年加一年。杨雁翎见过有的夫妇修得七七四十九年的姻缘，但她的婚姻却熬不过这三七二十一。杨雁翎给迟隽逸发了一个微信："节日快乐。"迟隽逸没有回复。

迟隽逸给杨雁翎的那1500万元不仅支付了全体员工的工资，还发了新年的红包。工人们思乡心切，加班加点，赶在合同规定时间前制好并交付了那两批鞋子。对方也及时将款项汇到了公司的账户上。经过这两个月的挣扎，公司终于活了过来。而如今，临近春节，员工们都放了假，背起为远方家庭买的各种礼物，搭上了回家的火车。偌大的公司除了保安室，就只剩杨雁翎的办公室还有人。

到了傍晚，夕阳斜斜地落到窗户框内。杨雁翎肚子饿了，却想起食堂早两天就关了门。她拿起手机，检查了微信，迟隽逸还是没有回复。杨雁翎整了整衣服，开车直接去了医院。但是去医院干嘛呢？这个一直做事有板有眼的女人心中也没有个盘算，也许就是见一见迟隽逸，没准还能被伤一下、气一下。杨雁翎这么自嘲地想。

但到了医院门外，杨雁翎的脚步还是犹豫了，她不敢上楼。仅仅是为了填补这小年留给她心中的空虚，她就真的做好再次受伤和失望的准备？

杨雁翎转过身，看到一侧的医院餐厅，她想还是填饱肚子再说吧。但杨雁翎刚步入餐厅，就看见了中间那一欢笑的一桌，她也看到了迟隽逸的背影，左右招呼、谈笑风生。杨雁翎看不到他的正脸，但能感受到他愉悦的心情。

杨雁翎缓慢移动着脚步，绕着餐厅的落地玻璃，将他的脸一寸寸全部看清。即便这么多年过去了，杨雁翎还是喜欢这一张棱角分明的脸，喜欢脸上显现的坚毅、柔和、才情与善良。是的，在任何情况下，杨雁翎都不能否认迟隽逸的善良，即便他正伤害着她，但他或许也在伤害着自己。如果时间倒退几十年，如果她的记忆从此洗白，她还会爱上这么一个男人的。杨雁翎站在黑暗处，默默地想着。

姜军此时出现在杨雁翎的身后，轻声唤了她的名字，将杨雁翎从凝望中拉回了思绪。

"为什么不进去？"

杨雁翎笑着摇摇头。

"今天是小年，是团圆的日子。"

"那你怎么不去团圆呢？"对于姜军，杨雁翎说话还是很强势。

"我，孤家寡人一个，和谁团圆呢？"姜军笑着回答，略一顿口气，姜军问，"你要不要见他？今天是你们的结婚纪念日。"

"你怎么知道？"

"这是一个重要的日子。"

杨雁翎沉默两秒，然后说："不见他了，你请我吃饭吧。"

这下轮到姜军发愣了，他半天才意识到杨雁翎的要求，赶紧说："走，我来请你吃顿好的。"

姜军开车带杨雁翎到了一家路边的火锅店，虽然暴露在寒风中，但遮雨棚下面的许多桌都围坐着人，白色的水汽也从火锅上升腾，很是热闹。

两人坐下，杨雁翎用纸巾擦了擦桌面，纸巾上蹭了一层暗黄色的油渍。杨雁翎伸到姜军眼前说："你就带我吃这个啊。"

姜军笑道："你是不是觉得我应该请你到高雅的西餐厅，喝着咖啡，听着音乐啊。"

"那都是小资年轻人去的地方。"

"我们年轻的时候，经常来的也就是这些路边摊。记不记得我们上大学的那会儿，食堂的饭菜难以下咽，还难见荤腥，我们就经常到校外的小吃街，几个人凑钱吃这种火锅。那时候加上配菜多少钱来着？"

杨雁翎没有搭理姜军的回忆，但她的心也被拖拽回了二十年前。"那时候过得真开心啊！"她感慨道。

"是啊，那时候我们都很开心。特别是你，全系的校花，大家都想请你吃饭啊。"

"说得我像是一个吃货一样，我可一直 AA 制啊。"

"所以我才佩服你啊，立场坚定。"

杨雁翎对姜军翻了一个白眼，但她心里还是很受用姜军的这番话，于是，她也回复道："你也不错啊，大医院的院长。"

"我也是紧随着你们的脚步。"这句话虽然说得有些戏谑，但姜军和杨雁翎都能品出这句话的另一番味道。

菜上齐了，姜军打开两瓶啤酒，满上，然后举起酒杯道："祝小年快乐！"

"祝小年快乐！"杨雁翎也这么说着，两人喝完了第一杯酒。

然后，又满上。杨雁翎先举起了酒杯说："祝结婚纪念日快乐！"

姜军一愣，也说道："祝你结婚纪念日快乐！"

然后，又满上。还是杨雁翎举起了酒杯，挠了挠头发，说："这次敬什么好呢？"

"敬我一杯吧。"姜军说。

杨雁翎想了想说："那我敬你单身，单身快乐！"

姜军苦笑一下，然后举起酒杯，两人又喝完了第三杯。

之后的时间，两人吃着菜、聊着天、喝着酒，一杯又一杯，虽不醉人，但还是陷入一种微醺的氛围中。而这种氛围，加之路边的熙熙攘攘，加之火锅的热气升腾，加之那些似乎没那么干净的饭菜和店员没那么卫生的围裙，都让他们仿佛又回到了大学的时光，那些欢乐的时光。

夜已深，食客们渐渐散了。杨雁翎打了一个酒嗝，对着啤酒瓶喝完最后一口，神色也黯淡下来。"我不想回到那个家，那个家什么都没有，只有我，只有记忆。"

姜军默不作声。

"那些难过的记忆，还有那些甜蜜的记忆，如今也成了折磨人的东西。如果我能够全部忘了，只当从来就没有那么一个人。"

"忘记过去不容易。"

"我可以拿这酒瓶给自己脑袋一下，或者，你给我打一针孟婆汤，让我得老年痴呆症。"

姜军哑然，他的喉咙咽了咽。

"我知道他这么想的，想着他得了这个病，时日无多，就想一个人躲起来，不拖累我，也不烦我，当然我也不烦他。所以，我也忍着不去见他。但有这样的夫妻么？有这样的婚姻么？杨雁翎把酒瓶掼在桌子上，然后又摔碎在地面上。"

"我就是想陪着他，即便是最后一年、一月、一天……"杨雁翎低下了头，努力克制着自己的泪水，她断断续续喃喃道，"为什么我想给的，他却不想要……"

姜军伸出了手，却没敢放在杨雁翎的肩膀上，他的心中一遍遍在翻滚和吼叫："让我来照顾你吧，让我来照顾你吧……"

姜军咬了牙关。

杨雁翎终于是克制住了情绪，她再次抬起头，对姜军说："我真的不想回那栋大房子去了，那里太孤独太可怕了，我要换个地方住。"

"那我带你去一个地方。"

"我不要宾馆，我要能够自由呼吸的地方。"

"好的，我带你去那个地方。"

杨雁翎站起身，摇摇晃晃。姜军想去扶，杨雁翎往后退了一步。姜军略一尴尬，然后付给老板钱，在路边打了一辆车，让杨雁翎坐到了后排，自己坐在前排。他让司机带他去市郊的一个村子。车子在飞速前进，姜军从后视镜看到杨雁翎已经倚着玻璃睡着了。

40

清晨，杨雁翎醒来，听到了鸡鸣，也听到了鸟叫。她闭上眼，想这是哪儿，新鲜的空气钻入她的鼻腔，而厚实的被子也给了她一种压实了的温暖。她再次睁开眼，打量着这间不大的卧室，陈旧但很干净。

杨雁翎下床，趿拉着布鞋，打开门，看到了姜军正在一个四方桌前忙乎着。姜军回头看杨雁翎说："你醒了。"

"这是哪儿？"

"这是我的老宅子，就在市郊。"

"你怎么把我弄到这地方了？"

"你喝醉了，我把你绑架过来了啊。"姜军说笑着，心情不错。

而杨雁翎则停滞了一秒，全身上下感觉着是否有被侵犯的印记。

"别发呆了，吃饭了。"姜军闪开身，桌面上出现一碗阳春面，上面还有一个荷包蛋。

杨雁翎坐到了桌前，用筷子点了下荷包蛋，手法不错，还是溏心的。而姜军此刻却从客厅离开，两分钟后推了一位老人出现在四方桌前。

老人举了举手，嘴巴张着却没说出话。

杨雁翎下意识地站了起来。

姜军说："你坐着，我爸就是表示一下欢迎。"

"这是你父亲？"杨雁翎说着，注意到老人的脖子一侧肿出了一个苹果大小的肉瘤。

"是的，这是我爸，老姜同志。"姜军说着，然后向着老人介绍杨雁翎，他说的很短，就四个字，"这是雁翎。"

老人笑眯眯地点点头。

杨雁翎也回以微笑，然后开始低头吃自己的面条。杨雁翎觉得自己已经有十年没吃过这么好吃的面条了，她恨不得端起碗倒进自己的肚子里。

迟隽逸伺候着老人进食。他把一碗青菜面鱼在碗里碾碎，然后送很小的量进老人的嘴巴里。老人吃得很慢，吞咽的时候显出痛苦的表情。吃完一口，脸上却还洋溢着幸福与满足。

杨雁翎很快就把这碗吃完，她不好意思再要一碗。实际上，她突然想起自己连牙都没刷就开始吃饭，很不符合她精英女性的形象。杨雁翎又看这一对父子，然后站起身，在姜军的目送下进到了院子里。

出门的那一刹那，杨雁翎感到了豁然开朗。她的面前是一个小池塘，池塘的后面是两座山，山中间是一片白桦林，而白桦林中间是一条人踩踏出来的小径，小径的一端连着池塘上的一座石桥。

　　杨雁翎不自觉地坐在一把躺椅上，脸朝着天，闭上眼睛，呼吸有些冰凉的空气。也不知多久，身后的门开了，姜军扶着老父亲出来。杨雁翎站起身，姜军感激地笑笑，然后扶着老人坐到了躺椅上。杨雁翎看着这缓慢的动作，看到老人的眼睛在一直盯着自己看，仿佛有很多话要问杨雁翎。

　　姜军将一床毛毯铺在了老人的身上，中年妇女带了一壶泡好的茶放在了老人身边的石桌上。姜军说："爸，我和雁翎一起出去走走。"

　　老人笑眯眯地点点头，而杨雁翎的心里却一哆嗦，但却控制了自己的表情。她走在前面，姜军跟在身后，两个人走过了石桥，来到了白桦林中。

　　冬日的白桦林安静萧瑟，挺直的树干无声注视着这前后走着的两个中年男女。杨雁翎低头走了一段，转过身来说："这里很适合养老。"

　　姜军"嗯"了一声。两人又一前一后默默往前走。

　　又走了一段，杨雁翎说："和我说说你父亲吧，我从来没听你说过他。"

　　"哦，我爸。"姜军沉思了一分钟，不知从哪儿说起。

　　"你父亲是不是患了病？"

　　"是的，食道癌，已经是晚期了。"

　　"哦。"杨雁翎心里一惊，然后轻声问道，"不送医院么？"

　　"我爸不让，他觉得这样挺好，能吃点就吃点，能喝点就喝点，每天还有乡亲们陪着他一起。他觉得快活，实在疼了，就加点止痛剂的量。"

　　"但医院也可以延缓病情，多争取点时间。"

　　"不仅延缓了病情，也延长了痛苦。"姜军感慨道。

　　"难道就这样不做任何抵抗？"杨雁翎的倔脾气又来了。

　　"这是他的选择吧，呃，对待死亡的方式。我尊重他。"

　　杨雁翎不说话了，她慢慢转过身，继续往前走。

　　姜军停在原地，继续说："其实我爸早许多时候就感受到了身上的这个肿瘤，但他不愿意去治，他自己是医生，知道治疗的痛苦，也知道治疗效果的局限，所以他决定还不如多享受享受生活。"

　　杨雁翎抬头看了看不远处墨绿色的山丘，觉得这样终老的确不错。她对姜军说："和我说说你父亲吧，我还没听你说起过他，你刚说他也是一个医生。"

　　姜军想了想说："我们家一直都生活在农村，只不过我爷爷曾经看过几本药书，然后又教给了我爸，到了新中国成立后，我爸一边下地干活，一边也给村里的人看病，成了政府认可的赤脚医生。二十世纪八十年代起，村里多了两个小煤窑，经常出工伤事故，骨折什么的都是家常便饭。我爸就又专门学了跌打损伤方面的知识，病人治疗多了，他也就有了心得，根本不需要拍片子，就知道哪块骨头出了什么毛病。有的伤情重的，我爸就直接下井到现场急救，的确救了不少人。"

　　姜军的语气有了自豪感，却突然戛然而止。杨雁翎追问："后来怎么样了？"

　　"后来要求医生必须要考执业资格证，我爸其实是小学文化，其他什么的都是自学的，自然考不上，开始还偷偷行医，但卫生局管严了，我爸也就重新拿起了锄头，做回了农民。"

　　"可惜了。"杨雁翎感叹道。

　　"我爸靠治病、种地，也养活了一家子，把我和我弟也培养了出来。"

　　杨雁翎点点头。一群飞鸟突然从前方山丘的树林里起飞，呼啦啦隐没进另一个山丘的树林中。杨雁翎看着飞鸟，若有所思道："你怎么想起来把我带到这儿来的？"

　　"你说的要找个清净的地方呼吸呼吸空气，愉悦一下心情。"

　　"我的出现，还有你称呼我的方式，也让你爸愉悦了心情了吧。"

　　姜军看着杨雁翎的背影，心中起了小伎俩被拆穿后的尴尬。

还好，杨雁翎没有再继续这个话题，她给姜军、也给自己留了点面子。杨雁翎又往前走了几步说："我就先在这住几天吧，也让老爷子多乐和乐和……"

姜军的心中开了花，他低声说："正好再过几天就过年了……"

杨雁翎对姜军这个委婉的邀请不置可否，只是转向天地山林，发出高声的呐喊……

41

年三十，窗外的天空灰蒙蒙的，仿佛随时雪花会落下来。笑笑盯着窗外的一片灰蒙出神，他想他的妈妈，她为什么还没有回来呢？

霍铁和石煤靠在床边，石煤被他们的女儿霍梅搀扶着，纸片一样的身体摇摇晃晃，而他们的女婿，则在简单收拾着。两个老头要在这个春节回家团聚。皮克眼巴巴地看着对床的这两个老头，沉默半天，才说道："老头儿，啥时候回来？"

"你还喊我老头？你也半截老头啦！"霍铁回道。

"我年轻着呢，既能喝酒，也能抽烟。"皮克还在和霍铁拌嘴，但霍铁似乎没有这个心情。"年初二就回来。"霍铁回答道，然后像是在自言自语说道，"回家先拍张全家福，然后我和老石再各自拍一张单人照，黑白的，镶到框框里，也就可以安心住到末日那天。"

"你说什么呐？"霍梅抱怨道。

"住院像坐牢，无期徒刑。"霍铁咕噜道。

"爸，大过年的能不能说点好听的？"霍梅又说道。

石煤挣扎着直起腰，两手抱拳，颤巍巍地摇了摇，说："新年好。"

霍铁也跟着向大家作揖说"新年好"。

霍梅和丈夫见状也向大家浅浅鞠了一躬，然后一人扶着一位老人就出了病房。

两个老头走了。两个中年人，皮克和迟隽逸对望了一下，一时间不知道该说些什么。皮克突然也举起双拳，向迟隽逸作了个揖道："新年快乐，恭喜发财。"然后从床上爬起来，大踏步地往外去了。

迟隽逸看着皮克的背影，很想追问他今晚将和谁一起团聚。他会回到自己的孩子身边么？还是会暂时找一个陌生的温暖的怀抱？迟隽逸的思绪飘了一会儿，又飘回到29号病房内。偌大的房间就剩下了他和笑笑两个人。迟隽逸坐卧都很别扭，他也想离开。除夕，应该是热热闹闹的，而不应该如此冷清。但笑笑正处于移植骨髓前的关键时期，身边不能缺人，迟隽逸只好老老实实守在他的身边，看笑笑若有所思，且瘦了一圈的小脸。迟隽逸的心也被笑笑的眼神带到了窗外的一片天地灰蒙。

晴朗如救星一般，出现在病房外。迟隽逸招手，晴朗进来了。她先坐到笑笑的床边。笑笑喊了声"阿姨"。晴朗摸了摸笑笑的脑袋。笑笑说："妈妈今天还没有和我连接视频。"

"今天大概妈妈很忙吧，除夕是筹钱的好机会。"晴朗说。

笑笑点头。

晴朗问迟隽逸道："病房人走得差不多了？"

迟隽逸点头说"是"。

我病房内的人也大多回家了，只剩下付姐，她的身体情况不能出院。

迟隽逸想起了前段时间搬进来的那位乳腺癌复发的年轻母亲。

"我把笑笑带过去陪陪她吧，她最喜欢孩子了，她的丈夫也是，他们一家今天就在病房过除夕了。"晴朗又转头问笑笑，"你觉得怎么样？"

笑笑说："还不错。"

和陶医生和姜医生说一声，他们俩今天也在医院加班过年。

晴朗点头说："已经说过了，他们最近正密切关注着笑笑。他俩也是如胶似漆的，一定要调班陪彼此过年。"晴朗的语气很羡慕。

"那我们走吧。"迟隽逸庆幸自己终于可以走出病房喘口气了。

将笑笑安置到付蕴的身边，由他们两口子照料后，晴朗从病房里退了出来，站到了走廊上，空荡荡的，只有迟隽逸垂手而立。两人又走到热水房，在椅子上坐下，晴朗自言自语道："都没人了。"

迟隽逸点头道："是啊，都没人啦。"

"化疗的那段时间，我做了个梦，梦到整个医院都没人了，就我一个了，把我都急哭了。"

"做梦哭的？"

"很傻吧？"

"医院没人了，说明大家都康复了，出院了。"

"我也这么想，但是还是心里急，或许我是怕被大家丢下吧。"

迟隽逸想了想，点点头道："我在画画的时候，或是在家里做家务的时候，都会放点音乐，或是让电视机开着，播放新闻。虽然我也不会刻意去听，但这种背景的声音，会让我觉得不孤单。"

"你这么大了，也有孤单的时候。"

"古人不是说吗？感时花溅泪，恨别鸟惊心。在某种场合，某个背景下，我会有这种感觉。"

"比如现在，大过年的，大家团圆的时候，会容易产生孤单感。"

"孤独是一种本能，就像古代传说中说的，投胎的那段路都是自己在黑暗中独自摸索的。"

"那我一定是摸错门了，导致我出生后也是一个人，直到被福利院接受。"

迟隽逸哑然。

"不过，我早就学会了和孤单相处，特别是我一个人被丢到公园度过了那个漫长的夏夜后。"

迟隽逸点点头道："有人说，只有那些能忍受巨大寂寞的人才能得到最美好的结果。"

"但愿吧。"

两人又陷入了沉默。

"我还是希望能够为了结果的美好再努力一下，毕竟我也是经历了这么多的痛苦。"晴朗突然说。

"什么样的结果？"迟隽逸轻轻地问。

晴朗的脸红了。

迟隽逸大概明白了晴朗的心思。

"没办法，这样的喜庆日子，我无法不去想他。"

"可你心中已经有了答案。"

"就去告个别吧，正式的告别，对他，也对自己一段过去。"

"也好。"

晴朗站起身，我要去打扮得精神点。

迟隽逸还坐在椅子上，他看着晴朗的清瘦的背影问："你打算怎么验证？"

"我会直接地问他，愿意和我继续在一起，还是收回他的爱。"

"如果他不给你一个明确的答案呢？"

"如果他的语气有任何一丝的犹疑，我都会视作为否定的回答，我会转身离去。"

"需要我陪你去么？"

"我自己面对吧，就像你说的，大部分的时候都要我们鼓起勇气，独自面对。"

"至少我开车送你一段。"

"不了，我还是自己坐公交去吧。"晴朗站起了身，她向前走了一步，转过身，"你怎么办呢？大过年的。"

迟隽逸耸耸肩，没说话。

晴朗怯生生地说："你也有家人吧，你应该和他们一起吧。"

迟隽逸脑袋和眉毛也都耷拉了下来。

晴朗在水房门口站了几秒，欲言又止。她明白自己来到一个从未触碰过的交谈边界，即便是在同病相怜的关系下，这个边界也足够敏感。

晴朗终究还是离开了水房，去独自面对自己的问题了。而迟隽逸则仍然呆坐在板凳上，巨大的空虚涌进了他的身体。他无可避免地在心中想着过年这个话题，他无法绕开这个话题，就像他无法绕开有关于过年的各种回忆，各种人、各种事。也许是每逢佳节倍思亲，即便处在这个婚姻背景下，杨雁翎的各种形象还是出现在他的脑海中。她此刻在做些什么呢？小年的时候她给他发了一个短信，后来他才想起了那天也是结婚纪念日。而今天，她怎么就没了消息了呢？

迟隽逸打开微信，里面充斥了朋友们发来的各种新年祝福。迟隽逸迅速地扫了一眼，并没有杨雁翎的名字。迟隽逸心中有些失落，他打下四个字"你在哪儿"，然后按下发送键，然后便在热水箱磨耳的嗞嗞声中慢慢等待。迟隽逸没有等太久，杨雁翎的信息过来了，很模糊的一条："我在市郊。"

迟隽逸拨通了杨雁翎的手机，他问道："你在市郊哪儿？"

"一个靠近龙隐寺的村子里。"

"龙隐寺在哪儿？我去接你。"

电话那头沉默了一会儿，迟隽逸只能听到偶尔的鞭炮噼啪声。然后杨雁翎说道："你来吧，导航可以到，到了给我打电话。"说完，便挂了电话。

迟隽逸下到停车场，在导航屏幕上写下"龙隐寺"这三个字的拼音，但不知怎的，他怎么也记不住山字的拼音，试了半天都没有把这个山字敲出来。他有些懊恼地切换到语音模式，却在张口的瞬间，又忘记了那是哪三个字。迟隽逸呆坐在驾驶座上，他感到了愤怒和恐惧。良久，他才又拨通了杨雁翎的电话，大脑再次接收了"龙隐寺"这三个字的信息。

迟隽逸驾驶着车子行驶在城市的路面上，一次次被红绿灯和行人所阻隔。除了商场上挂出的大幅红色迎新横幅，他并不能说出今天与昨天，与更早的普通冬日有什么区别。他的耳边只有各种声响混杂在一起的聒噪。但随着车子越是往郊区开，楼房渐渐稀少，农田慢慢展开，那聒噪也像是夜晚退去的海浪，成为一种低频的背景音。迟隽逸打开车窗，让一股股的寒风吹进车内。略带硝烟味的空气竟让他有些迷醉，而偶尔炸响在半空中的鞭炮竟也诱得他俯下身子歪着头，看向灰蒙的天空。天空虽然灰蒙，但这也正是除夕应有的样子，总不能晴空万里吧，他心中的想法竟也多了许多愉悦。

　　车子在通往龙隐寺的远端路口停下，此时已临近中午。迟隽逸看到了穿着风衣的杨雁翎。他还注意到她的脚上穿着一双厚棉鞋。迟隽逸下车，来到妻子的身边，他想问她为什么会在这个地方。但他忍住没问，她一定有她的道理，就像他在医院里待着有他的道理一样。

　　两人顺着石板路往龙隐寺的大殿走。迟隽逸不知道他所居住的城市还有这么一个去处，又或许他的记忆中想不起有这么个寺庙的存在。他只是跟着杨雁翎往前走着，一直走到大殿一旁的偏殿。杨雁翎说："还没吃饭吧，我们一起吃个素斋。"

　　热气腾腾的两碗素饺。两人相对而坐，混在僧人、香客以及附近的村民中，满满地各吃了一碗。饭后出了斋堂，迟隽逸说："我以为过年我吃不上饺子了呢。"

　　"只要想吃，还是可以吃得上的。"杨雁翎说完，开始沿着楼梯往大殿走。途中遇到了一些僧人，杨雁翎双手合十行礼，僧人们也很礼貌地还礼。身后的迟隽逸看得心里打鼓，但杨雁翎打消了他的疑虑。她说："我只是偶尔到寺里看看，这和我住的地方近。"

　　"住的地方……"迟隽逸的心中又起了疑惑，但他还是忍住没问。

　　到了大殿，一位扫地的小和尚抬起了头，看到了迟隽逸和杨雁翎两个人。小和尚说："施主，你们来早了，也来晚了。"

　　迟隽逸问："怎么早，怎么晚？"

　　小和尚说："早上是大师傅讲经，你们来迟了。晚上有迎新年的法事，你们赶早了。"说完，小和尚又低头扫地。

　　两人立在高高的门槛前，仰望一会儿佛祖的金身，然后，杨雁翎便从大殿一侧的走廊绕过，继续领着迟隽逸往后山走。迟隽逸问："你不拜一拜佛祖么？"

　　"我为什么要拜？"

　　"许一个愿望啊。"

　　"我早已许愿了，虽然不是对着佛祖，但如果他真的存在，他也一定会听到的。"

　　迟隽逸点头。两人又安静地沿着楼梯往上走。杨雁翎突然问："你不想知道我许的什么愿望？"

　　"我想你如果想告诉我，你会说的。"

　　"如果我等着你问呢？"杨雁翎反问。

　　迟隽逸哑然。

　　杨雁翎叹口气道："有时候我们心中都藏了太多的想法，却没有说出来。"

　　迟隽逸默然。

　　两人一直走到山顶，一处水泥搭建的名为升仙台的地方，可以环顾四下所有的山丘。杨雁翎抚摸着花岗岩石柱说："这个名字好，升仙台，羽化成仙。"

　　"早晚都会有这么一天。"迟隽逸接道。

　　"一人成仙，鸡犬升天。我曾经也想做一只鸡、一只狗，你去哪儿，我都跟随你的脚步。"

　　迟隽逸的喉咙动了动。

　　"但后来我们两个人却越走越远，远到我也不知道你去了哪儿，更别说跟随你的脚步了。"

　　"我们都有为之努力奋斗的东西。"

　　"这个世界上值得我们奋斗的东西太多了，需要牺牲的东西也太多了。"杨雁翎看着迟隽逸的眼睛，然后扭头朝向一边，眼神中充满了虚无，这也是一种选择吧。

迟隽逸也随着杨雁翎的眼神望向不辨天地的交界蒙眬。

"为了能够让我们重回一条道路上，我曾让你去了解我，靠近我，你也做个相似的努力，但我们都只是从自己的角度出发，寄希望于对方能够多做出些努力，一些别扭的、不情愿的努力，结果却像是故事书说的那样，两个拥抱的刺猬，彼此都很受伤。"杨雁翎又转头看迟隽逸，不好意思笑笑，"我这样说，口气是不是很幼稚。"

迟隽逸也笑笑，他鼓励杨雁翎继续说下去，用平和的方式，不哭不吵也不冷战。

"慢慢地，我们也习惯了这种陌路，毕竟大家都是成年人，完全可以照顾自己。但……你患病了，倒下了，那一刻，我的心中才突然像是被抽空了一半，站不稳了。我那时才发现，即使我们很少沟通，很少温存，但你始终在我的身边，是我生活中的一种存在。当这种存在突然离开这个家，甚至是……甚至是永远地离开我，我无法接受。"

杨雁翎的眼中溢出了泪花，迟隽逸也感到了难过。

"但无法接受也要接受，我在努力吞咽着现实的一切。我想多陪你，你不愿意。好，那我就少点在你身边出现；我想让你接受好的治疗，你不愿意，那我就接受你住进普通病房；我想能和你共渡难关，但你更愿意和你的病友们在一起。那我只能偷偷地去关注你，看你过得是否舒心。你过得舒心了，我也会努力过得舒心。"杨雁翎最后叹口气，眼角的泪花也被风吹干。

"我希望你能够幸福，你承担了太多的压力。"迟隽逸说。

"不过谢谢你，在公司就要倒闭的时候帮助了我。"

"这是我应该做的。"迟隽逸下意识地说。

"你说得很客气。"

迟隽逸尴尬地笑笑。

"我们怎么办？"杨雁翎突然问，"我们的婚姻怎么办？"

山风在杨雁翎和迟隽逸两人间吹过，吹得很远。

"算了，我们还是就现在这样吧，也许走着走着就趟出了一条路，也许走着走着，我们……就没了路。"杨雁翎背过身子，抬起手背，在眼睛上抹了一把，然后转过身，"走吧，陪我下山吧。"

迟隽逸点点头。他扶着石栏杆下台阶，杨雁翎走到他的身边，扶住了他的小臂。

两人一路下山，回到了龙隐寺石板路前的那个分岔。杨雁翎松开一直扶着迟隽逸小臂的手说："你去吧，今天你也需要接受治疗吧。"

"你去哪？"

"我有地方去。"

"你怎么过年？"

"我有人和我一起过年，一群人，热热闹闹。"

"都是谁？"

"我不想告诉你。"杨雁翎说完，向着分岔口的一个方向走去。迟隽逸没有追过去，他看着杨雁翎的背影消失在一片枯黄的枝杈后，便也开车往市区回了。

一天的忙碌，当年夜饭前的所以仪式都履行完毕。人们关上了房门，聚在餐桌前，将寒冷隔绝在外，将温暖留在房间。而此时，皮丘老师家的门却响了。上小学的儿子皮小虎跑去开了门，看到了一个老乞丐拄着拐棍，拿着一个烂瓷碗。皮小虎从鞋柜上放零钱的碗里抓了把硬币塞给了老爷爷。但老爷爷却说："我冷，我能在屋里取取暖么？"皮小虎面露难色，这不是他能决定的，他往屋里喊了声："来了一个要饭的老爷爷。"

皮丘老师从餐桌边起身来到门口，他的妻子也从厨房向外张望。皮老师说："大爷，大过年的，你怎么不回家呢？"

老乞丐没有说话，他只是低着头。

皮老师掏出钱包，说道："大爷，我给你点钱，你要不找间旅馆住一晚上吧，外面眼见着就要下雪了。"

　　老乞丐看着伸到他面前的钱，缓缓抬起了头，看着面前的儿子。皮老师也在此时认出了自己的父亲皮克。皮老师一愣，用手把皮小虎推进了屋，然后冷冷地说："你这是做什么？"

　　"让我进屋吧，让我这个可怜的……"

　　"不可能。"

　　"我很冷。"

　　"你不要在我面前装可怜，你有地方去，很多地方可以去。"皮老师试图关上房门。

　　"我只想回家。"拐棍和瓷碗掉在地上，皮克使劲扶住了门边。

　　"这不是你的家，你给我滚。"门口的吵吵声把皮老师的妻子从厨房吸引了出来，她也认出了这个被她丈夫口诛笔伐了无数遍的公公。妻子望向自己的丈夫，她不敢在此时表态。但皮克却像是看到了救星，猛地向儿媳妇作揖道："就让我进去吧，求你了，求你说说好话，就一晚上，一顿饭。"

　　女人的心软了，她怯生生地喊了声丈夫的名字。

　　皮老师对着自己的妻子吼道："怎么，你要帮他说话？！让他坐到年夜饭的桌前，把我们的孩子都带坏？"

　　女人低下了头。

　　"我没有带坏，我只是想弥补，想弥补……"

　　"你在破坏！你在破坏我们的幸福！"

　　皮克被儿子力夹千钧的语言冲击着，双腿一软，竟然跪在了门框上。

　　所有人都被这一跪怔住了，他们谁也没有料到父亲会作出这样的举动。

　　皮老师也是双膝一软，但他随即稳住了身子，用手将跪着的父亲往后推了一把，然后"砰"的一声把门摔上。门关上的那一刹那，皮克瞥见了站在客厅的不知所措的小孙子皮小虎。

夜已深，落寞的皮克站在黑暗的楼道里，像是一座即将崩塌的雕塑一般，摇摇晃晃。他最终还是扶住了楼梯栏杆，一步步下了楼。

而此时，在医院，一个女人拎着一包衣服，从停在大门外的出租车里冲了出来。她在等电梯的人群前插了队，一直来到肿瘤病区的29号病室，屋里空空没有一个人。她又来到护士站，执勤的小冰护士指了指1号病室，然后目送着那个奔跑的身影。

1号病室的门几乎是被撞开的，屋里的人愣了一下，笑笑突然喊道："妈妈！"笑笑妈大步来到床前，紧紧把自己的孩子搂在了怀里。

笑笑妈留在了1号病室，和付蕴一家子一起吃了饺子。而29病室，依然是空空的，仿佛这里从来就没有人住过一样。

城市的另一处，市福利院，欢笑声则充满着房屋的每个角落。那些不知道父母在哪里的孩子们唱着歌、跳着舞，而在台下的晴朗则拍着手，努力不让眼泪掉下来，努力不去想那已经结束的不知道是否真的可以称之为恋爱，她只觉得在这个度过童年的地方很安全。

总归是，回到空荡荡的家里的迟隽逸抬起手腕，看了看表，再有一个小时，新的一年就要到来。

42

新年的开篇之作是一场越来越强的暴风雪。遮天蔽地、摧枯拉朽，裹住了所有人的脚步，甚至是带来了通信的不畅通。许多人都站到了窗前，望着窗外天地难辨的灰蒙一片，各自心怀着不那么美好的心情。这里面包括在乡下的姜军一家，也包括在医院病房里的那些病友。

杨雁翎靠在紧挨着窗户边放着的一个五斗柜前，看着姜军老家的门一次次被打开，又一次次被合上。当门合上时，杨雁翎还隐约听得见姜军父亲微弱的喘息声，而当门打开，那风雪的呼啸，就像是要强行裹挟走所有的生命一般。

村子里的人们一个个来到姜军老父亲的家中，和这位曾经的赤脚医生作最后的告别。姜老头虽然不能说话，但他的眼神却透着一股羞愧，似乎老人觉得自己不能起身迎接是有失礼貌。那些村民们来来走走，其中也有人会望向远远站着的杨雁翎，他们不说话，杨雁翎也不和他们打招呼。最后，剩下的都是姜家的一家老小，姜雯也来了，她的眼神中询问的意味就浓很多，终于克制不住好奇，姜雯来到杨雁翎身边，装着漫不经心地问："你的这件毛衣链很漂亮，是 Gucci 还是 LV 的？"

杨雁翎答非所问："我是你大伯姜军的朋友。"

姜雯脸微微一红道："我知道，我在大伯办公室里看到过你的照片。"

"照片？"杨雁翎心想着，这个姜军会在办公室摆我的照片。但她没问，她只是又转移了话题，"我也见过你，在肿瘤病区，你是那里的医生。"

"是的。"

两个人不说话了，看得出来，姜雯还有许多想问，但她觉得和这个神秘的女人聊不到点子上，就借口其他事离开了，杨雁翎的心中也是暗舒了一口气。

黄昏时候，暴风雪短暂停了一小会儿，杨雁翎还似乎看到了一些残存的日光，而一直在艰难喘息的姜老爷子似乎也暂时平静了一些。他伸出手，在空中摆了摆，所有人都很自然围拢在他的身边。杨雁翎还在最外围兀自站着，仿佛只是一位负责记录的史官。老爷子无法扭动脖子，他只能用眼睛在每个人的脸上扫一遍。有的晚辈还凑到老爷子脸的正前方，让他好好端详。看了一圈，老爷子又伸出了胳膊，这次伸得比上次还高，比上次还远，所有人又都围了上去，但老爷子的胳膊没有放下，大家便都面面相觑，终于将目光汇聚在杨雁翎的身上。老爷子的胳膊缓缓放下，而大家也似乎是为杨雁翎让开了一条通道。杨雁翎的心跳得厉害，她犹豫了好久，才向前走了几步，来到老爷子身前，她先是看着老爷子温柔的眼睛，又扭头看了看姜军窘迫的脸，终于鼓起勇气，蹲下身子，用手握住了老爷子的手。杨雁翎能感觉到老爷子的手突然有了丝力气，她甚至有种被攥住了的感觉，但随即那双枯瘦的手松了，失去了力气，再看老人的眼睛，已经慢慢地闭上。杨雁翎怔在了那里，她不确信地扭头看了眼姜军。姜军用手试探了下老父亲的脉搏，脸上现出了平静的悲伤。杨雁翎明白发生了什么，她轻轻抽出了自己的手，努力克制住身体不要摇晃，慢慢又退回到了窗台前。而手掌的那淡淡的力道则似乎被加大加重，仿佛那真是生命最后的力量。

葬礼是早有计划的。当白纱缠绕在门框上，村里所有的人又冒着风雪，来到了姜老爷子的家中。整个灵堂被清了出来，火盆、遗像、草纸都各就各位。姜军作为长子接待着来奔丧的亲友邻居，而家里女人们聚在卧室，一条条地扯着黑纱白布。杨雁翎呢，则还是那个五斗柜前冷眼旁观的。这时姜雯来了，她递给杨雁翎一块缠腰的三尺白麻。杨雁翎知道这是家里人才能佩戴的葬礼装饰。她一愣，伸手接了过来。

姜雯离开了，又在忙有关葬礼的各种事情，所有的人也都在忙碌着，在这个新年刚刚来临的时候用传统的方式去送别一位老人。而当这一切活计在午夜稍稍缓停下来，姜军才顾得上去寻找一直在角落里的杨雁翎，但，没有看到，他只看到五斗柜上放着的那三尺白麻。而此时的杨雁翎则冒着风雪，驾驶着车子在回市区家里的路上。行驶了一个多小时，杨雁翎被进城的第一个红灯卡在路中央。杨雁翎拿出手机，给姜军发了一条信息："谢谢这段时间你对我的照顾。对于你的父亲，我只能做这么多了，请节哀。"

红灯灭了，绿灯亮了。杨雁翎踩一脚油门，加速往家的方向驶去。

43

笑笑的病床空了，他被送进了加护病房，每天都要接受大剂量的化疗、放疗，以期在短时间内杀死体内的癌细胞，不为移植新的骨髓留下后患。这个过程是痛苦的。笑笑的头发几乎在三五天内就全部脱落，更别说他几乎每隔一段时间都要换的痰盂。但即便吃了就吐，笑笑还是忍着，尽可能多地进食，这些食物都是陶医生开出的营养餐，并由笑笑妈和其他家属买回来的。

的确，笑笑已经成了肿瘤病区的焦点，是大家努力的焦点：医院给笑笑减免了部分治疗费用；陶沙和姜雯还为笑笑申领了一部分的救治基金；病友们也通过各种手段，为笑笑补齐了剩下不多的经费缺口。笑笑妈对这一切都感到无以为报，她只是一遍遍低头弯腰，虽然说不出话，但却明确表达了自己的羞愧和感谢，她没有再离开笑笑身边半步。而笑笑呢，就像刚才说的，即便治疗非常痛苦，但还是保持着微笑，在每位来探视的病友们离开前，摆出代表胜利的 V 字手势。迟隽逸还专门为笑笑的这个姿势画了一幅画像给他。晴朗每天哼在嘴边的歌曲，也成了隐形的翅膀，她希望笑笑可以再一次破茧成蝶。

经过了一个星期艰难的治疗准备，大年初十的黎明，一晚上没有睡好的迟隽逸偷偷起床，把窗帘掀起了一条缝，看到外面依然黑暗四合的天空，以及如敢死队般撞向玻璃的雪片。又是一个糟糕的天气。突然，房间的灯被打开了，迟隽逸回头看，大家都已经从床上坐了起来，包括一直习惯于睡懒觉的皮克。霍铁指着笑笑空着的床（床上还放着一堆布偶玩具），说："再有十个小时就要做移植手术了。"

迟隽逸来到霍铁床边，扶住了已经有些站不稳的老头儿，而皮克则到了石煤的床边，作出要扶石老头的姿势。石煤皱皱眉，也接受了皮克的援手。这四个人组成了不仅老弱病残兼蓬头垢面的小队，加上走廊内遇到的无心打扮的晴朗，他们一行开始向 18 楼的手术室进发。他们想再看一看笑笑，给他加加油，但朱立威主任在手术室外拦住了他们。他不想让这群病友干扰移植手术的进行。朱立威清楚地表示，他们此刻是无法见到笑笑的，包括他的妈妈，他们所需要的就是等待。

等待，等待……

所有人都等在手术室门外，即便这里连中央空调的出风口都没有，他们都在哆嗦中不想错过笑笑被治愈的每一个环节，心里的那份紧张劲儿，仿佛躺在手术室里的就是自己。而为了能够消磨难熬的等待，霍铁和皮克开始互相攀比谁吃过的苦多。两个人的拌嘴时断时续，说的人没什么劲头，听的人也没什么心思，过一会儿，就没有人讲话了，他们的注意力又都集中在手术室的门上。像是条件反射一样，每一次开门，所有人都会直起身子，两眼迅速捕捉并解读出入的医生和护士的表情。他们还忍不住会上前询问里面的情况，但医生护士们都说，等等，再等等。天慢慢亮了起来，一直忙碌的医生和护士们此刻都不见了踪影，即便偶有护士走出手术室，她的脚步也多了些散漫和拖沓。难道手术已经结束了么？但是没见要移植的骨髓被送过来啊？大家心中的疑惑越来越大。

终于，姜雯从手术室里出来了。大家立即将她围了起来，问她情况怎么样。姜雯说："笑笑这边已经做好了移植前的全部准备工作，现在就等另一家医院提取好干细胞送过来了。"

迟隽逸问道："什么时候能送过来？"

姜雯说："应该可以送过来了，再等等。"

霍铁问："是不是多等一会儿，风险就会越大？"

"没事儿，我们医院最精干的专家都在里面呢，放心。"

"笑笑妈妈呢？"晴朗问。

"在手术室外面，隔着玻璃守着笑笑呢。"

"我们能进去么？"晴朗又问。

"还是算了吧，这是违反规定的，朱主任是不会同意的。"

"就这个朱主任规矩多。"皮克冒了一句，然后是接连的咳嗽。

"你们都先回去吧，别在走廊这里等着了，对身体不好。"姜雯劝到。

"我们身体本来就已经很糟了，也无所谓了。"霍铁说。

　　"我理解你们的心情，你们也要量力而行。"姜雯又像是自言自语一句，"希望骨髓能够早早送到。"说完，姜雯下到肿瘤病区做其他事情去了，又剩下手术室外这四男一女在继续等待。

　　临到中午，手术室依然是一片死寂。石煤实在是坚持不住，和霍铁两个人互相搀扶着，回到了病区。皮克也在手术室外盘桓了一万多步后说："再等下去我就要发疯了。"然后扭头也下了楼。倒是付蕴，也就是晴朗同病房的那位乳腺癌患者（据说她现在的状态已经非常糟糕），在她丈夫的陪伴下，拉着自己的孩子来到了手术室门外。外面有些冷，三岁的小女孩儿显得既恐惧且弱不禁风，年轻的爸爸有些担心娘俩，但付蕴坚持要在这里待一会儿。她牵着女儿的手说："里面有位小哥哥正在手术呢，我们来陪陪他，给他加加油。"

　　女儿怯生生地问："手术会不会疼啊？"

　　"当然会疼了，会在身上扎针头，甚至在皮肤上开一个刀口子，比你打针要疼多了。"

　　女儿说："妈妈打针不哭，我也不会哭。"

　　付蕴脸上露出欣慰的笑容道："你最勇敢了。"

　　停了一会儿，小女孩问："笑笑哥哥手术后会康复么？"

　　"会的。"

　　"但你手术后又住进了医院？"

　　"我的运气是坏了点。"

　　"妈妈，什么是运气？"

　　"是一些不能控制的东西，就像那些你看不见的精灵一样，有好的精灵，也有坏的精灵。"

　　手术室外都安静了下来，所有人的耳朵都在谛听母女俩的对话。

　　"我怎么去区分好的精灵和坏的精灵呢？"

　　"你没法区分它们，它们就像是到处旅行的人，需要找个地方住下时，便会来敲门拜访，就像是飘浮在空气中的感冒病菌，随时会钻到你的鼻子里的。"

"那我怎么办呢，我要不要把鼻子和嘴巴都捏上呢？"

"傻瓜，那你不把自己憋死了。"

"那我该怎么办呢，妈妈？"小女孩稚嫩的嗓音让在场每个人的心都要化了。

"宝贝，"付蕴艰难地蹲下身子说道，"你平时要多锻炼，多吃有营养的食物，才能更加健康，细菌才不能够伤害到你；即便是你真的生病了，你也要勇敢一点，需要打针的时候一定不要怕，这样才能很快恢复健康。"

"但是，万一要是有很坏很坏的精灵来了呢？打针吃药都不管用呢？"

付蕴轻轻搂住了女儿，晴朗看到她流下了眼泪，但很快又轻轻抹干。付蕴松开女儿，直视她的眼睛道："宝贝，你闭上眼睛。"她又环顾四周，"大家请都闭上眼睛。"

女孩儿回头看到大家都闭上了眼，自己也用小手捂住了自己的眼睛。付蕴笑着说："小宝贝儿，一定不要偷看啊。"女孩儿便死死地把眼睛闭上。可大人们却都在偷看。付蕴用两只手在肩膀上做了一个解扣子的动作，然后两手抬起，边做边轻轻地说："妈妈身上有一个无形的斗篷，当妈妈还是天使的时候，妈妈的妈妈在我准备下凡人间前送给我的，她告诉我，只要穿上这个斗篷，妈妈在人间就不会受到坏人的伤害。如今，天使们在召唤我了，妈妈要回到天上的美丽世界了，我就把这个斗篷给你穿上，这样，你就可以健健康康地成长了。来，伸出胳膊，我来把袖子给你套上。"

她的女儿犹豫着伸出一只胳膊，付蕴做了一个给她套上袖管的动作。"来，再伸出一只胳膊。"

她的女儿又伸出了一只，这次，她的动作没有了犹疑。

付蕴在她女儿的胸前打了一个蝴蝶结，而她的女儿也在此时睁开了眼睛。她眨眨眼看了看妈妈，然后又低头打量着自己。

"你能感觉得到么？我的宝贝？"

小女孩的表情有些不确定。

"妈妈把衣服给了你，妈妈感觉到了冷，但你感觉暖和了一点吗？"

小女孩想了想，点了点头。她伸出胳膊，抱住了妈妈的脑袋说："我感觉暖和多了，我要让你和我一起暖和暖和。"

付蕴紧紧地搂住了她的女儿，脸上显出了不知是苦还是痛的一种深刻表情。

就这样，在所有人的静默中，她们拥抱了许久。最后，小女孩挣脱了怀抱说："妈妈，我们回去吧，你该吃药了。"

付蕴点了点头。她望向手术室门上的顶灯。女孩说："我会像笑笑哥哥一样勇敢的。"付蕴亲了亲她的脸颊，在她丈夫的搀扶下，走进了电梯里。电梯门关上的那一瞬间，付蕴感激地向迟隽逸和晴朗点了点头。

走廊里又只剩下了两个人，临近中午。迟隽逸说："该吃午饭了。"晴朗说："吃不下。"

晴朗的话音刚落，电梯门又开了。杨雁翎走了出来，但仅是从电梯里跨出一步，便定住了。迟隽逸站起了身，晴朗也跟着站了起来。杨雁翎停了一下，又往前走，边走边用平常的语调说："我听他们说你在手术室，我就过来了，你还没吃饭吧。"

迟隽逸点点头。

"我煲了汤，带给你。"杨雁翎看了看晴朗，晴朗的脸红了。"我只带了一副碗筷，我下去再给她拿一套。"晴朗想上前说不用，但杨雁翎只是给了她一个匆匆的背影。她没有耐心等电梯开门，直接从旁边的楼梯"噔噔"下了楼，高跟鞋的声音在空间里回荡。

迟隽逸与晴朗短暂相视，然后又轻轻坐下，没有人再说话。而杨雁翎很快从楼下返回，拿了另一套餐具，递给了晴朗，然后便在迟隽逸和晴朗的中间坐下。一张长椅，三个男女，每个人都难以忍受着静默，但每个人又不知该如何打破静默。

手术室的门又开了，笑笑妈从里面刚走出来，颓然坐在了地上。迟隽逸和晴朗立即围了过去。杨雁翎稍一迟疑，便也凑上前去。笑笑妈自言自语道："不会来了，不会来了。"

迟隽逸明白预感的事情发生了。朱立威主任带着医生护士从手术室里也陆续出来，摇着头下了楼，失望之情溢于言表。只有姜雯和护士小冰留了下来。

姜雯说："捐献骨髓的那个人没有去医院，不知道是什么原因。"

外面暴风雪开始了新的呼啸。

"笑笑在哪里？"晴朗问。

"还在手术室内，他现在身体很虚弱，需要再观察一段时间。"说完，姜雯和小冰搀扶着笑笑妈进了电梯，晴朗也在跟着姜雯等人进了电梯。

只剩下迟隽逸和杨雁翎。杨雁翎问："发生了什么事？"

"我同病室的一个小男孩患了白血病，一直等待骨髓移植。年前终于配对成功，约好今天移植，但那个人却不知什么原因放弃了。"

"那个孩子年龄有多大？"

"8 岁。"

"年龄真小啊。"

"是啊。"

"下步怎么办？"

"不知道，尽人事，听天命吧。"

"你自己不要放弃希望和努力，我看了一些资料，你的肿瘤也可能只是血肿，会慢慢消下去的。"

迟隽逸的喉咙动了动，点点头。

"她是你的病友？"

杨雁翎终于说到了她。迟隽逸心中暗想。"是的，她是我的一个病友，得了乳腺癌。"

"她也好年轻。"

"是啊。"

"你们……"

"她是我的病友，也是我的朋友，就这么多。"迟隽逸直视着杨雁翎。

"互相支持也好。"杨雁翎说。

迟隽逸突然愤怒起来道："真想世界能够简单些，谁要是得了癌症，就赏给他一个枪子儿，让他赶紧解脱；谁要是不想还债，就给他关到牢里面，欠多少钱就关多少天；谁要是不想继续一段感情，就赏他一碗孟婆汤，把一切都忘得干干净净。"

他的声音越来越大，越来越愤怒，当他踢翻一个垃圾桶后，他蹲在了地上，抱着头道："他只是一个孩子，他们都只是孩子，他们都好年轻，为什么不是我，为什么不是我……"

杨雁翎也蹲了下来，轻轻地说："我知道你也很痛苦，我们都很痛苦。"

迟隽逸拉着杨雁翎的肩膀，两人靠在电梯门边，开始默默地流泪，迟隽逸抽噎着说："回不去了，世界回不去了……"

而此时，暴风雪又开始了新一轮的呼啸，仿佛是要把所有曾经的美好都全部卷走。

44

笑笑没有再回到 29 号病房，他被直接送进了重症监护室。在经历了大剂量的化疗后，他身体所有的系统已经接近崩溃，特别是免疫力几乎已经从他的身上消失。他不得不住进了无菌的房间内，独自一人，所有人都只能隔着玻璃为昏迷中的笑笑祈福。虽然大家都知道，在错过这次骨髓移植后，笑笑的生命已经几乎没有任何的希望。

少有的急躁表情也出现在朱立威主任的脸上，他每天不计其数地去重症监护室，会诊笑笑的病情。姜雯和陶沙也是，但大家可以从他们的脸色解读：笑笑的时间已经不多了。笑笑妈成天守在无菌病房外，神情恍惚，仿佛支撑她的生命力量已经从身体中抽离。不仅是笑笑妈，29号病房内的所有人都不知道还能做些什么。即便暴风雪已经过去，但沉重的阴云还是压在整个病房内。

突然有一天，皮克从病房外蹒跚出现，他告诉大家："笑笑醒了。"迟隽逸、霍铁、石煤三人精神一振。但皮克又说："这也许是他最后一次苏醒过来，你们看看就知道了。"这病房内的所有人，连同1号病房内的晴朗，都来到无菌病房外，透过玻璃看到了躺在床上的笑笑。小小的生命如今已如同一张薄饼贴在了床上。一旁的笑笑妈喃喃道："一切都晚了。"迟隽逸再看朱立威，朱主任面色凝重，点了点头。晴朗已经在偷偷哭泣。

霍铁突然怒道，他大声问道："难道只能这样了？你们医生都是干什么吃的？"

朱主任平静地说："他已经受足了罪。"

"我们每个人都是要受罪的，好死不如赖活着。"石煤低声道。

"这些痛对于他已经没有意义了，他没法也不可能实现他的梦想了。"

"他可以！他可以！"皮克突然跳出来，然后快步背离大家走远，其间几次就要摔倒。不多一会儿，皮克回来了，拖着一个箱子。大家都围了过来，就连笑笑妈的注意力也从悲伤中短暂转移出来。

皮克从箱子里面翻出几幅面具，有唐僧的，孙悟空的，猪八戒的，沙僧的，还有白骨精的。皮克气还没喘顺，就说："这是我原来从马戏团里带出来的，大家都戴上面具，还有这些衣服，我们给笑笑演一出戏。"

大家接过面具，还有些不明白情况。

皮克解释说："笑笑从小到大看得最多，也是最爱看的就是西游记，他一直想当孙悟空，我们就来实现他的这个梦想。"

大家想起了笑笑 iPad 里反复播放的都是西游记的动画片，也想起他一次次说要像孙悟空一样成为保护人们的大英雄。笑笑妈也像是从悲伤中多走出来一步，她挣扎着站起身，连说："快演，快演。"

每个人开始穿戏服，戴面具。迟隽逸成了唐僧，霍铁成了沙僧，晴朗则成了白骨精。剩下孙悟空和猪八戒的衣服没有人动。石煤的身体条件已经不允许作出剧烈的行动，皮克在经历奔波后，也明显体力不支。皮克艰难地说："孙悟空就让笑笑来当，猪八戒，朱主任，你来当吧。你又姓朱，肚子也像猪八戒一样大。"

朱立威竟然没有反驳皮克的话，而是默默穿上了猪八戒的戏装。皮克又说："我们得为笑笑穿上孙悟空的衣服，还得给他金箍棒。"一旁的护士说："这是无菌病房，不能进去的。"朱主任这时说话了，说道："不能进去，那就把他推出来，他不能一个人孤零零地在那里。"护士看 ICU 主任，主任又看笑笑妈，笑笑妈点点头。几位护士便进到病房内，小心翼翼把笑笑从里面推了出来。整个过程必然充满了痛苦，但笑笑的脸上却没有任何的表情，他的脸上只有空白。

朱立威将笑笑的床摇成 45 度，让他能够看得到大家。皮克则将孙悟空的面具轻轻盖在笑笑的脸上，把金箍棒放在床边，并把笑笑的手放在了金箍棒上。

然后，大家便开始演这出虽然没有剧本，却是在电视上上演过无数遍的戏。晴朗扮演的白骨精变成了一个受伤的女孩，引诱扮演唐僧的迟隽逸去搀扶她，但一瞬间，晴朗戴上了白骨精的面具，把迟隽逸打晕，然后尖声说道："可以吃唐僧肉啦。"朱立威和霍铁扮演的猪八戒和沙僧都随后出场解救唐僧，却都被白骨精打倒在地。眼见着白骨精就要得逞，皮克推着笑笑的病床来到了白骨精身边。白骨精看到了面具下笑笑的眼睛突然动了动，所有人都捕捉到了这一瞬。白骨精嗓子一阵哽咽，卡在那里。那根金箍棒突然动了动。大家明白过来笑笑试图作出努力。白骨精别过身子，身体摇摆几下，喊道："我被孙悟空打败了，我被孙……"白骨精已经说不出后面的话。她扑倒在地，肩膀在剧烈的起伏。

戏演完了，皮克把笑笑的面罩摘下，看到他的眼睛已经闭上，攥着金箍棒的小手也松开了。但皮克揉了揉眼，觉得笑笑的嘴角似乎出现了一丝上扬的笑容。

经过无眠的一夜，笑笑妈在清晨再次出现在病房内。她在收拾笑笑的遗物，一件件叠好，放进包里。有时候她会停下手中的动作，静静哭一会儿，然后继续她的收拾。大家都在默默注视着她。当她收拾完毕，她给大家鞠了一躬。霍铁问："你打算以后怎么办？"

笑笑妈说："把大家捐给笑笑的钱都还了。"

"还还呢？"

"找个工作，继续生活。"

大家不再说话。生活还要继续。晴朗从外面进到屋子里面，她抢步来到笑笑妈面前，上气不接下气地说："我有一个请求。"

"什么请求？"

"我同病房的付姐快不行了，你能不能去一趟？"

笑笑妈迟疑了一下。是啊，为什么还要这个刚刚失去孩子的母亲去见证另一段悲伤。

"求你了。"晴朗说。

笑笑妈点点头，跟着晴朗到了重点看护的病房内。迟隽逸也跟在了后面。

房间很小，只有一张床，上面躺着付蕴，身边还有他的丈夫，以及女儿。其他亲友都在病房外的走廊上或站或坐。笑笑妈、晴朗和迟隽逸也围到了病床前。付蕴已经说不出话来，她只是凝视着自己的女儿。女儿站在他爸爸的身边，强忍着恐惧与悲伤，却没有躲到爸爸身后。

付蕴的丈夫对笑笑妈说："付蕴听说笑笑刚去了天堂，你暂时也没有工作，而我平时也太忙，付蕴希望你能够到我们家，照顾孩子的生活。付蕴相信你会爱我们的孩子。"

"原来如此。"笑笑妈愣在那里。

男人摸着女儿的脑袋，付蕴也即将去天堂，成为天使，她也会在天上照顾笑笑的。

笑笑妈哽咽了，她抱起了付蕴的女儿，使劲点了点头。

笑笑妈抱着付蕴的女儿从病房里退了出来，迟隽逸和晴朗也从病房里退出来，更多的亲友则进到病房内，送别付蕴最后一程。看着这些攒动的背影，晴朗轻轻地说："笑笑在天上有了新的妈妈，付蕴的女儿在人间也有了新的妈妈。"

45

笑笑的离去对 29 号病房产生了截然不同的效果，霍铁和石煤对治疗彻底失去了信心，他们不仅把烟酒藏起来，还把护士给的药也藏起来。两个人还时常在一起嘀咕些什么，神神秘秘的，别人也听不见。

皮克则是另一个极端。虽然医生准备对他的睾丸癌采取保守治疗，看是否在控制病情蔓延后，寻觅到可以手术的合适机会。但皮克似乎一天也不想等了，他说医院不仅耗尽了他男性的激素，更耗尽了他口袋里的票子。没准等到完蛋的那一天，他除了一把灰，什么都不会留下。在找了一家律师事务所办理了遗产转赠给孙子的手续后（皮克偷偷告诉迟隽逸说他还有 50 万元），皮克坚决要求及早动手术。他这么对朱立威主任说："趁癌细胞转移前手术，即便完蛋了，其他的器官还可以捐给别人用。"朱立威主任同意了皮克的这个要求。

手术前晚，皮克斜靠在病床上，眼睛睁着。迟隽逸轻声说："睡吧，明天就要手术了。"

皮克说:"你知道我为什么这么急着要手术么?"

"不知道。"

"我现在每天都生活在痛苦与绝望中。如果我死了,痛苦就解除了。如果我活了,我就有了新的希望。"

迟隽逸在心中叹了口气,他说:"生死有命,别想这么多了。"

迟隽逸翻过身去,假装睡着,而他也的确慢慢沉入了梦乡。朦胧的意识都在告诉他,皮克还在那儿坐着没睡呢。

又一个冬日的早晨,没有暴风雪,却也没有暖和的太阳。夜班护士在天亮前就开始为皮克做各种检测,直到天亮了,穿梭的白衣天使才短暂放下了手边的工作。这时,小冰拿着相机出现了。小冰对皮克说:"老规矩,来一张合影,大家再为你许一个愿。"

皮克脸色灰暗,说:"还要搞这一套把戏么?"

"来吧,大叔,大家都来。"小冰说着,推来一个小黑板。

霍铁也说:"来吧,来吧,别坏了规矩。"石煤也点了点头。

皮克看了看大家,叹了口气道:"好吧,满足你们。"他从床上起身,从床底下拿出一张纸,上面还有他刚进医院时写的"精尽而亡"四个大字。皮克站到了小黑板前,拿起粉笔,却看到上面还残留有大家写给笑笑祝福的笔迹。皮克顿了顿,然后写道:"希望我的孩子能够原谅我。"

这是皮克第一次在大家袒露他的心声,大家默然。皮克走到前去,在这句话下面写了两个字:"会的。"霍铁也来到黑板前,拍了拍皮克的肩膀,也写了两个字:"一定。"石煤也跟着写了同样的两个字:"一定。"之后,小冰、姜雯、陶沙等一拨人都写下了自己的祝福。然后,几位病人在医生和护士的搀扶下,再次留下了一张手术前的合影。

皮克的手术完全切除了癌变的部位,但皮克却在术后陷入了病危。他的身体早已经被各种物欲与悲痛掏空了,没有力气与手术带来的创痛作抵抗,他也进入了重症监护室。

迟隽逸每日都去看他,发现皮克始终在昏迷中不见好转,偶尔还会呓语，喊他儿子或孙子的名字。ICU下了病危通知书，却找不到可以送达的病人家属。还是迟隽逸拿着通知书，找到了皮克儿子所在的学校，进而又找到了他的家。

听到迟隽逸的来意，皮克的儿子皮丘的脸色变了，他虽然同情但却不欢迎他父亲的同房病友。直到迟隽逸将病危通知书放到他的茶几上，皮丘才有了些犹豫。迟隽逸说："就算我劝不动你跟我一起去医院，但好歹你把这个给签了。"迟隽逸拿出一支笔递给皮丘，但皮丘还是没有接。反倒是看孩子做作业的妻子从卧室出来，拿过了笔，签下了自己的名字。皮丘既惊骇又愤怒，但他的妻子平静地对迟隽逸说："我是皮克的儿媳妇，即便只是法律意义上的。"

迟隽逸点点头表示赞许。女人又对自己的丈夫低声说："你的父亲也许没有树立一个好的榜样，但你应该为你的儿子树立一个好的榜样。"皮丘呆坐在沙发上，没有任何反应。女人把迟隽逸送到门口，小声说："我会劝他到医院的。"

女人说到做到。当迟隽逸回到医院半小时后，女人也带着自己的丈夫，还有儿子来到了医院。一家三口在重症监护室外，看着躺在里面的皮克。女人对自己的儿子说："里面的那个人是你的爷爷。"男孩说："我见过他，他还在学校对面变过马戏呢。"迟隽逸打开监护室的门，女人捅了捅皮克的腰眼。皮丘磨磨蹭蹭地进了病房内，站在了自己父亲的床前。

皮克虽然已经醒来，却也真的是到了油尽灯枯的时刻，他圆睁着双睛，似乎在告诉大家他还在寻觅着什么。而皮丘的脸出现在他的上方时，皮克一瞬间像是枯萎的仙人掌又活了过来，所有的针刺都穿出了皮肤，成了一声尖叫："抓住我，抓住我。"皮克的手慌乱地抓着被子。迟隽逸和皮丘都愣在那里。皮克的胳膊随后艰难地举起，青筋暴露的手张牙舞爪："抓住我，我的儿，抓住我，悬崖，别摔下去了！"

皮丘的身体突然一晃，扶住了床边。而他的父亲还在高声地尖叫：

"悬崖，抓住我，抓住我！"皮丘犹豫着伸出了自己的手，被皮克一把紧紧地攥住，"抓住我，我的儿，别松开。"

父子两人的手紧紧地攥在了一起，皮克的身体甚至都要从病床上支撑起来。皮丘也将身体靠得近了，近到两人的脸都要贴在了一起。皮丘一遍遍地说："没事了，没事了，我抓住了，我抓住了。"皮克已经只在低声唤道："我的儿，我的儿，我的儿……"

而皮丘也终于在皮克的耳边一遍遍地喊道："我的爸，我的爸，我的爸……"

皮克最终还是闭上了眼，从幻境中再度陷入昏迷，但他的呼吸平缓了许多。从那天起，皮丘开始没日没夜地照顾起自己的父亲，而他的妻子则承担起了其他后勤工作。而就像真的是从悬崖边上救下了自己的儿子一般，皮克的生命也在儿子的努力下，一点点从死神边上往回拉。当皮克终于睁开眼，神志清醒时，他看到了病床边上的皮丘，留下了两行浑浊的泪水。目睹了这一幕的迟隽逸也回到病房内，将皮克许下的愿望"希望我的孩子能够原谅我"用黑板擦轻轻地擦掉。而一直揪着心的霍铁和石煤也露出了近来难见的笑容。

46

皮克一天天康复起来，霍铁和石煤两人的身体情况却加速恶化下去。特别是石煤，躺着的时间越来越多，他的日子似乎可以以天来计算。因此，与皮克积极治疗相对应的，是霍铁和石煤两人的消极抵抗，而朱立威主任也默许减少石煤的治疗手段，只是多增加镇痛的药量。但他们共同的女儿，霍梅却不愿意接受这样的结果，她向单位请了长假，天天陪在两位父亲身边。她总是念叨发生在皮克身上的奇迹，不断向医生询问是否有其他治疗方法。

一天，就在霍梅去寻访一个在电线杆上贴小广告的江湖郎中时。近来沉默许多的霍铁来到迟隽逸的床边，向他提出了一个请求，请迟隽逸开车送他去火车站。

迟隽逸看霍铁一脸神秘，也没多问，翻身下床，领着霍铁下到了停车场，才又发现车钥匙没带。霍铁在车边等他，他又返回病房取回了钥匙。而就在他们开往火车站的路上，霍铁还提醒他走错了一个路口。霍铁揶揄道："你这个年轻人还没我老头子记性好。"迟隽逸尴尬地笑笑道："我也不年轻了。"霍铁看着迟隽逸，给了一个意味深长的笑，没有再说话。

火车站外，迟隽逸看着霍铁带了张中国地图进了售票厅。迟隽逸在车内耐心等待。他回想这段时间在他身上发生的变化。的确，这段时间发生了太多和生死有关的事，他的精力都被这些给吸引了过去，自己也不自觉地去压制一阵阵的头痛，更别说忽略越来越多丢三落四的行为。

过了一个多小时，霍铁回来了。装在口袋里鼓鼓囊囊的一沓钱变成了一沓火车票。迟隽逸要看着这些火车票，霍铁没有拒绝，都塞给他。一张张，从起点的这座城市，一路向西，向北，有三门峡、潼关、西安、兰州、敦煌、哈密、乌鲁木齐，一直到一个叫作阿勒泰的城市。霍铁把地图展开，指着中国最西北端的一个点说："雄鸡的尾巴，我要去这里。"

"为什么去这里？"

"我和石煤下放的地方。"

"怎么？追忆过去啊？"

"这也是我和老石最后的愿望了。"

迟隽逸沉默了。

"我和石煤的时间都不多了，我们不想就这样躺在床上等死，我们还想去看看祖国的大好河山。"霍铁的语气很轻松。

"如果我是你，我也会这么做的。"迟隽逸回答，终点的那座城市一定有你们许多美好的记忆吧。

"是啊。"霍铁轻声说，他的眼睛眯缝起来，仿佛在凝视远方。

　　能有些美好的过去，而且能记得住，总是一件好事情。迟隽逸也模仿霍铁眯缝起眼睛，开始追忆自己的过去，追忆那些美好与幸福的日子。

　　"走吧。"霍铁说，"马上霍梅就要回来了。"

　　迟隽逸发动了车子。

　　两人回到医院，发现霍梅正站在病房内。她几乎咆哮地说："我找你都找疯了，你跑哪儿去了？"

　　霍铁耸耸肩道："我透气去了，病房太闷了。"

　　"你是要去远远的地方透气吧。"

　　霍铁"哼"了一声，不理睬女儿。但霍梅没有放过父亲，他指着霍铁的口袋说："这里面是什么，拿出来我看看。"

　　"你想当警察吗？我可不是犯罪嫌疑人。"

　　"你别和我打马虎眼了，你口袋里塞的都是火车票，我爸已经和我说了。"霍梅指着石煤。

　　霍铁急了，说："你怎么把我出卖了呢？"

　　石煤叹口气说："不能到最后还是瞒着她。"

　　"不是说好走后再给她打电话的么？"霍铁反驳。

　　"我是说不能再瞒着她的身世了。"

　　病房内突然都没有了声音，大家都在等待接下来要发生的事情。但霍铁和石煤却都没有一个愿意主动开口，反倒是霍梅说："我知道，我是个孤儿，对吧，而且是一个生在很远很远的地方的孤儿。我的骨骼和脸型都写着我是一个少数民族。"

　　沉默半晌，霍铁说："是的，你是哈萨克族，是我和老石在阿勒泰下放的时候收养的孤儿。"

　　"我的父母是谁？"

　　"你的父母在你出生后不久就在一次雪灾中过世了。"石煤说道。

　　霍梅沉默了。

　　"阿勒泰是我们下放的地方，我们在那里度过了一生中最美好的 5 年。如今，我和石煤的时间已经不多了，我们还想去那里看一看，就算是我们最后的心愿了。"霍铁说。

　　"求求你了。"石煤挣扎着从床上起来。

　　霍梅赶忙上前去扶着自己的父亲。

　　"但是你们的身体情况不允许你们走这么远的路。"霍梅就要哭了出来。

　　"就是死在路上，也比死在病床上好，这是我们最后的愿望了。"霍铁赌气说。

　　"我想阿勒泰的草原，我们曾在那里骑着马跑上一天一夜。那里就是天堂，即便死，我也要死在那里。"石煤罕见地发了一段长抒情。

　　就等着霍梅表态了。她咬了咬嘴唇，终于吐口："好吧，但有一个条件，我陪着你们去。"

　　霍铁和石煤面面相觑，石煤说："好，你也可以去祭奠一下你的亲生父母。"

　　又过了一天，办理完出院手续，肿瘤病区的医生护士以及迟隽逸、皮克、晴朗等一群病友们送别即将远行的三人。陶沙给大家合了一张影，姜雯又把小黑板推过来。霍铁哈哈一笑说："不用了，既然就要出发，我们就没什么愿望了。"他和石煤一同向大家作揖，"我们这就算是生离死别了！"说完，他们便在霍梅和她丈夫的搀扶下，在大家的注视下，进了电梯。

第五章　回归

47

那天入夜，一轮皎洁的月亮挂在窗外，把 29 号病房照得亮堂堂的。皮克轻轻地打起了鼾声，均匀中带着知足。他的儿子则睡在原来笑笑的那张床上，从被窝里伸出一只胳膊在玩手机。迟隽逸睡不着，索性坐起身，看床边的月亮越升越高，一直从窗户的上沿消失。然后又翻身下床，拆了一包速溶咖啡袋，端着茶杯来到开水房里。晴朗正在水房的椅子上坐着。

迟隽逸一愣，自从笑笑移植手术失败那天，两人的交流就不多，或许是杨雁翎的出现给晴朗的心里蒙上了一层阴影，一种说不上来的尴尬横在两个人之间。迟隽逸摇了摇杯子说："我来冲杯咖啡。"晴朗点点头，没有看迟隽逸。迟隽逸将杯子伸到出水口下，热流落入咖啡粉末中，香腻的气息立刻充满了整个空间。杯子满了，迟隽逸关上笼头，兀自站了几秒，看晴朗没有任何反应，便转身往回走，但走到门口，又停住了脚步。他再次转身，问晴朗："睡不着？"

晴朗点点头。

迟隽逸转身来到热水器另一边的座位上，一屁股坐下，说："我也睡不着。"

晴朗把自己的双腿也蜷曲在椅面上，整个身体拧成瘦削的一团。迟隽逸感慨一句："病房内的人都走得差不多了。"

"嗯。"

"原来吵吵闹闹的，现在都走了，还挺想他们的。"

"我也想。"

迟隽逸看晴朗的反应冷淡，一时间不知道该说什么，只是小口啜着杯里的咖啡。

"你的咖啡味道很好，是什么牌子的？"

"什么牌子的？"迟隽逸挠了挠头，"我也想不起来了，我回去给你拿一袋吧。"

"不用了，不用了。"晴朗说，"你能把杯子递给我么？"

迟隽逸把杯子转了个圈，空出杯把子，递给了晴朗。晴朗接了过来，两手箍住，然后凑到鼻子前，深深地吸了一口。

人有很多种记忆，比如嗅觉记忆、味觉记忆、痛觉记忆，还有情绪记忆。晴朗说："我希望我的鼻子能够记住这咖啡的味道，把这味道归纳到气味图书馆里。"

迟隽逸笑笑。晴朗也笑道："我是双鱼座女孩，有时候会有很感性的想法。你是什么星座的？"

"我十月上旬出生。"

"你是天秤座，怪不得是一个艺术家。"

"这和星座有关系么？"

"其实也没什么关系，天机命运从来没有泄露，甚至连暗示也没有。"

"月有阴晴圆缺，人有悲欢离合，世事无常。"

"我羡慕霍爷爷和石爷爷，他们能够去追寻自己的梦想，我也羡慕笑笑，他在最后的时候实现了自己的梦想，他们都被大家深深地记住了，都是一段段美好的记忆。"

"你也给他们留下了很美好的印象。"

"但是印象会褪色，付姐姐的病床上如今来了新的病友，有关付姐姐的一切都从病房里抹去了，她留给大家的记忆会不断地减少。比如我死了，大概也是这样吧。"

"不要这么说，你会好起来的。"

"我马上要做手术了，切除我左边的乳房。"

"什么？"

"这段时间我做了些检查，发现我的癌细胞生长很快，很有可能已经开始转移，我必须要抓紧时间做切除手术了。"

"哦。"

"我再也没法登台了，我再也不可能成为美丽的天鹅，成为一个完整的人了。"

"但是生命更可贵。"

"如果手术后的生命将是一片痛苦与灰暗怎么办？"

"不会的。"

晴朗鼻腔发出一声轻轻地抽泣，只一声，就被忍住了。晴朗把杯子还给迟隽逸，说："是的，不会的，我会努力生活。"

"你能这样想最好。"

"如果我死了……如果我死了，我希望我在离开前最后的记忆、最后的画面是最美好的。"

"别这样说，你要乐观点。"

"好的，我会乐观点，收起来双鱼座的那些小情绪，但我还是会禁不住地去想。"

"你想什么？"

"想我的未来会怎样，想大家的未来会怎样。"晴朗顿了顿，说，"我知道你患了阿尔茨海默症，我从网上查到了这是什么样的一个病。"

迟隽逸心中一惊，这是他很久以来第一次听到有人对他说这个外来词。谎言被拆穿了，他结巴着说："你是怎么知道的？"

"我是前两天从姜雯的治疗笔记上偶然看到的。"

"我不是有意说谎隐瞒病情。"

"我知道，就像我最初不能面对我的癌症一样，你也不能面对你的失忆。"

"我不能面对的事情很多。"迟隽逸感慨道。

"比如，你的婚姻？"

迟隽逸沉默一会儿，然后说："我想能够躲在医院里，离开家，在陌生的环境里清净清净，却没想到经历了更多的事情。"

"都是别人的事情。"

"是的，都是大家的故事，我只是一个混进革命队伍的动机不纯者。"迟隽逸笑，晴朗也笑。

"也许等我病情恶化到什么都忘记了，连鼻子嘴巴哪个用来吃饭都忘记了，我就不用操心我的那些麻烦事了。"

"但你不会忘得一干二净，至少还是会有原来生活的影子存在。"晴朗接着说，"你也会给别人留下某些记忆，在问题解决前，即便你躲得远远的，别人会错怪你、误解你，或因为你而感到痛苦。"

迟隽逸沉默了。

"你帮助我解决了我和阿翔的问题，鼓励我接受一次次的治疗，我也希望我能够鼓励你解决你的麻烦。"

迟隽逸看着晴朗，心中有种被理解的感激。他说道："谢谢你。"

"不客气。"晴朗挤了下眼，呵呵一笑道，"大家都是战友啊，即便你是个冒牌货。"然后晴朗站起身，打了个哈欠，"我得好好休息，养好身体，过几天就要手术了。"

迟隽逸也站起身，跟着晴朗出了热水房，把她送到1号病室内，又回到了自己的房间。当他再回到床上时，月亮已经从中天略略下降，又出现在病房的窗棂边里，一股孤独感油然而生。他开始在病房内悄悄收拾自己的行装，天一亮，便又搬回到阿西莫多的隔壁，那间他刚入院时住的小平房。同样早起的阿西莫多简单问候一句："回来啦？"

迟隽逸笑笑，答道："回来了。"

"中午我准备烧一顿西红柿牛肉。"

"那我就不客气了。"

"随时欢迎。"

虽然医院的这个后花园不大，且一个冬天让它显得十分凋敝，却给了迟隽逸很难得的安静时光，他经常端起画架，不远不近地看着那几栋医院大楼，想着在那里发生过的生与死的故事，也想着那些可爱的人，他想用画笔把这些记忆都记录下来，让更多的人看到。而另一方面，他也在反思着自己身上发生的事情，他开始正视自己的病情，毕竟头痛与遗忘已经开始频繁地侵扰。他和姜雯医生保持了每日沟通，了解自己病情发展的情况以及治疗的措施。他还为日后的失忆做着准备，不仅开始每天用语音去录下一天的生活，还将那些在他生命中占据着一席之地的人们用语音给记录下来。关于阿西莫多，他是这么说的："一个仁慈的灵魂摆渡者，却因为丑陋的长相而等不来他的艾丝美拉达。"关于皮克，他是这么说的："一个玩家，一个浪子，一个魔术师，一个宁愿精尽而亡却要赢取爱的普通男人。"关于迟早，他的记录很简单："我毕生最伟大的奇迹。"关于晴朗，他的记录很诗意："舞动着的断臂天使。"当然，还有一个人，他不能绕过去，杨雁翎，这个和他相识相知相爱相恨了20年的女人，他不会将她选择性遗忘。但是不管好也罢，坏也罢，有关于她的所有的回忆都让他感到倍加的头痛，他只能强忍着从他们相识的那天开始回忆，而有趣的是，即便疾病令他已经遗忘了许多事情，他却始终能够记住相识那天的场景：学校的操场，高大的梧桐树，还有杨雁翎穿的白球鞋。是的，因为紧张与害羞，一直风流倜傥的迟隽逸在杨雁翎面前只敢低头去看她的白球鞋踩在梧桐的落叶上。他把这一段也存储进了自己的语音笔记里。迟隽逸在记录着过去，也在思考着过去，他希望能够从过去中弄明白站在人生三岔口的自己该何去何从。

总的来说，迟隽逸在搬出肿瘤病区的第一周内过得还算轻松。即便是看望晴朗时，也是以一种乐观积极的面孔展现给她。迟隽逸也从晴朗坚定的眼神中判明，这个22岁的女孩也已经准备好了，她即将接受自己从外在上变得不完美。时间也开始一个小时接着一个小时向着手术那天迈进。

48

晴朗是在一个清晨进行的手术，外面依然寒冷，但寒风并不肆虐；医院的走廊依然喧嚣，但并不混乱。晴朗被推进手术室前还回头张望了一眼。而迟隽逸也在这匆匆的对视后，站到了窗外。

　　天气阴郁，但能见度还不错。目光所及，可以看到城市边缘的经济开发区的高楼。杨雁翎的工厂就在那里，但迟隽逸知道杨雁翎并不在厂里，她已经飞到日本，向剽窃她们设计的日本公司提起了诉讼。这还是姜军告诉他的。姜军还告诉他，他的父亲在年后刚刚去世，杨雁翎陪伴了他父亲的最后一程。姜军的话让迟隽逸有一种难以言状的心情，他不知道该欣慰还是该愤恨，他只是对自己的多年兄弟说："请为老父亲节哀。"

　　迟隽逸还想到了更远一点的地方。在西北方向，华山脚下，霍铁和石煤两人的一张合照，还有一张霍梅代为寄来的一张明信片。两个人虽然形容枯槁，但看起来心情还不错，他们距离目标又近了一步。

　　迟隽逸还想起了自己的儿子——迟早，他在微信上说："他在美国一切都好，还找了个美国女朋友，这个熊孩子，果然不一般。"迟早还专门打了电话，告诉他自己参加了基因筛查，没发现任何遗传致病基因。迟隽逸久久吊着的心终于放下了。

　　皮克在迟隽逸等待的时候也到手术室里冒了一头，他抱歉说自己睡过了，没能来为晴朗加油。迟隽逸笑笑，问他什么时候出院。皮克说："再过几天我就可以回家休养了。"回家，迟隽逸想着，多么美好的词汇啊。

　　迟隽逸突然想回家看看。他又向窗外望去，但家在哪个方向，他一时间倒是有些迷糊，是在南面呢，还是在北面，抑或是东南方。有句诗怎么说来？孔雀东南飞，五里一徘徊。如果这样说，家的方向就应该在西北方，但是西北方又在哪呢？迟隽逸的脑子开始漫无边际地想，也开始漫无边际地隐隐发痛。就在他不断恍惚间，手术室的门开了，晴朗从里面被推了出来，身边还围着许多的医生护士。

　　晴朗又被推进了电梯内，迟隽逸想跟进去，但里面已经满满当当的都是人。电梯门关了，迟隽逸扶着楼梯扶手一步步回到了肿瘤病区内。晴朗此时已经进了加护病房内，迟隽逸从门口的小窗户向内张望，他只能在护士纷乱的身影中间或看到晴朗那张惨白的脸。迟隽逸轻轻地进到病房内，拉了一张椅子坐在角落里，看着医护人员做术后的工作。当最后只剩下姜雯留在病房看护晴朗时，她深深地喘了口气，一脸的疲惫。迟隽逸问："手术顺利么？"

姜雯点点头。

"她什么时候能够醒过来。"

"麻药过了吧。"

"我听说麻醉的期间要保持清醒，否则呼吸会受到抑制。"

"有这种说法。"

"那该怎么做呢？"

"和她说话，或是拍拍她脸蛋，让她不要睡着。"

迟隽逸来到晴朗的床前，想像姜雯说的那样，伸出手去拍晴朗的脸蛋，但他的手心发热，脸也发烫，他收回了手。他开始想该向晴朗说什么，但说什么都觉得有些刻意与牵强。迟隽逸情急之下，竟然开始哼起了歌曲，这是一首他的儿子迟早上高中时学的歌，他觉得好听，便也跟着迟早学习了。歌名叫《You are my sunshine》。

> You are my sunshine
> My only sunshine
> You make me happy
> When sky is grey
> You never know dear
> How much I love you
> Please don't let my sunshine always
> ……

迟隽逸这样一遍遍地唱着，晴朗的睫毛动了动，窗外重重的乌云终于照进一道温暖的阳光。

·206·

49

　　之后的几天，晴朗一直处于半睡不醒间。醒的时候，迟隽逸陪她说说话，睡着的时候，迟隽逸便在那里画画。他已经为晴朗画了许多画，各种姿态，清醒时的，迷蒙时的，沉睡时的，还有记忆中的那些剪影，以及自己想象加工出的各种样子。有时候迟隽逸累了，便看着自己的画，然后又看晴朗的脸，迟隽逸感觉到那种呼吸着的清新，年轻真好，迟隽逸既羡慕又心存怜悯。

　　晴朗的话并不多，她大多数时候就是望着窗外，不言不语。裹着的被子，也让别人看不出她身上发生的变化。护士来换药时，会把迟隽逸请出病房内。而当迟隽逸将一张他幻想中的晴朗舞动的照片拿给她时，她摇了摇头说："这已经不是我了。我已经是另一个模样了。"

　　迟隽逸说她依然很美。

　　晴朗说她正在努力接受现在的自己。之后，晴朗便要求迟隽逸不要再去陪着她，她需要和现在的自己好好相处。

　　两个星期过去了，手术后的几项检查也得出了一个综合的结论，癌细胞并没有得到很好的控制，已经开始在她的体内扩散，晴朗的身体将会加速恶化下去。姜雯将这个消息先告诉了迟隽逸，迟隽逸又到了后花园，告诉了正在午后晒太阳的晴朗。晴朗的反应很平静地说："我已经可以接受任何的结果，好歹我努力过了。"

　　在这段时间，霍铁和石煤的明信片也陆续寄来，一路向北，一直到了甘肃敦煌，便好几天断了联系。然后，霍梅突然打来电话，对迟隽逸说："石煤已经去世了，正在料理后事，霍铁的身体也非常糟糕。"迟隽逸问："身体不行就赶紧回来，至少也叶落归根。"霍梅停了停，接着说："霍铁和石煤下放时候发生过一次雪灾，他们被一对哈萨克族兄妹救了，却在养病时爱上了那个哈萨克族的妹妹。"但是他们都知道对方在爱着那个女孩，所以没有人表白，竟一直单身到现在，他们这次去就是寻找当年爱的那个姑娘。

迟隽逸将霍铁和石煤的消息，以及他们的故事都告诉了晴朗。晴朗翻看着那些明信片，自言自语道："他们在永远追寻梦想的路上。"他又突然对迟隽逸说："我不能困在这里，我也要完成我的梦想。"

"你有什么梦想。"迟隽逸问。

"我真的有梦想。"晴朗又开始自言自语。

"我来帮你。"

晴朗转头看迟隽逸，眼神中充满了深深的期待和疑惑。

"我来帮你，相信我。"

"我想见一见我的父母，我知道他们的名字。"晴朗告诉迟隽逸。

原来福利院曾经有过关于晴朗身世的记载。那是在 22 年前，一直想要男孩的一对夫妇看到生下来的又是一个女孩，为了逃避罚款，也为了能够继续生养男孩，便将这个女婴丢在了福利院的门口。赶巧被看大门的保安看见了，保安认得这夫妇俩，经过一番劝说，觉得女孩跟着他们生活也是受罪，便将她抱进了福利院里收养了下来。这个秘密被那位保安保守了 22 年，直到晴朗被诊断出患有乳腺癌，保安才托人把她父母的名字告诉了她。迟隽逸便依照这两个名字，通过派出所的朋友，查到了晴朗父母的现住址。

这将是怎样的一种见面呢？在晴朗病房外等待的迟隽逸心中不断揣度，而当晴朗从病房内出来时，迟隽逸能够分辨出她是经过了一番认真打扮的。不仅脸上有了化妆品的勾勒，一条宽大的披风，也让身体上缺失的那一部分得到了很好的掩饰。迟隽逸夸了一句："很精神也很漂亮。"晴朗微微一笑，没有说话。

迟隽逸开车带着晴朗往一处棚户区开。20 多年前这里还是城郊，但是城市的扩张，将这一片农村用地包围了起来，成了一片城中村。村民们私搭乱建，巷道越来越狭窄，根本进不去车子。迟隽逸在城中村的外围无奈兜了个圈子，寻找可以停车的地点，全程没有说话的晴朗突然说了句："停车。"迟隽逸一脚刹车把车定住，顺着晴朗的目光望向斜前方，人行横道上一对修自行车和修鞋的夫妇。迟隽逸又疑惑地看向晴朗的脸，看到她的嘴唇在微微颤抖，便再次端详那一对夫妇，并比照着从派出所里翻拍的户籍照片，在心里得出了结论：是他们。

"怎么办？"迟隽逸问。

晴朗的手搭在了门把手上，却又收了回来。

迟隽逸再次望向前方的那一对年逾半百的老人，可以看得出他们的生活过得很艰辛。男的主营修车，正在洗车胎的手冻得又黑又红。女的主营修鞋，但此刻却没有顾客，便举着蒙着油污的塑料茶杯往肚子里面灌水。还去么？迟隽逸在心中暗暗问道。而晴朗却突然将自己的一只靴子脱去，在迟隽逸惊讶的注视下，踮着一只脚来到了女人的修车摊位前，坐在小板凳上，并把靴子给递了过去。女人甚至都没有看晴朗一眼，便接过了靴子，开始小敲小打地忙乎起来，而身前的晴朗则目不转睛地注视着这个低头工作的女人，看了许久，又转头去看身边那个给自行车补胎的男人。但那个男人同样在忙着自己手边的活，没有注视到身前这个女孩儿，这个曾经被他们抛弃了的女孩。

女人把修好的鞋子还给晴朗。晴朗接过穿上，从钱包掏出五块钱递给女人，然后站起身，在两个老人面前站了有半分钟。有那么一会儿，修车的男人抬头看了一眼晴朗，还扶了扶自己的眼眶。但身边自行车的主人催促着赶时间，老人便又低下了头忙手里的活。迟隽逸看到晴朗抽了抽鼻子，然后便转身，缓慢却没有回头地回到车里。

迟隽逸问："就这样了？"

晴朗流着泪，却平静地说道："就这样了，我的心中已经没有了恨，我的第一个愿望完成了。"

迟隽逸启动了车子。天上开始飘起了小雪，但外面并不冷，他打开了车窗，一些雪片落入了车内，化成了亮莹莹的小水窝。迟隽逸说："这两天调养好身体，后天早上我带你去实现另外一个梦想。"晴朗嘴巴动了动，但还是没有说话，她似乎知道后天早上将要发生些什么。

50

就这样，又是一天的企盼和酝酿。第三天清晨，小雪变成了中雪，整个城市又笼罩在了一片灰蒙中，迟隽逸一大早便开着车带晴朗穿过城市，小心翼翼地往城西进发。后座位上放着一个大礼盒，上面还系了一个大蝴蝶结。晴朗看见了，却没有拆开，两人对他们此行的目的心照不宣。车停在了新落成的大剧院门外，迟隽逸将礼盒递给晴朗。晴朗接过来，打开，里面是一件崭新的芭蕾服和一双芭蕾舞鞋。晴朗说："我不知道自己能不能准备好。"

"我相信你可以的。"

"我是残缺的。"

"可你也是美丽的。"

晴朗怀抱着这件芭蕾服，将它贴在自己的胸口前，说道："走吧，我不想留遗憾。"

迟隽逸将她送到后台，把她交给那些簇拥在一起的伙伴们，自己则坐到了观众席上，静待天鹅湖的开场。此时人来的还不算多，空荡的舞台还是笼罩在一片昏黄中。每个人都有自己的舞台，迟隽逸斜躺在柔软的座椅上，温暖的风吹得他昏昏欲睡。他看到自己走上了舞台中央，而台下都是他所熟识的亲朋好友，还有那些在医院结识的可爱病友们，笑笑也被他的妈妈搂在了怀中。大家都在看着他，有的人眼圈还是红的。迟隽逸回身看幕布，上面有他大幅的黑白照片，头顶上还有一行白色横幅，上面写着：沉重哀悼迟隽逸同志。

同志，迟隽逸心中觉得好笑，我可不是什么同志，我只是一个小画家。这时扩音器传来人声："下面有请迟隽逸为迟隽逸同志致悼词。"剧院后排的镁光灯打了他的脸上，让他不自觉地抬起胳膊，遮住自己的脸，也让他一瞬间失了语。一紧张，他觉得自己的裤裆一片湿热，他竟然尿了裤子。他羞得背过身去，但台下并没有耻笑的声音。扩音器此时传来人声："你叫什么名字？"

迟隽逸竟不知道该怎么回答。

"你是谁？"扩音器继续问。

迟隽逸还是张不开口。

"你幸福么？"

迟隽逸蜷缩在地上。

"你内心的恐惧是什么？"

"你是谁？"迟隽逸终于低声问道。

"我是你的记忆。"扩音器回答。

"你在哪里？"

"我已经从你身体里飞了出来，我存在于台下每个人的大脑中，你想听听大家关于你的记忆的内容吗？"

迟隽逸点点头。

镁光灯暗下，迟隽逸可以看到台下的人们，大家都在争先恐后地说着，但迟隽逸一个字也听不到。从他们口中说出的话聚集成一块低悬的乌云，向迟隽逸慢慢逼近。迟隽逸向后爬着退着，而这片云朵则突然长大了嘴巴，一口将迟隽逸给吞了进去。迟隽逸也在此刻醒来。

《天鹅湖》舞剧已经上演，那个男一号阿翔以及主角女一号正在用舞步演绎着爱的付出，而代表邪恶的黑天鹅则不断掀起仇恨的浪潮。而爱与恨的对立，也是通过代表着两个不同阵营的天鹅配角们演绎的。迟隽逸眯缝起眼，看到了那只纤弱的小天鹅，那仍是专注于音乐的晴朗，努力跟住同伴们的脚步跳跃穿越整个舞台后，张开自己的翅膀，伫立在布景边上，也成为主演的众多背景中的一个。迟隽逸掏出手机，为她拍了张照。然后，《天鹅湖》舞剧继续进行。而作为配角的晴朗则在最后一轮舞动横穿全场后，消失在厚厚的幕布后。迟隽逸也回到后台找到了晴朗，她正在梳妆台前喘着气发呆。迟隽逸来到她的身后，说道："祝贺你。"

晴朗扭过头道："谢谢。"说完，便又流下了眼泪。

"不哭啊。"

"嗯，我不哭。"晴朗强忍着泪水，又笑了出来。

"那我们走吧。"迟隽逸说。

晴朗和后台的每个同伴都一一拥抱，那些女孩子许多都哭了出来，但晴朗却没再流出一滴眼泪。

从剧院出来，雪更大了，迟隽逸护送着晴朗往车上走。晴朗的身体单薄，瑟瑟发抖，他便把自己的大衣给晴朗披上，把她送到了副驾驶座上。然后从车后兜了个圈子，想回到驾驶座上，却看到车后面站着的一个雪人，这个雪人是杨雁翎。杨雁翎便转过身往远处走。迟隽逸拉开车门，对晴朗说稍等一会儿，便赶快迈几步，跟上杨雁翎。两人并排走在了风雪中，然后拐进了一个门沿下。

杨雁翎说："我到医院找你，你不在，我想也许你会来这里，你的确在这里。"

迟隽逸张张口，杨雁翎又开始说："姜军和我说了你的病情，你一直在骗我。"

迟隽逸张开的口没有闭上。

"你还打算骗我多久？你还打算躲我多久？"杨雁翎突然抓住了迟隽逸的前襟，雪片从两人身上簌簌落下。

"我不知道，我真的不知道。"迟隽逸挣脱出了杨雁翎的手。

"你究竟什么时候才能知道？要等到你连我是谁都不知道后才能给我答案？"

"什么答案？"

"回到我的身边，或是，离开我。"

"我都做不到，别逼我，我只想平静地和这个世界相处。"

杨雁翎叹了口气道："你究竟在恐惧什么？"

"你在恐惧什么？你在恐惧什么？"迟隽逸的耳畔回响着刚才梦里如扩音器般的质问？

"我怕每个人都会不幸福。"迟隽逸抓着自己的脑袋说。

每个人都应该首先对自己的幸福负责。杨雁翎顿了一顿说："你不用担心我，我会照顾好我自己，我也会让自己更加快乐。而如果你目前的生活也很快乐，那我祝福你，我也会同样祝福她。"

杨雁翎往前一步，说："我不会恨你，但我也不会一直等着你。"说完，便快步消失在了风雪中。迟隽逸没有往前追，他只是一步步的，呆若木鸡般，回到了车内。

晴朗问："遇到谁了？"

迟隽逸摇摇头。

晴朗便也不说话。

迟隽逸说："我们走吧。"

晴朗问："去哪儿？"

"你想回医院么？"

"我不想回去了。"

"我也是，那我们去哪儿？"

"我们一路往前开吧。"

"好的。"

迟隽逸发动起车子，沿着城市的道路慢慢前行，情绪坠入了冰点。而身边的晴朗似乎却延续着实现舞台梦的兴奋中。她打开车子工具箱，翻出霍梅寄来的一张张明信片，将一张喷涂着"大漠孤烟直，长河落日圆"的图画的明信片夹在了挡风玻璃上方。迟隽逸终于斜眼瞥了一眼，说："嘉峪关，塞外，好地方。"

晴朗翻看手机地图说："这里距离霍铁所在的敦煌很近了。"

迟隽逸说："不知道霍老头子现在过得可好，石老头有没有入土为安？"

"我来打一个电话吧。"晴朗说着，拨通了霍梅的电话，按下了免提。霍铁接了电话，老头子声音嘶哑，他说："我大概也走不动了，也要和老石头一同死在这里了。"

晴朗说："您别这么说。"

"我也满足了，又看了看祖国的河山，没有白来这一趟。"

"我很羡慕你。"迟隽逸说。

"只可惜完不成我的愿望了。"霍铁说，"见不到我们心爱的人了。"

迟隽逸和晴朗一阵沉默。

迟隽逸突然说："我来帮你实现你们的这个愿望，一定要等着我。"说完，迟隽逸望着晴朗。她的脸上先是一阵惊奇，然后又闪现出一阵光芒。

电话那边也是一阵沉默。霍梅的声音出现："很远的距离呢，有两三千公里。"

迟隽逸说："老爷子能等我三天就行。"

霍铁边咳边努力说："我能等你一个星期。"

霍梅又说："你的身体情况能允许么？"

迟隽逸说："我只是得了老年痴呆症，还是早期。我汽车还有导航，能给我一路导过去。"

霍铁又在咳："我等你，我等你。"

迟隽逸说："你多保重。然后便挂了电话。"

迟隽逸问晴朗："你怎么办？"

"我和你一起去。"

"路途遥远，你的身体也许会吃不消。"

"但是我会非常快乐，你会快乐吗？"

"我也会快乐的。"

"那我们走吧。"

迟隽逸沉了沉气，说："好吧，我们出发。"

51

迟隽逸先带着晴朗回到了医院。两人收拾了自己的衣物和药品，迟隽逸还带上了自己的画具。把这些都放到车里后，迟隽逸去找了姜军，告诉姜军自己将要驾车西行的事情。姜军先是愣在那儿，随后说："这也不失为一种人生的追求，你和晴朗要互相照顾好身体。"

迟隽逸也说："我不在的时候，你也帮忙照看好杨雁翎。"

　　杨雁翎不需要我照顾，姜军这么说道："虽然我也很想代劳，但是她不需要。想要的不给，给的不想要。"姜军看着迟隽逸一阵苦笑。

　　"每个人能把自己照顾好就是对社会最大的贡献了。"迟隽逸呵呵笑道。

　　"你不想和肿瘤病区的人们告别一下了？"

　　"不用了，我又不是不回来了。我还要喝姜雯和陶沙的喜酒呢。"

　　姜军笑笑。

　　"对了，谢谢你把真相告诉杨雁翎，否则我真的不知道该怎么结束这个谎言。"

　　"事情终要有个了结。"

　　"是的，终要一个了结。"

　　当天傍晚，迟隽逸和晴朗在城郊的一处旅馆住下，一个人一个房间。晴朗有些累了，太阳落山时便睡了。迟隽逸把车子开到了附近的一处修车厂，把车子做了次系统的维修保养。保养的空当，迟隽逸想起了附近的那座山是她曾经和杨雁翎定情的地方。他想起了镌刻着杨雁翎和迟隽逸名字的那棵树，便信步而上，找到了那棵树，却发现他的名字已经被抠掉，迟隽逸怅然若失。当他回到修车铺时，车子已经做好保养，他开着车在城市里溜达。夜色很美，但明天他就要出发，他真的准备好了么？他将车开到了自己家所在的那条街道，在距离大门前十米远的地方停了下来。他看到二楼的一个房间亮着温暖的灯，那是杨雁翎的卧室。他在莫名等待着她的身影能出现在窗帘后，或许她还会打开窗，对迟隽逸喊："不要走。"

　　但什么都没有发生。迟隽逸用车载地图将这里标记为家，然后启动了车子，回到了旅馆内。

52

　　清晨如约而至，迟隽逸睁开迷蒙的双眼，看到从窗帘外闪出一道亮光，这是哪儿。迟隽逸心中先在自问。而急促的敲门声却响起："起来啦！出发啦！"

是晴朗的声音。

"出发？去哪儿？"

迟隽逸披上衣服，打开房门，看到晴朗穿着一件大红色的羽绒短袄子，还戴了一个红彤彤的线帽子伫立在门前。"起来啦，早起的鸟儿有食吃。"

迟隽逸揉了揉脑袋，还是一脸懵懂。

"大叔，你的记忆是退化了不少，不记得我们今天就要西游去了么？"

迟隽逸揉了揉太阳穴，说："还没醒过盹呢。"

晴朗吐了吐舌头。

迟隽逸简单洗完，来到车边。晴朗正从隔壁的超市推了一个小推车出来，里面全是各种零食。晴朗说："路途遥远，不能亏待了自己。"迟隽逸拿起一包辣条瞅了瞅说："你也不挑些健康的饮食。"晴朗说："反正我是馋死了。"迟隽逸笑笑，便将这些零食都搬到后备厢里，然后又把小推车还给了超市。

车子发动的那一刻，迟隽逸的轻松心情略微下沉：真的要出发了么？发动机逐渐发出稳定的轰鸣，这轰鸣也给了迟隽逸力量。"让我们出发吧！"迟隽逸深吸一口气，对晴朗说道。

按照规划的路线，迟隽逸一路先是向北，横穿河南北部，一路经过商丘、开封，进入山西地界，奔着太原以南的平遥县一路进发。一路上，晴朗用各种方式打发着时间。她一会儿播出几段音乐，折磨迟隽逸的耳朵，一会儿又风卷残云消灭两包薯片和几个果冻，其中一个果冻还让她连连咳嗽了一阵。前排的视野看累了，晴朗便爬到后驾驶座上（她的身材绝对可以在 SUV 的车厢内做到辗转腾挪），随便找一本书躺着看，边看还边和迟隽逸有一搭没一搭地聊着这一路经过的城市。迟隽逸喜欢这种聊天，晴朗对于这些城市无知的程度让他惊讶，再一问，原来才知道她几乎没有离开过出生的那座城市。迟隽逸笑着说他的儿子都已经飞到美国去了。晴朗又埋头去看她的书去了。而迟隽逸从后视镜里偷眼瞟这个年轻的女孩，她也只是比自己的儿子迟早大了几岁，但他却始终没把晴朗当成自己的后辈来看。个中原因，迟隽逸也不想分析透彻。

尽管有着八百多公里的车程，但迟隽逸还是在天黑前看到了平遥古城城墙上挂着的大红灯笼。迟隽逸将车子停在了护城河外，然后和晴朗轻装简行进了城。

他们在一处客栈安顿下后，吃了一顿山西正宗刀削面（还加了让他们直咧嘴的酸醋），从老板那里取了一份旅游地图，便开始沿着十字街轧马路。平遥是座全国知名的古城，但商业开发已经蚕食了小城应有的宁静。一座座酒吧里传出令人烦躁的音乐，以及游客的喧哗，让开了一天车的迟隽逸有了些许头痛。晴朗也感觉到了迟隽逸的烦躁，在流连了这里的灯红酒绿后，便开始往城外走。他们到了城墙根下的一片空地，这里正在上演一场才艺演出，举办方是当地的一家酒厂，一看便是很山寨的那种。围在台下的当地村民们一个个伸长了脖子，坐在前排的几位领导模样的桌上还放着牌子，每次演出后，他们都会举牌给台上的演员打分。

几个女孩子正卖力跳着一段热舞，晴朗看了，偷偷捂着嘴笑。迟隽逸说："严肃点，人家跳得挺认真的。"晴朗说："这跳的是太认真了。"说完，又在笑。迟隽逸激将她说："你行你上去跳啊。"晴朗略一犹豫，便说："上去就上去。"

热舞的节目刚刚结束，一个穿着蓝色工装的小伙子抱着一把吉他来到了舞台上，他试了试话筒，然后以一种不太肯定的语气说："我刚从外地打工回来，我给大家唱一首齐秦的歌，歌名叫作《张三的歌》。"

台下响起了稀稀拉拉的掌声。

小伙子又试了下话筒，清了清嗓子，才开始唱出第一句歌词：

　　我要带你到处去飞翔

　　走遍世界各地去观赏

　　……

　　小伙子的声音不大，很轻易被台下的嘈杂还有从古城酒吧街传来的歌声所掩盖。有的观众在"嘘"他，小伙子不敢去看台下的观众。迟隽逸为这个小伙子感到窘迫，他也知道舞台恐惧症有多难受。他扭头看晴朗，却发现她已经不见了踪影。又一晃神，晴朗竟然出现在舞台上，开始舞动在小伙子的身后，而可怜的小伙子竟然紧张得没有发现这位同台的舞者。

　　晴朗的舞姿既热烈又缠绵，既如水银泻地又如戴枷蹒跚。灵动的脚尖不仅很好地踩在了每个音符上，舒展的上肢更是在诠释一个几欲放飞的梦想。这一番舞姿比刚才的热舞更具艺术性和表达性。

　　台下渐渐响起了掌声，小伙子也慢慢抬起了头，声音也大了起来。当他唱完那句"这世界还是一片光亮"时，大家开始叫好，观众中还有了呼哨声。小伙子低下头，深深给大家鞠了一躬，当他直起腰，才发现身边竟然还多了一个年纪相仿的姑娘。

　　有人喊道："再来一个！"主持人也在说："这对组合能不能满足大家的呼声啊。"迟隽逸在那儿笑，两个萍水相逢的人竟然成了一个组合。

　　晴朗和那个小伙子一阵耳语，小伙子点了点头，又站到麦克风前，唱起了齐秦的另一首歌《外面的世界》。这次小伙子的声音要洪亮很多，也自信很多，他也真的像一个歌星一样，眯缝起眼，唱着：

> 外面的世界很精彩
> 外面的世界很无奈
> 当你觉得外面的世界很无奈
> 我还在这里耐心地等着你
> ……

　　台下一些男青年也开始跟着他的歌声在唱，有的姑娘则偷偷抹了把眼泪。

　　而晴朗的舞步也随着歌者平时朴素的歌声，而变得舒缓并略带忧愁。

　　小伙子最后得了三等奖，奖品是一箱啤酒。小伙子非要把其中的一半给晴朗。迟隽逸代晴朗收下了，并在城墙根上的一个大排档请小伙子吃了个饭。

　　小伙子说他叫陈智，从小就在古城长大。小时候古城还没有开发，大家都过得很辛苦，很多人都出去打工，包括他自己。刚去南方时还小，才17岁，谈了个女朋友，从年少一直谈到壮年，一晃八年过去了，却一直没有结婚。为什么呢？没有钱结婚，没法在那么大的城市落脚，后来女朋友离他而去。陈智找了她一个月都没有找到，他也不想继续打工了，便从沿海回到了内地的家乡。

　　陈智又说："没想到这些年家乡变化这么大，许多在外打工的青年们都回来了。但这家乡变得又有些陌生，不仅有这么多的陌生人，还有那些陌生的生活方式，曾经的打工者倒像是外乡人一样。"

　　迟隽逸问他的家在哪里？

　　陈智领着迟隽逸和晴朗来到古城内一条偏僻的巷道，指着一个墙头都已经塌了的老屋对他俩说："这就是我的家。"陈智又说，他的父母早都到古城外生活了，但他不想也跟着去城外。他想要重建这个老屋，并努力恢复本来的生活模式。迟隽逸问陈智具体该怎样去做呢？陈智说，和他一样想法的人还有很多，他们会一同努力的。

　　夜深了，古城也慢慢安静下来。陈智约两人明天到附近的乔家大院和王家大院游玩。但迟隽逸婉拒了，他说明天还要赶路，有个老朋友在远方正等着他们呢。陈智看着晴朗，晴朗点点头。陈智伸出手，和迟隽逸握了握，然后又伸向晴朗。晴朗轻轻握了握。陈智说："谢谢你，今晚。"晴朗笑了笑。三人就此别过。

　　回客栈的路上，晴朗说："要不是急着赶路，真想在这里住下，听陈智多聊一聊他和他的家乡。"

　　迟隽逸微微一笑，说道："你也可以聊你的故事啊。"

　　"我的故事有什么好聊的啊，鼻涕一把泪一把的。"

"每个人都喜欢听故事啊。"

"不过，他倒也没问咱俩是干嘛的，从哪里来到哪里去，都没问。"

"也许这座古城每天来来往往的人太多了，我们在他眼中也只是匆匆的过客。"

"两个给他留下很好印象的过客。"晴朗补充说。

此时，一扇木门开了，从里面闪出一个人影，仔细一看，原来是一个穿着古代仕女服装的女孩儿。一双绣花鞋轻点着地，又匆匆闪进了对面的一个屋子。

迟隽逸和晴朗相视一笑，为这个仿佛穿越了时空的女孩。

53

迟隽逸和晴朗在第二天一早便离开了古城，向西北继续进发。黄土与荒山成了沿途主要的风景，看不了多久便会视觉疲乏。晴朗靠着车窗先睡去了，迟隽逸则牢牢地把握着方向盘，驶过了一个个服务区，一座座桥梁，一个个收费站。如果就这样一路开下去，倒也没什么大不了的。迟隽逸心里这么想着。但他也就随便想想，还是导航提示着他距离目的地还有多少公里。

中卫，这个名字听起来很普通，不是前锋，不是后卫，仅仅是一个中卫，这样一个位置，会在历史与现实中起到什么样的作用呢？而沿途经过的许多县市，迟隽逸甚至连名字都没有听过，而这些一晃而过的地方在他的记忆中应该也不会作长久的停留。的确，人和地方都只是过客。

经过一天的赶路，迟隽逸和晴朗终于来到了中卫市。他们穿城而过，却没有停留，热闹喧嚣挽留不住他们的目光。他们反倒是想住在一个人烟稀少的地方，这一开不要紧，一直开进了沙漠公路，在一个叫作腾格里的地方停下了脚步。两人已经累到虚脱，准备在小镇的一家旅馆里登记住下。经营旅馆的老板是个30来岁的女人，她向两人打了招呼，问他们是不是来旅游的。两人摇了摇头。又问他们要往哪里去？迟隽逸说继续往西北走。女人说："不好意思，我们这里真没有两间房了。"迟隽逸心中不爽，没房还在这里客套。但女人又说："如果你们能够好心，把椅子上的这位老人送到二十公里外的通湖去，他们便可以在那里住。每个人都有蒙古包，还免费。是不是啊，俺叔？"女人喊老爷子喊叔。

老爷子正在整理自己的背包，里面塞满了各种生活用品。他转过头说："我的蒙古包有股羊膻味，你们可习惯？"

晴朗笑说："我最喜欢吃羊肉串了。"

老人说："羊肉管够。"

既然晴朗没有意见，迟隽逸便开车带着老人和晴朗继续往前开，而当他感到轮胎开始压过道路裂缝里长出来的一团团植株时，迟隽逸才意识到他竟然开到了草原上。老人指着黑漆漆的前方叫他停车。迟隽逸把车停下，老爷子下了车，但迟隽逸和晴朗却没有下来，这荒郊野外的，人的第一本能便是开溜。老爷子往前走了几步，来到一个蒙古包前，掀开门帘，光亮从里面透了出来，一条狼狗也从蒙古包后面跑出来，跳到了老爷子的身上。老爷子从口袋里扔出去一个什么东西，那条狼狗便也奔了过去。

老爷子发现迟隽逸和晴朗都还没下车，便咧着嘴回到车边，将身上背着的一个用布包裹的长棍露出了一截，笑着说："难道还要我拿枪逼你们下来啊。"

迟隽逸不知道晴朗是怎么想的，他倒是第一时间蒙了，他毫无作为地看着老爷子把他驾驶座的门打开，然后把那根长棍一把塞到了迟隽逸的手上，然后用手比画了一个手枪姿势，对着迟隽逸的脑门说了声："咔嗒。"迟隽逸手一松，这个长棍掉落了下来。他不确定地拾了起来，是步枪的造型，但是手感不太对，太轻，再一看，原来都是木头雕的。

老人笑说："柴火棒子，我瞎刻的，留个念想，我是山里护林护鸟的老孙，今年 56 岁，这是我的狗，叫作阿旺。"阿旺也凑过来，嗅着迟隽逸的裤管。

迟隽逸打量着这个老孙，半天才松开方向盘说："你们西北人都是这么开玩笑的？"

老孙说："你们南方人都不会开玩笑的？"

迟隽逸和晴朗笑了。

"下来，我把羊肉煮好，你们来尝尝。"

老孙头则接过他们的背包，把两个人请进了中间的蒙古包里。老孙进进出出在忙着晚饭，那条叫作阿旺的狗也一刻不停地跟在主人的身后。迟隽逸和晴朗则斜靠在毛毡上打量着蒙古包四下。很快，老孙头端着一盘水煮羊肉放到了桌上，他搓搓手说："没放作料，觉得没味就蘸点盐。"

清汤羊肉很香，但很肥，晴朗吃了几块后就摆手说吃不下去了。她连打了几个哈欠，老孙头笑着领着她到了隔壁的一间蒙古包里休息。迟隽逸用刀继续切着羊肉往嘴里塞。老孙头依然在蒙古包里外忙来忙去，那条阿旺的狗叼着一根羊腿骨躲进了角落里。

吃饱喝足，迟隽逸站起身，摸了摸肚子，伸了个懒腰。困乏从脚底向全身蔓延，他一个趔趄，摔倒在毛毡上。这毛毡既油滑又暖和，迟隽逸靠在上面打了个盹。这一个盹打了多久，迟隽逸也说不上来，总之等他醒来，他发现自己的身上盖着厚厚的被子。鸠占鹊巢，他倒把人家的大帐给占了！迟隽逸起身，拎着自己的包往外走，想去找老孙头，问自己去哪里睡，却发现帐外的世界既广袤又促狭。广袤在于清澈的夜空向着无边无际的远方展开，促狭在于大地的漆黑让他看不清几步外的地面。而此时，一声狗叫，黑暗中出现一个火星，一阵窸窣的脚步声，火星越来越近。老孙头走到了迟隽逸的跟前，说："晚上睡不着，出来抽袋烟。你要不要来一口？"

迟隽逸摆摆手道："抽了，晚上就别谈睡觉了？"

"你们城里人抽过旱烟？"

"我父亲曾经抽过这个烟，虽然是躲在阳台抽，整个屋子里却都是呛人的味道。"

"让你父亲抽卷烟，他还觉得不过瘾呢。他没抽过长在沙漠里的烟草吧，我来给他整一小包。"

"不用了，我爸已经过世了。"

"哦。"老孙头吧嗒抽了口烟，然后问，"有病？"

"是的，虽然没去查，但可能得的是阿尔茨海默病。"

"这是什么病？"

"就是记性不太好，什么都给忘掉了。"

"不就是老年痴呆么。"

迟隽逸没有接话，他还需要适应西北人直来直去的讲话风格。

"睡着的是你女儿？"

迟隽逸笑笑，没吱声。

"这大西北的，带一个女孩子来干什么，你一定是硬把她拽来的吧？"

"她和我一起来是去实现一个老友的愿望的。"

"什么愿望？"

还真是不依不饶，迟隽逸心想。看迟隽逸不说话，孙老头又说："是不是嫌我话多啊，我也就挑那些愿意说话的人聊，有的游客看了我就像是看了狼似的，躲得远远的。"

"现在游客不多吧。"

"冬天，不多。而且游客们也不会从景区外跑十公里到我这里来。他们都是一溜烟开车来，一溜烟开车走。"

"他们都来看什么的？"

"看沙漠啊。真想不明白沙漠有什么看头，一点绿色都不见，哪有我这片水草地好。对了，你那老友有什么愿望？"

孙老头又把话题绕了回来。迟隽逸只得实话实说："我们有个老朋友正在敦煌，马上就要过世了，我们要赶路去看他一眼，帮助他实现未尽的遗愿。"

"你们南方人在西北也有朋友？"

"我这个朋友是从南边一路往北走，他要去新疆最北端的阿勒泰，但是他走了一大半，走不动了。"

孙老头又抽了两口烟说："是个汉子。"

"他是个钢铁厂的工人，久经锻炼的。"

"你们也很棒。"老孙头竖起大拇指，"跑这么远，帮朋友实现愿望。"

"你怎么会在这里，这里很孤独啊。"迟隽逸问。

"我也是帮着别人实现生前愿望的。"

"谁？"

"我的儿子。"

"你是说？对不起。"

"没什么需要对不起的。"

老孙头在门边的一根木桩上坐下，迟隽逸也挑了一根坐下。老孙头说："我的祖籍在东北，我父亲是个猎人，日本鬼子占了东北后，他便逃到了这里。那时候水草茂盛，各种水鸟都在这里栖息。我爸凭着一杆猎枪，倒也没让全家饿着肚子。而那些水鸟们依然飞走了，还会再飞回来，该下蛋的下蛋，该筑巢的筑巢，也不见少。后来我长大，国家也解放了，我爸加入了公家的猎人合作社，规定每月要打下来多少只鸟上交，水鸟自从那时才开始见少。后来，我因为枪打得准，也应征入了伍，回来后也就不愿意再去使枪打那些鸟。但我的儿子喜欢，他从个子和枪把子一般高时就喜欢打猎。他爷爷，也就是我爸就经常带他去猎水鸟。后来儿子长大了，就自己出去打枪。我爸虽然年龄大了，但也跟着他孙子后面一起去。直到有一天，我爸回来告诉我，儿子因为追赶一只长着红色翎毛、有一人那么高的水鸟，掉进了沼泽里淹死了。"说完，他爷爷也脑溢血死了。

"一只水鸟害了两个人，我要找这只水鸟报仇。我端着我爸带回来的那把枪去找那只水鸟。不难找，水鸟还在那里。但当我举枪的时候，水鸟竟然眼睁睁地看着我，没有躲。我看到了在这只硕大的水鸟边，还有一只死去的水鸟。我无法判断这只水鸟和我眼前的仇人有什么关系，但我意识到，天气转凉，所有的水鸟都已经迁往南方，唯独这只鸟没有离开。它是在守护着这只死去的水鸟，它是在为这只被枪打死的水鸟报仇。"

"后来呢？"

"我没打死那只鸟。我把那只死鸟的尸体从沼泽里拖出来，葬了，又把我儿子的尸体从沼泽里扒出来，烧了。那只大鸟也就飞走了。从那以后，我就把枪交给了政府，干起了保护水鸟、保护这片水草地的活了。一晃眼，二十多年过去了。这柴火棍子刻成枪的样子是专门吓唬那些盗猎者的。"

"这工作辛苦不辛苦？"

"不辛苦，就是急，周围十公里范围内没人，所以我才会拉着你说这么多。这些水鸟休整好了，就走了。不过，我也习惯了，越来越多的鸟会来到这里，来的时候热闹得很，走的时候呼啦啦，也热闹得很。"

"现在这里还有水鸟么？"

"水鸟倒是都去南方了，还没回来。本地筑巢的鸟还有，我打个呼哨，它们会打呼哨回来，想不想听听？"

迟隽逸点点头。

老孙头把手指含在嘴巴里，打出了一个悠扬长久的呼哨。这声呼哨的回音还没有消散，便有几声相同的呼哨从远方传来。

老孙头抽了口烟，火花照亮了他的半边笑脸，说道："我说么，这里其实热闹得很。"

第二日清早，迟隽逸和晴朗和老孙头告别。老孙头扛着木棍，和那只叫阿旺的狗远远目送他们。车子从坑坑洼洼的草原开回到马路。

晴朗感慨地说："原来这里真的有水草啊。一边是沙漠，一边是草原，真是冰与火的完美结合啊。"

迟隽逸笑。

晴朗又说："就是不知道这个老头一个人在这里急不急？"

迟隽逸笑说："那水窝窝里面有许多生灵陪着他呢，他一点都不寂寞。"

<h1 style="text-align:center">54</h1>

又是一天辛苦的车程。车外的景色越来越趋于灰黄，幸好一路车很少，迟隽逸开了定速巡航，由着它一路飞速向前。

临近傍晚，迟隽逸和晴朗进入了一条沙漠公路，导航提示：前方为玉门关景区。晴朗从后排探过脑袋，说："玉门关，春风不度玉门关。"

"是的，春风不度玉门关。"迟隽逸低声重复着。

他们俩望着前方平地隆起的一座座鳞次栉比的土墙，开得近了，才隐约看到上面刻有三个模糊的字，大概便是"玉门关"那三个字。

迟隽逸问晴朗："记不记得'春风不度玉门关'前面是哪一句？"

晴朗想了想，说："羌笛何须怨杨柳。"

"试想一下，一千年前，来自南方的一个士兵，到西北边塞戍边，漫漫长夜睡不着，便爬上土墙，没有柳笛，只能吹响了从敌人手中缴获的羌笛，心思却飞回了故乡的小桥流水人家。"

"多美的一幅画面啊。"

"是啊，多美且多心碎的一幅画面。"

"就在此时，天空翻滚着的一团乌云突然裂开了一条缝，一道金色的阳光洒在了那些断壁残垣上，古老的印记焕发出一种穿越了时间的神圣光芒。"迟隽逸和晴朗也加速驶入了这片金色中，沐浴在这片上天恩赐的温暖中。

迟隽逸说："还有句诗：劝君更尽一杯酒，西出阳关无故人。阳关就在这不远处。"

"阳关外有等待着的老友。"

"的确，莫愁前路无知己，天涯谁人不识君。我们要继续前进，前进！"

"前进！前进！"晴朗打开车子天窗，把身体探了出去，高声喊道，

"前进！前进！"

天黑后，迟隽逸和晴朗赶到了敦煌市区，没作耽搁，直奔医院，在病房外见到了霍梅。霍梅看到了迟隽逸和晴朗两个人，只说了句："你们来的真及时……"便说不下去话了。

迟隽逸和晴朗进入病房见到了霍铁。霍铁已经瘦得像是一具干尸。而他的床头前还放着一个骨灰盒，上面镶着石煤的照片。霍梅在他的耳边耳语，霍铁这才睁开眼，昏黄的眼也亮了起来。霍铁伸出手，迟隽逸握住。霍铁说："好样的，谢谢。"

迟隽逸拍了拍霍铁的手。

霍铁又说："有你们在，我就放心了。"他又看了看霍梅。霍梅点点头。霍铁闭上了眼。

迟隽逸和晴朗跟着霍梅出了病房。霍梅说："还没吃吧？我带你们到楼下吃牛肉面。"

在面馆坐下，霍梅说："我两个爸爸的愿望就是能够到阿勒泰，去找他们曾经一起爱过的那个姑娘。如今一位已经长眠于此了，另一位的情况你们也看到了，医生说就在这两天。"

"他们的后事怎么安排？"

"他们希望自己的骨灰一半能够带回家安葬，一半洒在阿勒泰的群山中。"

"你怎么办？要不要回自己的出生地看看？"

"不去了，我带他们回家，也麻烦你带着他们继续前行。"

迟隽逸看了看晴朗，两人一同点了点头。

当晚，迟隽逸和晴朗住进了距离医院不远的一家宾馆。连日的奔波让两人筋疲力尽，他们都睡到太阳三竿头才起床。吃过早饭，两人步行到医院，却发现霍铁的那张床已经空了出来。他们给霍梅打电话，霍梅告诉他们，霍铁在凌晨已经过世，她正在办手续。迟隽逸和晴朗在医务科找到了霍梅，霍梅告诉他们霍铁走得很平静。迟隽逸问霍梅现在怎么办。霍梅说："火化后就回家。"

迟隽逸沉思了一下说："在家乡都是要第三天才出殡的。"

"这可不是在家乡。"

迟隽逸说："你先联系着火葬场，我半小时后回来。"

迟隽逸记得医院外有刷在墙上的唢呐班子的广告。他打了电话，四个老汉带着唢呐很快便到了医院外。一等到殡仪馆的车接到霍铁的遗体，四个老汉便呜里哇啦地吹起来。霍梅看了，向迟隽逸感激地点点头。

到了火葬场，简单殓了尸，霍梅、迟隽逸和晴朗见了霍铁最后一面，唢呐班子又是一阵吹，就由工作人员将其推进了焚化炉内，没有悼词，也没有告别仪式，但大家都在内心向老头说了再见。半个小时后，霍铁也成了一团青灰，被捧在了霍梅的手中。迟隽逸和唢呐班主结了钱，唢呐班主问这去世的是谁。迟隽逸说是一个老朋友。

唢呐班主把手里的钱退了一半给了迟隽逸，说："我们没出这么多力，不能按照原来的价收钱。"

迟隽逸竖起大拇指道："你们西北汉子仁义！"

班主也拍了拍迟隽逸的肩膀，说道："你们送朋友最后一程，也很仁义。"说完，便带着自己的弟兄们走了。

再回头，霍梅已经把霍铁骨灰的一半放到了石煤的骨灰盒里，而石煤的骨灰也有一半掺进了霍铁的骨灰中。霍梅说："这两个老头一辈子好得就像是穿一条裤子一样，从下放时候就在一块，三十年来从来没有分开过，死后也不让他们分开了。"

霍梅将其中一个骨灰盒交给迟隽逸，说："我带一半回家了，麻烦你把这一半带到阿勒泰的森林和大河，撒在那里吧。谢谢了。"霍梅深深地鞠了一躬。

迟隽逸捧起骨灰盒，他能感受到盒子还有霍铁散发出的温度。霍铁转头看了看晴朗，然后两个人也向霍梅鞠了一躬，接受了这份沉甸甸的托付。

55

　　迟隽逸和晴朗又出发了。别过霍梅，两人继续开车向北，从敦煌进疆。当日目的地是新疆的门户——哈密市。窗外的景色愈发乏善可陈，晴朗的话也越来越少。由于车子开得飞快，迟隽逸只能握着方向盘，很少去看晴朗到底处在一种什么样的状态，她好像是睡着了，但偶尔也会有几句呓语，但说的什么，都被轮胎与沙漠公路的摩擦声给遮掩了。

　　一连开了400多公里，车子停在了距离目的地最近的一个服务区。服务区的广告牌上面写着：欢迎您来到新疆。迟隽逸下车来回走了圈，走过的路灰黄一片，前方的路黄沙漫天。甘肃与新疆并没有显著的不同。迟隽逸看大钟，已经傍晚六点了，但太阳和地平线还有60度的夹角。迟隽逸明白新疆在东六区，比标准的北京时间实际要迟几个小时。迟隽逸找到正在服务区餐厅发呆的晴朗，看着几乎没动的晚餐说："多吃点。"

　　晴朗摇头道："吃不下。"

　　"我们还要再赶一段路。"

　　晴朗问："还有多远？"

　　迟隽逸说："一百公里左右。"

　　晴朗又问："能先住下吗？"

　　迟隽逸看看周围，摇了摇头。

　　"那走吧。"

　　"你感觉怎么样？"

　　"说真话？"

　　"嗯。"

　　"我感觉不太好。"

　　"那怎么办？"

　　"能住下么？休息休息？"

　　迟隽逸还是摇了摇头。

"那我们走吧，加快速度。"

迟隽逸点点头，晴朗站了起来，身体微微摇晃，扶住了桌子。缓了缓，才在迟隽逸的搀扶下上了车。

夜里的温度下降极快，半小时前迟隽逸还能感受到被太阳烘烤了一天的地面在释放着温暖，但等太阳斜至 30 度时，寒冷已经从四下钻进了车子里。迟隽逸把油门踩深，希望早点儿赶到目的地，却几乎在距离哈密市不到 40 公里的高速路上急踩刹车。一阵心惊肉跳，才勉强没有撞到前面停下的车队。原来高速公路堵车了。这次急刹也将在睡梦中的晴朗唤醒。她从后排问："发生了什么？"迟隽逸摇摇头。迟隽逸可以看到路前方已经有人在来回行走，脸上显现着焦急。应急车道上也有些人靠在护栏上，在大风中仰头张望。看来是堵了好一会儿了。这时有辆消防车停在了他的车后方，几名消防队员扛着破拆工具向前方跑步前进。迟隽逸忍不住，在晴朗的抗议下，还是下了车，跟在了消防队员后面。

风很大，他不得不用衣服遮住了自己的侧脸，但还是不断有飞沙往他的头发和耳朵里钻。迟隽逸艰难地向前走了五十米，停下了，眼前的景象让他难以言喻。一辆卡车和两辆轿车叠在一起，巨大的冲击力让它们都失去了本来的形状。只有白色车门溅有血的印记。迟隽逸有些站立不稳，调转过身来，艰难地回到了车里。

晴朗问："出了什么事。"

"一场车祸。"

"嗯。"晴朗没有多问。

又是半小时的等待，天色已经黑了下来。消防员的荧光外套又从前方闪现，近了，迟隽逸才发现担架上抬着一个人。晴朗要伸头去看，被迟隽逸拉回到座位上，说："别看。"

晴朗看着迟隽逸问："前面是不是很糟糕？"

"是的。"

"会不会死人？"

迟隽逸点点头。

"唉，可怜了他们的家人。"

救护车呼啸着驶离了，但前方的清障工作还在继续。天色已晚，先是月亮出现了，然后是星星，还有从口中呼出的水汽。温度已经逼近零下，车外已经看不到人在走动，所有旅客都钻回到车内，世界安静了下来，只有车大灯在黑暗中照亮前路。迟隽逸把空调加热模式打开，但晴朗还是把所有能够裹在身上的衣服都裹了起来，只露出半个脸，瞪大了眼睛看着迟隽逸。

"你还好么？"迟隽逸问。

"我还好。"

"真的还好？"

"就是有点冷。"

"我把空调暖风开大点。"

"好。"

沉默一会儿，晴朗问："这是哪儿？"

迟隽逸看了下导航说："这个地方叫作星星峡。"

"星星峡，好美的名字。"

"是的。"

"能把天窗打开，我来看看星星么？"

迟隽逸便把天窗打开，也仰起头，却只是看到几颗不太明朗的星星。晴朗呢喃道："都是骗人的。"

迟隽逸打开手机，查了查说："星星峡只是一个风口，在两山之间，风特别大。原来这个地方叫作猩猩峡，大猩猩的猩猩，也不是真有猩猩，就是比喻两边大山像是两个大猩猩一样扼住了中间这条道路。"

"原来是这样。"

"嗯。"

两人又不再说话，不一会儿，晴朗又开始了浅睡，迟隽逸也因为困乏趴在了方向盘上。这样不知过了多久，迟隽逸迷迷糊糊听到晴朗发出断断续续呻吟说冷。迟隽逸试了试晴朗的额头，发现她正烧得厉害。

一只手从裹着的棉衣中伸了出来，放在中控台上，距离迟隽逸只有10厘米。

迟隽逸想：是不是要去握住，去捂暖？迟隽逸的脑袋又开始痛了起来。就在此时，车外传来了喇叭声。车队开始挪动，迟隽逸赶忙发动起车子，缓缓经过车祸现场。迟隽逸从一侧的惨烈中收眼回看中控台，却发现那只手已经缩了回去。迟隽逸加快速度，在午夜前赶到了哈密市内的一家医院，让晴朗住了进去。

晴朗在医院休息了两天。维吾尔族的医生为她作了检查，告诉她情况很不好，淋巴处已经发现了肿块，用手便可以摸到。医生还与一个月前的CT片子作了比照，摇着头说发展太快了。晴朗直接问医生还有多少时间。医生一怔后建议他们回到南方的大城市去治疗。

晴朗说她还有未完成的愿望。

医生看了看迟隽逸，退出了病房。

迟隽逸也拿不定主意，他不知道自己能不能承担起晴朗的生命之重。犹疑间，晴朗对他说了一个梦，梦到自己在天上的云朵间跳着舞。晴朗说她在医院中所有的梦都是关于死亡和痛苦，而在路上，她便会梦到自己成了那只鸟，那只会跳舞的鸟。

迟隽逸也告诉晴朗，在她上舞台演出的那天，他也做了一个梦，他参加了自己的追悼会，却说不出自己的悼词。

"你现在开心么？"晴朗看着迟隽逸的眼睛。

"开心。"

"幸福么？"

"幸福。"

"那为什么不继续下去呢？"

迟隽逸不知道该说些什么，晴朗的凝视让他脸红。

"如果你以后参加我的追悼会，就在悼词里面这么说：这是一个在路上实现了自己全部愿望的女孩。"

"你说你有三个愿望，如今实现了两个，第三个是什么？"

"我不告诉你，也许在路上我会实现。"

"你一定会实现的。"

"嗯。"

"那我下午出院。"晴朗看起来充满了活力。

迟隽逸勉为其难地点点头。

晴朗坚持自己办完出院手续，无事可做的迟隽逸则在医院门口等着。附近的一个报刊亭在卖旅游明信片。迟隽逸看到其中有一张是星星峡的。迟隽逸来到店门口，老板操着河南口音说："老板，买一张，寄给家里吧。"

迟隽逸想了想，点了点头，买下一张，写上杨雁翎单位的地址，还有杨雁翎的名字，塞进了邮筒里。

晴朗此时也从医院出来了。她向迟隽逸招手道："出发！"

迟隽逸点点头。

56

迟隽逸和晴朗没有进入乌鲁木齐，而是先向西，到了交河故城和火焰山，再从吐鲁番折返一路向北，经过五堡的魔鬼城、库木塔格的沙漠、江布拉克的大峡谷、木垒胡杨林、古海温泉、五彩城、可可托海，经过北屯，最终到达了阿勒泰市。

八百公里的路途，停停走走，一共用了8天才走完。他们太过于流连于一路上的美景，那如漂浮在云海上的峰峦雪山，如披着灰色衰衣的广袤草原，如点缀了万千红蓝宝石的五彩戈壁，如一位位静默着穿越了千年岁月的胡杨老人。新疆的天与地，美得让人屏住了呼吸，广得让人自感渺小，静得让人忘记了时空，忘记了自己，忘记了自己来此之前心怀的各种情绪、各种故事，更别说身上时而发作的病痛，都被眼中这震撼的世界全部碾碎。迟隽逸和晴朗也像是突然开启了一段新的旅途一样，始终睁大了眼睛，看着车窗外的云朵、山峰、草原、牛羊。起初他们还会发出感慨与赞叹，但随着越来越往腹地深入，他们连语言表达的能力都已经失去，没有任何的语词可以比得上这眼前的景色。

在这8天的旅途中，迟隽逸和晴朗两人互相照料，迟隽逸开车，晴朗则用手机给他导航，两人配合默契。而当他们住下后，洗漱停当，两人也会到屋外或是房顶看一看星星和月亮，并试图和手机百度出来的星座一一对应。迟隽逸继续用声音去记录他每一天的行程、发生的事情，还不忘设置了闹铃，提醒自己和晴朗按时吃药。虽然经历了一路颠簸，晴朗的身体倒是没出现大的问题，她自嘲说自己在这一路是汲取了天地之精华。而每每到一家家小小的邮局，迟隽逸也会给杨雁翎寄一张当地的明信片。迟隽逸不知道为什么要这么做。晴朗也只是在车里等迟隽逸，并没有问他去做了些什么。

当车子再次驶入人口密集的阿勒泰市，他们有了种经历了一场时空的穿越，再次回到了人间的感觉。4月的阿勒泰还处于大雪围城中，他们找到一位在当地开旅馆的姓马的宁夏老板娘，告诉她要去往一个叫作白哈巴的地方。老板娘瞅了瞅迟隽逸的车，摆了摆说："那里的雪要比两辆车叠起来还厚。"

迟隽逸和晴朗面面相觑，没了主意。

姓马的老板娘建议他们到布尔津找自己的丈夫，也是宁夏人，也姓马，他在那里开了家饭店，兼带散客进山，自己也到山里面收一些山货。

"进什么山？"晴朗问。

"喀纳斯的山啊，白哈巴、禾木都在山里面呢。"

姓马的老板娘对两人的无知有些不可置信，"你们没有规划就来玩了啊。"

迟隽逸笑说："这是一场说走就走的旅途。"

"难怪，这个时节进山的人很少。"

迟隽逸和晴朗还在犹豫。

姓马的老板娘大嗓门嚷嚷道："别犹豫啦，你们一定是要路过布尔津的，到时候可以找我丈夫详细谈谈。"

　　迟隽逸和晴朗在姓马的老板娘旅馆住了一晚，第二天便起身赶到了布尔津，这个在网上被誉为东方苏黎世的童话小镇。按照女老板给的电话，迟隽逸找到了她的丈夫，笑眯眯的，像一个弥勒佛。迟隽逸说："你也姓马啊。"

　　马老板说："我们那里人都姓马，都是回族人。"马老板问他们去白哈巴做什么。

　　"我们去找一对图瓦人兄妹。"

　　"那个村子都是图瓦人。"

　　迟隽逸有些蒙。

　　"不过那是个小村子，人不多，很容易找到。你们找那对兄妹干吗？"

　　"帮助老朋友实现一个愿望。"

　　马老板竖起了大拇指说："够义气。我们明天就出发。"

　　"明天？"

　　"明天。这样的天没什么游客，正好方便我进山采山货。"

　　"带我们进山要多少钱？"

　　"收钱？"

　　"是啊。"

　　"收什么钱？你跟我的车进山就行了，怎么进去的我怎么给你带出来，不会把你们卖给边境老毛子的。"

　　"不给钱不合适。"迟隽逸把钱包掏了出来。

　　"你们南方人，还挺顶针。要不这一路的汽油你们帮着加了吧，这样心里舒服点了吧？"

　　迟隽逸和晴朗笑着点了点头。

57

　　迟隽逸、晴朗还有老马在第二天清早出发，老马说虽然白哈巴也在布尔津，但至少要开 6 个小时才能到达目的地。迟隽逸遥望群山上方的一片金黄，感觉霍铁和石煤的梦想越来越近了。

老马是个很健谈的人，他说了30年前跟随父亲从宁夏来到新疆，那一个晚上说了两代人在疆艰苦奋斗的故事。老马说他虽然开了间旅馆和饭店（他老婆还不时地和他闹离婚，要分走那家旅馆），还欠银行30万元的贷款，但他心中一点也不慌。因为新疆这个地方孕育了巨大的宝藏，而且国家对新疆的扶持力度很大，日子一定会越来越好的。即便是饭店的生意不好，他也可以从事其他的职业，实在不行，到和田戈壁滩上去淘玉去。

正说着，老马在路边把车停下，喊大家下车。老马大踏步下了路，到了一片隆起的小山包上。迟隽逸和晴朗也跟了上去。老马蹲下身，捡起一个小石子，凑着阳光说："这是戈壁玉，你们看好不好看，我们现在脚下都是这样的玉石。"

晴朗从地上捡起一块泛红色的小石头，也凑到太阳下，然后发出啧啧的赞叹。迟隽逸则不多话，开始一颗颗在地上挑选那些好看的石头，很快，他的口袋里便塞满了。而老马则在一边舒展着筋骨，一边说："这里叫作五彩滩，这里的石头都是经过千万年的风化，最后变成这一颗颗有着各种颜色的玉石，虽然不像和田玉那么珍贵，不值钱，但也很好看。"

迟隽逸终于伸直了腰，裤子却也下坠了许多，迟隽逸不好意思地提了提裤子，晴朗的情况也差不多，可以称作满载而归。想着还要赶路，两人准备回到车上。但老马喊住了他们。老马笑着说："每个人就带一颗小石子回去吧，就当留一个念想吧。"

迟隽逸和晴朗一愣。

每个人都带一大把回去，时间久了，这个地方就不能叫作五彩滩了。

迟隽逸脸上有些发红，晴朗也是，他们掏出口袋里面那些美丽的小石子，撒回到了这片戈壁滩上。老马说："来拍张照吧，这么美的地方。"

晴朗把手机递给老马，老马喊道："笑一个，三二一。"一声"咔嚓"，定格下了人与风景。

之后接着赶路，待到下午四点，他们终于来到了这个叫作白哈巴的村子。大家都很熟悉老马，彼此或用汉语或用哈萨克语寒暄拥抱后，老马向村里的农户介绍迟隽逸和晴朗。迟隽逸问："你们认识一个叫哈娜的女人么，六十岁上下？"村民们互相看看，都摇摇头。迟隽逸又说："她有个哥哥叫肯杰。"

"哦，肯杰啊，那个酒鬼肯杰跑哪儿去了呢？"有个小伙子嬉笑道。

"到林子里面唱歌去了吧，没准儿，他天天都这样。"又有人再说。

"回家又要挨老婆打屁股啦。"更多的人开始笑了起来。

"大家静静，也许能听到他的歌声呢。"有个老者对大家说。

大家便都不说话，互相张望，想寻找那可能漂浮在寒冷空气中的歌声，迟隽逸和晴朗也在听。他们听到了在山林里穿行的风，听到从树杈上飘落的雪，听到飞鸟扑扇着翅膀，扑哧扑哧飞向远方。大自然的一切声音都变得如此清晰与真切，迟隽逸和晴朗从没感受到呼吸有如此的顺畅。

然后他们听到了一阵铃儿响叮当的声音，还有马儿喷出的响鼻。大家回身看，下山的小路出现一人一马。马是白色斑点马；人是黑帽黑夹克，在马上晃来晃去，仿佛随时要从马上摔下来。小伙子笑道："老肯杰一定又睡着啦。"

人和马近了，迟隽逸也迎了上去，才看清了肯杰的面目，一双闭上的眼睛深陷在瘦削的黑脸中，没有颜色的嘴唇哼着一种兼具打呼和吟唱的调调，一只手还搭在皮质酒壶上。

有个年轻人猛地拍了下马屁股，斑点马向前一跃，跑了十几米后又转过身子回到了人群中，黑溜溜的大眼睛瞅着陌生的迟隽逸和晴朗。晴朗忍不住摸着马儿的脸庞，马儿打了个响鼻，肯杰这才睁开迷蒙的眼睛。

那位老者说："肯杰，有人来找你。"

肯杰俯视了身边的一圈人。

迟隽逸说："我们受你的两位老朋友的托付来找你，霍铁和石煤。"

"霍铁和石煤？"那位老者说，"是不是三十年前来下放的那两个小伙子？"

"是的，当年的小伙子。"

"他们怎么没来？"那位老者继续问。

"他们已经离开了人世。"晴朗回答。

肯杰仿佛在呓语："离开了，离开了……"他又开始哼着一个透着哀伤的旋律。

没人在说笑了，等肯杰唱完这首歌曲，他从马上翻身下来，和迟隽逸及晴朗互相拥抱，然后说："我的好妹妹，他们爱着的姑娘也在许多年前离开了人间。"

迟隽逸和晴朗愣在那儿。

肯杰说："那都是很久以前的事情了，他们也在天堂团聚了，好事情。大家中午都到我院子里喝酒，我请客。"

大家便又都呼啦啦拍着手，先各自散去，马老板也到各家各户去收山货，而迟隽逸和晴朗则和肯杰一道去了他的家。肯杰的老婆并没有村民们说的那么凶，她只是骨架要比肯杰大很多，方方的脸盘上一直挂着温顺的笑。肯杰说她是哈萨克族，而他是图瓦人。

肯杰的老婆在屋内忙这忙那，而肯杰则坐在台阶上晒太阳。肯杰慵懒地说："山里的天好，水好，太阳好。"

晴朗说："山里的人也好。马老板带我们进山都不要钱。"

"山里太偏僻了，下雪后人都进不来，所以才这么好客，马老板也是被山里人感染的。"

"但这里现在也是景区了，我看有不少家开了旅馆。"迟隽逸说。

"总有雪化的时候，山绿的时候，山外面的人也总有好奇的时候，更别说全中国也就我们和禾木两个村还有图瓦人，就是我这样的人，图瓦人。"肯杰眯缝着一只眼看迟隽逸和晴朗。

晴朗笑着说："大伯，那您还是保护动物呢。"

肯杰也在笑，然后他亮着嗓子，用当地语言唱了一首欢快的民歌。迟隽逸从旋律上判断这是一首倾诉的情歌。

唱完后，肯杰拿出手机，翻出一张照片说："这是我儿子，巴朗，歌星，在全国各个地方巡演。"肯杰的语气很骄傲。

迟隽逸接过手机，看到里面一个四十岁左右的男人出现在各个酒吧的舞台上，迟隽逸知道这种走穴的歌手其实很辛苦。迟隽逸又把手机递给晴朗。

"他的儿子，也就是我的孙子今年也要高考了，他想着考回新疆来，真是个傻孩子，外面的世界这么精彩。"肯杰说。

"老马的女儿也在上大学，她以后也要回来，她说外面的天没有这里的天好看。"晴朗说。

"是啊，哪好都不如家好。"

肯杰的老婆走了过来，对他说了几句当地话，肯杰也回了几句，老婆又嘟囔两句，就回屋里去了。

肯杰笑着说："她听说我今晚上要请村里人吃饭，知道又要宰羊了，心里难过着呢。"

迟隽逸连忙说："不要破费啊，我们简单吃点就行啦。"

肯杰却说："山里面比不上外面，没什么素菜，多的就是牛羊肉，还有酒，我们晚上一起喝酒，一起吃肉。"

肯杰话落音，第一位受邀的客人已经打开木栅栏门，进到了院子里。而此时，七点半的太阳也开始慢慢往山后面落下。

58

月亮出来了，太阳还没有下去，一抹嫣红裹着半边天空，肯杰已经在一片围场的中央点燃了篝火，一只羊在火上烤得泛出些金黄。两个汉族姑娘也搬了两箱白酒进入了围场里，她们向迟隽逸和晴朗点头笑笑打招呼，然后又回到不远处的一座木屋里，将一盘盘菜端上来。

慢慢地，人聚齐了，并没有谁作开场白，大家便都已经开始从烤熟了的羊身上卸下肋排啃，然后就是走来走去喝着白酒。接着就有人开始唱歌，也有人开始跳舞，还有人一言不合，砸了酒瓶，拉拉扯扯后，又开始哈哈大笑起来。

迟隽逸应酬着一拨拨来进酒的村里人，晴朗则和那两个姐妹聊天。晴朗问："你们是哪里人，不是本地人吧？"

留着齐耳短发的女孩说："我是江西人，她也是。"

"你们怎么会来这里？"

"这里环境好啊，安静美丽，像是世外桃源。"

"那你们不想家吗？不想自己的父母吗？"

短发女孩看了看长发女孩，两个人不约而同摇了摇头。

迟隽逸跟跟跄跄地坐回到晴朗身边，他大着舌头说："这些图瓦人太能喝酒啦。"

还是那个短发女孩说："这些村民什么都好，淳朴、善良，唯一的缺点就是喜欢喝大酒，每次都是要喝醉，才能罢休。"

"这些酒菜都是你们提供的啊。"迟隽逸说。

"我们俩在这里开了家小饭馆，平时就招待当地人，够我们生活的，旅游旺季的时候招待外地人，还能多存点。"

"这样与世隔绝的生活好寂寞啊。"迟隽逸说。

"寂寞吗？没有啊？天地万物都陪着我们呢。"那个齐耳短发女孩说，"我们也跳舞吧。"说着，便拉起了长发女孩，围着篝火跳了起来。晴朗也站起身，向迟隽逸伸出了手。迟隽逸摇摇手，但晴朗不管，拽着迟隽逸围着篝火跳了起来。每个人的步点与其说是舞姿，不如说是醉拳，但每个人都很开心，迟隽逸也仿佛回到了笑笑动手术前的那个湖畔。那是多美的一段记忆啊，可是那些人此刻都在哪儿啊？酒精顶着他的血管与腺体，迟隽逸不觉间流下了眼泪，而在身边的晴朗也边笑边哭地继续着自己的舞蹈。

聚会结束前，迟隽逸和晴朗又回到边上坐下。这一段舞竟然两个人都觉得很通顺。迟隽逸突然想起来要问一问肯杰他妹妹和霍铁石煤的事情，却发现这个老头儿已经靠在门边睡着了。而他的妻子则来到迟隽逸身边，用生硬的汉语说："你们晚上就睡在我们家吧，你们睡大房子。"

两人也的确累了，便由这个哈萨克族女人领着，到了他们的大房子里。房子是很大，可是只有一张床，其实也不能称之为床，说是个大通铺比较合适。女人说："原来游客们都睡这里，底下有火烤着，舒服呢。我就在隔壁的小房子里，有什么事喊我一声。"

女人退了出去，迟隽逸和晴朗却还在那儿傻站着。他们不明白这个女人是不是对他们的关系会错了意。但目测可以睡下 8 个人的长长的通铺，似乎也在他们理念的可接受范围内。晴朗说："我去洗洗回来。"然后就到了女人的那个小屋里去了。而迟隽逸则到了外面的水井边，也简单洗漱。等到迟隽逸回到那个大房间里，屋子的灯已经关上了，但能隐约感觉到晴朗已经裹进了被窝里。迟隽逸用最小的动静脱去了袜子和牛仔裤，穿得厚厚的也进了被窝里。

被子有一股羊膻味，肚子里还燃烧着血液和酒精，更别说一阵阵从床下释放出来的柴火的热量。迟隽逸一点儿也睡不着。

外面的聚会已近结束，歌声已经不再，只有女人们咒骂喝醉了男人的声音。而这声音也是越来越远，最后只剩下那风声，回荡在迟隽逸的耳膜里。慢慢地，月光也让迟隽逸可以看清屋内的一切，还有那不远处，可以用余光撇见的、裹在被窝里的年轻女孩。而晴朗也在此刻发出一声微微叹息，她轻声说："晚安。"

迟隽逸在心中也说了声："晚安。"

59

在经历了最初的辗转反侧后，迟隽逸进入了沉沉的睡眠中，他既没有在梦中创造世界，也没有感受到任何来自肌肉或是膀胱的压迫，他真的像死了一样，关闭了所有感知通道，在微微泛着松木味道的房子里，有生以来睡了一个最深沉的懒觉。直到马儿的喷鼻再次将他吵醒，他才觉得真的像是重生一般，身体也充满了力量。肯杰敲打着窗户说："起来啦，我们要出发去一个地方。"

迟隽逸和晴朗收拾好，来到院子里，肯杰已经在一匹马上蔚然坐立，两只手还牵着两匹马的缆绳。肯杰说："上来吧，我们要走一段山路。"

"去哪儿？"迟隽逸问。晴朗则还看着那两匹马儿发呆。

"去看一看我的妹妹哈娜。"肯杰说。

迟隽逸和晴朗各自挑选了一匹马，跟在肯杰身后，一路沿着马路向上。水泥路很快变成了石子路，迟隽逸始终揪紧了缰绳不敢松手，但身边的晴朗在经历最初的适应后，已经可以跟着她的那匹枣红马轻盈地摇摆颠簸着身子。晴朗还一路上不停和她的那匹马儿说着什么，枣红马的耳朵一直扑扇扑扇。

三人一路向上，穿越了一片树林，来到了一片峡谷前，停了下来。肯杰指着前方绵延跌宕的山峰与谷地说："哈娜就在那儿。"

迟隽逸不解何意。

肯杰缓缓说道："几十年前，霍铁、石煤、我，还有哈娜，我们都是十几岁的少年。他们两个下放到这里放羊，和我们生活在一起。他们起初不喜欢这儿，谁喜欢这儿呢？不通车，走路要走两天才到。他们带着满腹的牢骚来到这儿，也不问如何放羊，就是带着他们那几只小羊乱转。后来有一天突降大雪，羊群走散了，他们找羊，迷路了，困在了这片峡谷中，大家便都去寻找他们。找了一天一夜，有个叫作塔赞的小伙子还失足跌落了冰川里，一直没再找见尸体。等我们终于找到霍铁和石煤时，已经过去了一天，两人也快冻死了。村里面把霍铁和石煤安置在我们家，哈娜，也就是我的妹妹照顾他们两个，慢慢地，他们身体康复了，但心里却有了病，我知道那是相思病，这个病我也害过，他们都爱上了我的妹妹哈娜。我的妹妹，也能感受到他们那像是燃烧了的眼睛。但我妹妹能怎么办呢？我妹妹也不知道该怎么办。村里的其他小伙都知道这两个汉族小伙子爱上了我的妹妹，便都和她保持距离，去寻找别的花儿去了。哈娜经受着煎熬，她在等待着这其中的一个人张开口，向她求爱。但这两个人，却像是沉默的火山，虽然冒着热气，但却一句话示爱的话也不肯说。我们急啊，我不知道他们是怎么想的，爱还要让来让去吗？为什么不打一架来决定谁能够成为最后的赢家呢？就这样一年过去了，外面的世界有了变化，这些城里的小伙子们可以离开这里了，只要他们申请就能走出这片群山。而经过一年多的相处，两个小伙子也爱上了这里，他们还兼着村里小学语文和音乐老师的身份。他们不想离开这里，这里有牵绊他们的东西，这山这水这人，还有我美丽的哈娜。他们都在等待对方能够第一个离开，这样便可以将哈娜揽入怀抱中。但是没人离开，在爱情上，他们还是沉默的石头，不仅如此，两个人的关系也因为这共同的爱而渐行渐远。两人还在喝完酒后打了一架。我本以为这一架打完后，会出现最终的结果，热情的霍铁，稳重的石煤，我们都欢迎。但他们却只是一个在屋内，一个在屋外，嚎哭了一晚上，然后两个人在第二天早上前后脚出了村子。我至今仍然记得住那个早晨，记得他们的背影。在那蜿蜒漫长的山路，这两匹马、两个人竟然自始至终没有遇到，虽然他们做的都是同样一件事，到县里邮寄申请返城的报告。在那个痛苦的夜晚，两个人都作出了各自相同的决定：自己离开，将哈娜让给对方。”

肯杰说到此，停了下来，叹口气，望向苍茫的山谷。

“后来呢？”晴朗问。

“调令下来了，他们才发现他们都作了相同的愚蠢的决定，留下哈娜一个人独守这片空山。命令不可违，两个小伙子走了，带走了那个因为救他们而坠落山崖的塔赞留下的孤儿。对了，那个女孩的母亲生她的时候就大出血死了。”

“那个孤儿的名字叫作霍梅。”迟隽逸说。

“哈娜不相信他们竟然就这样走了，她也害上了相思病，很重的相思病，经常到村口去等这两个人，哪怕回来一个也好，但他们没有出现。有天大雪，哈娜半夜起床，说是听到了霍铁和石煤在喊她，我的母亲以为她是在说梦话，便没在意。没想到哈娜竟然冒着大雪去了那片山谷，她以为霍铁和石煤又被困在了这里，这一去就再也没回来。"

"霍铁和石煤就没有再回来？连一封信都没有寄过来？"晴朗流着眼泪问。

"他们寄了许多信，都在一百公里外的镇上的邮局里。可我们这里太远了，负责给我们送信的那个邮递员的马还崴了脚。我们就这样与世隔绝了一年多。"

"信上都写了什么？"晴朗又问。

"我没有看，我把那些信都烧了，化成了灰随风飘走了。"

晴朗已经在低声的哭泣了。迟隽逸问："你恨他们么？恨霍铁和石煤，恨那匹崴了脚的马？恨漫山的大雪么？"

"我想恨，但我的恨也在时间中随着这漫山的风给吹走了。"

"霍铁和石煤也没有再娶，他们孤老一生，把那个孤儿一直抚养成人。而他们最后的愿望便是让我们去见一见哈娜，告诉她，他们一直都爱着她。"

肯杰的喉咙动了动，没有说出话。

迟隽逸从背包里拿出装有霍铁和石煤骨灰的木盒，走到悬崖前，说："这下他们可以团聚了，可以永远地在一起了。"

晴朗也走到迟隽逸身边，打开木盒，抓起一把把的"霍铁和石煤"，扬起手臂，让那些青灰飘散在了风里。

回到村里，已经过了中午。吃过午饭，老马找到了迟隽逸，说下午就要返回布尔津了，要他们和他一起。迟隽逸想着霍铁的心愿也完成了，白哈巴这个小村子也是从头到尾，从东到西走了许多遍，也可以就此离开。但离开后要去哪儿，迟隽逸竟然没有了想法。老马领着迟隽逸来到越野车边上，打开后备厢，除了许多采摘来的山货，还有一个很大的包裹。老马说："这是在村子里的邮政公所里取到的，已经到了两三天了。公所的人问我认不认识一个叫作迟隽逸的人。我想这就是你么？

就把这个包裹带来了。"

　　在这么边远的地方竟然会有自己的包裹，迟隽逸觉得很讶异，这会是谁的包裹呢？他边拆着包裹边暗忖着。直到他看见了一个单反照相机、几件厚棉衣，还有许多治阿尔茨海默病的药，才明白过来。那些衣服和照相机除了杨雁翎不会有人能取得到。迟隽逸愣了一会儿，然后很认真仔细地又检查了一遍包裹，每件衣服的口袋都翻了，但没有一封信，连一个字条都没有。迟隽逸的心既暖和又有些复杂，他一下子又记起了杨雁翎，记起了这一路上一张张发过去却没有收到回音的明信片，原来她在这儿等着他呢。她一定是通过姜军或是霍梅知道了他们此行的目的地。

　　迟隽逸掏出手机，徘徊了几步，拨通了杨雁翎的电话，没人接。迟隽逸的心冷了一下。他挂掉手机，但电话很快又响了。是杨雁翎。迟隽逸按下了接听键，白天里听筒里没有声音，迟隽逸也没有说话。然后是一声模糊的鼻息，像是收回所有的情绪，杨雁翎说："你还好么？"

　　"我还好。"

　　"你在哪儿？"

　　"我到白哈巴了，我收到了你的包裹。"

　　"你们完成了两位老人的愿望？"

　　"是的。"

　　电话一阵沉默。

　　"下面要去哪？"

　　"不知道。"

　　又是一阵沉默。

　　"她还好么？那个女孩？"

　　"她也还好。"

　　"我给你们寄了药，是姜医生开好的，有治疗的，也有止痛的。"

　　"谢谢你。你还好么？"

　　"我一直都挺好。"

"那就好。"

又一阵沉默。

"开车要注意些，不要太疲惫，每天到哪里，用微信和我说一声，我给你提前订住处。"

"好的。"

再一次的沉默。

"那我挂了。"半晌迟隽逸说。

"好的，注意安全……早点回来。"

"好。"

迟隽逸挂了电话，凝望着远方的群山，让心中那些纷杂全部归位，随后和晴朗一起收拾好行李，又和肯杰拥抱后，坐上老马的越野车，向山外开去。他从后视镜里看到肯杰骑着马跟在后面走了一段，然后停下，挥了挥手向他们道别。

60

回到布尔津，别过老马，迟隽逸和晴朗开车继续向前，出了城，上了戈壁公路。迟隽逸说："我们帮霍铁和石煤完成了他们的遗愿。"

晴朗"嗯"了一声。

"有没有什么想说的，要发感慨的？"

"没有，我只是觉得很轻松，很完满。"

迟隽逸看着晴朗的脸，她的脸平静、恬淡，脸颊上的绯红似乎有种幸福的味道。

晴朗也觉得自己的内心像是充满了整个天地，开阔与豁达。他问道："接下来去哪？"

"一直往前开吧。"

"好，那就一直往前开！"

迟隽逸深踩油门，车子在戈壁滩上飞速前行。

从布尔津到乌鲁木齐有近 800 公里的路途。一路南下，迟隽逸和晴朗感觉到越来越近的春天，或许是"春风得意马蹄疾"的缘故，迟隽逸只用了3天便又回到了这个人口稠密的大城市。但即便再大的地方，对于他俩来说也只是一个修整的驿站，他们给身体做了必要的检查，又给车子做了一个保养，给自己和交通工具都再次灌注了能量。这些工作迟隽逸并没有多费心，全是杨雁翎在远方遥控操作好的，他只需要到达指定的医院、指定的修车厂，以及指定的宾馆，当然是两个房间。迟隽逸在寄送明信片的同时，也通过短信汇报他们下一站的目的地。这种分工合作，迟隽逸觉得挺好，默契，不牵扯其他的情绪。或许真的是距离产生和谐吧，迟隽逸只想到这里，他没有再去多想。

在乌鲁木齐修整了两天，他们又一路向西，向着几百公里外的伊犁进发，他们听说那里有最美丽的大草原。又是一路美景，一路自由与开阔。一路上，他们遇到一位年轻的朝觐者，他全身破烂但目光坚定；他们还遇到了几位骑车的老者，他们是从台湾来，已经蹬着单车走遍了大半个中国。

在临近伊犁市郊的一片森林，迟隽逸和晴朗还在路边发现了一只奄奄一息的幼鹿。他们下车查看，发现这只幼鹿的脖颈处有深深的咬痕，大大的眼睛里溢满了苦痛的泪水。晴朗托起了这只幼鹿的身体，试图把它托起，迟隽逸也跟着去搭把手。但一会儿，晴朗又松了劲，她抽出双手，只是再次抚摸小鹿的脑袋，然后便起身回到了车里。迟隽逸觉得诧异，他问晴朗："不打算救这只小鹿了？"

晴朗点头道："不救了。"

"不救，它会死的。"

"它会成为狼的食物，生老病死、弱肉强食，这是自然法则，世界上的每个生物，包括我们都是这自然法则中的一环，我们不能够强求。"

迟隽逸哑然，他不知道该说些什么，觉得有一些东西在晴朗的心中起了变化。他说不清是什么，只能开车继续往前。而在他身后，迟隽逸仿佛听到了有狼在嚎叫。

从伊犁再往西便是中国的边境线，晴朗想去看一看高原，看一看那世界上最凶险的乔戈里峰。路途艰辛，他们雇了一个司机，带着他们一路领略绝境之美。晴朗的身体也在期间出现了问题，各种不适：晕厥、头痛、呕吐都开始轮番折磨着她，迟隽逸的情况也糟糕起来，他头痛欲裂，时而还会出现幻觉。一路上所积累的疲惫终于开始从脚底板开始向上逐渐淹没、窒息这两个人。好在有为他们开车的师傅的悉心照料，否则他们不可能来到那路的尽头。当他们来到乔戈里峰脚下，也就是人们所谓的 K2 峰的雪山顶，他们似乎在片刻的清醒中感受到了登顶般的空灵。

之后，他们往回走，晴朗没有再说下一站去哪儿，而迟隽逸也只是迷迷蒙蒙想着家的方向。他们一路换了许多司机（这一切都是杨雁翎远方安排的），家也越来越近。

经过半个月的奔波，车子终于回到了江淮地区。和最后一位代驾的师傅告别，从高原反应中缓过劲来的迟隽逸驾车带着晴朗向着自己的那座城市进发。此时的晴朗频繁地陷入昏厥中。迟隽逸隐约觉得死神正在这辆车中盘旋。

夕阳西下，迟隽逸驾车驶过一片湖泊，后排躺着的晴朗突然发出声音："停一停。"迟隽逸一惊，将车子停在了路边。他看到晴朗扒在车窗前，看着这片无名的湖泊。金色的光芒打碎在涟漪的水面，又折射在了晴朗的脸上。

晴朗说："记得这片湖泊么？大家曾在这里一起跳舞。"

迟隽逸努力在脑海中检索那一幅画面，但他的记忆已经在加速锈蚀。

"我们曾在这里跳过舞，就在笑笑动手术前的那个晚上，大家多么开心，多么充满希望。"

晴朗打开车门，蹒跚着向外走。迟隽逸也下车，扶着晴朗。晴朗靠在车门边，而迟隽逸已经靠着轮胎坐在了地面上。他们一同凝望这片金色的湖面。水鸟与柳絮正在它的上方飞舞，水面绽放的一圈圈波纹则像是鱼儿在谛听傍晚的来临。

迟隽逸感叹道："真美啊。"

晴朗道："春暖花开了。"

迟隽逸"嗯"了一声。

晴朗又说："记不记得我还有第三个愿望没有实现？"

"哪三个愿望啊？"

"你真是忘记了很多东西。"晴朗叹息，"第一个愿望是看一看我的亲生父母，第二个愿望登上大舞台去给大家跳舞，还有这最后一个愿望。"

"哦，对了，你最后一个愿望是什么？"

晴朗没有说话。

"那你怎么实现最后一个愿望？"

晴朗说："就现在吧。"

迟隽逸说："好。"

晴朗又钻进车里，关上车门前，晴朗说："我要在里面换衣服，你不要偷看。"

迟隽逸脑子蒙蒙叫的，他只是靠在轮胎上坐着休息，眼睛里都是明晃晃的金黄。

过了几分钟，晴朗从车上下来，穿着那套芭蕾舞服，还有那双公主一般的舞鞋，站到了迟隽逸的眼前。迟隽逸呆住了，他为眼前的美丽所震惊，也为晴朗此举的目的所疑惑。

晴朗说："我还想再跳一次，就在这湖边，趁着太阳落山。"

迟隽逸说："好。"

晴朗往后退了几步，整个人沐浴在金色的光芒下，在迟隽逸的眼中她已经成了漂浮在半空中的仙女。而这位仙女也像是突然有了神的恩赐，她的旋转与舒展都充满了力量与美丽，坚毅与柔情。她舞动着自己的生命，就像是舞动着一团带火的绫罗，将自己燃烧并打碎在这片金色的湖面上。

然后，夕阳落下，已然走到尽头的舞者，退却了浴火的光芒，开始黯淡下来。她蹒跚着走到迟隽逸面前，蹲下身来，靠在被燃烧到虚无的迟隽逸的怀中，让她湿热的气息温暖着这个即将陷入记忆黑洞的男人。晴朗握住迟隽逸的手，将它放在那颗依然饱满的右乳上，对她说："我最后的愿望便是希望你能永远记住，曾经有一颗丰满年轻的生命在这片湖畔前尽情绽放。"

迟隽逸动了动嘴唇，低头看着自己的手背。迟隽逸觉得很幸福，幸福让他感到困顿，冥冥中觉得睡上一觉，明天的太阳还会再次升起，一切都会再次充满了希望。迟隽逸就这样拥抱着晴朗，靠着轮胎，与晴朗一同走进了黑夜的怀抱。

临近午夜，一个过路的车主看到路边停着一辆开着大灯的 SUV。他们以为车子出了故障，便下来帮忙，转过车身才发现两个男女相偎在一起。女孩已经没有了知觉，而男人在摇晃后睁开了迷蒙的眼睛。这位车主立即打了 120。急救车赶到后将两人送到了医院。急诊室内，医生为晴朗作了检查后，宣布了死亡的消息。迟隽逸挣扎起身，看到晴朗的脸上凝固着一丝满意的微笑。

61

迟隽逸再次醒来时，发现自己躺在一间单人病房内。刘姐守在他的床前，而窗外的杨雁翎正在和医生交流着什么。迟隽逸一阵恍惚，仿佛时间都穿越回他最初昏厥入院后的那个晚上，仿佛这经历的一切都像是没有发生。

迟隽逸用手指碰了碰刘姐的手背。

刘姐笑着说："家里的农活刚忙完，我又被雁翎聘了回来。"

这一声雁翎和刘姐脸上的微笑都表示她对现状的满意。迟隽逸点点头，杨雁翎推门进来，来到迟隽逸的床边。她轻声说："晴朗走了。"

迟隽逸点点头。

"她没什么亲人，后事都由我来料理吧。"

"谢谢你。"迟隽逸说。

"你没有什么大问题，就是疲劳过度，休息一天，后天为晴朗送最后一程吧。"

"好。"迟隽逸眼眶有些湿润，他咽了咽喉咙，说，"肿瘤病区的医生护士，还有病友们也都通知一下吧。"

"你放心吧，我会料理好一切的。"

迟隽逸再次点了点头。

杨雁翎靠近一步，握住了迟隽逸的手，沉一口气，问："晚上……要不要我陪你。"

"不用了，有刘姐在就好，你回去休息吧。"

杨雁翎点头，她对刘姐说："那麻烦你了。"

刘姐点点头，说："应该的。"

杨雁翎走了，没过一会儿，迟隽逸也催着刘姐到陪护床上休息。病房安静下来，整个世界仿佛就只剩下迟隽逸一个人。他睁大眼睛，望着墙顶，这一年来病房生活的一出出、一件件都在他的脑海里播放。他已经很久没有感受过自己的记忆能有这样般的清晰。当晴朗终于在金色湖畔轻盈地舞起了身姿，他也微笑着进入了梦乡。

两天后，晴朗追悼会在殡仪馆举行，灵堂中央悬挂了她一幅穿着芭蕾服舞蹈的彩色照片。许多医院里结识的朋友们，姜军、姜雯、陶沙、阿西莫多，还有那些护士们，许多病友和家属们，皮克、笑笑妈、项阳、付蕴的丈夫及孩子等人，以及晴朗曾经生活过的福利院和学习过的舞蹈团的老师朋友们也都赶来送晴朗最后一程。现场氛围没有太过悲伤，最多是觉出些许惋惜。晴朗在歌舞团的教练致了悼词，把她比作一位在天堂里舞动着的天使。迟隽逸觉得她这样的比喻很好。

随后，由姜军组织的、反映了肿瘤病区日常生活的迟隽逸画展在医院汇报厅里举办。刚参加过追悼会的人们，还有许多社会人士都来出席了画展。

大家对迟隽逸那些虽用铅笔或蜡笔勾勒素描，却焕发着生命与爱的

力量的作品赞不绝口。迟隽逸在画展现场向大家致敬后，从后门悄然离去。他又回到了病区内，来到了29号病房前，从门上的小窗往里面张望。6张病床上已经住了6位不同的病人。迟隽逸又来到晴朗曾住过的1号病房，里面的女病人们也都换了一茬。

迟隽逸在1号病房外的长椅上呆坐了一会儿，疲惫感从脚掌开始向上蔓延。去哪儿呢？迟隽逸突然问自己，他边思考，边下到地下停车场，钻进自己的那辆SUV。

密闭的车厢里还有着泥土和青草的味道。迟隽逸深深吸了口气，打开汽车导航收藏夹，置顶的一条便是家的坐标。那是在什么时候设置的呢？迟隽逸问自己。他想起来了，那是在和晴朗下决心出发穿越大半个中国的那天傍晚设置的。迟隽逸微微一笑，启动车子，按照导航的提示，七拐八转，把车子开到了自己家所在的那片别墅区。

华灯初上。迟隽逸下了车，摸出钥匙串。但他又犹疑了，东户还是西户呢？迟隽逸徘徊着，西户的灯是关着的，东户的灯则是亮着的。杨雁翎应该不会这么早就下班回家吧，迟隽逸暗忖。但他又觉得亮灯的东户让他心里暖暖的。迟隽逸索性来到东户外，将钥匙插进孔内，一扭，果然打开了那一扇门。

2017 年 8 月 14 日 初稿完
2018 年 3 月 20 日 二稿完